汉译世界文学名著丛书

太阳宝库
船木松林

［俄］普里什文 著

任子峰 译

Михаил Михайлович Пришвин
КЛАДОВАЯ СОЛНЦА
КОРАБЕЛЬНАЯ ЧАЩА

汉译世界文学名著丛书
出版说明

1902年，我馆筹组编译所之初，即广邀名家，如梁启超、林纾等，翻译出版外国文学名著，风靡一时；其后策划多种文学翻译系列丛书，如"说部丛书""林译小说丛书""世界文学名著""英汉对照名家小说选"等，接踵刊行，影响甚巨。从此，文学翻译成为我馆不可或缺的出版方向，百余年来，未尝间断。2021年，正值"汉译世界学术名著丛书"出版40周年之际，我馆规划出版"汉译世界文学名著丛书"，赓续传统，立足当下，面向未来，为读者系统提供世界文学佳作。

本丛书的出版主旨，大凡有三：一是不论作品所出的民族、区域、国家、语言，不论体裁所属之诗歌、小说、戏剧、散文、传记，只要是历史上确有定评的经典，皆在本丛书收录之列，力求名作无遗，诸体皆备；二是不论译者的背景、资历、出身、年龄，只要其翻译质量合乎我馆要求，皆在本丛书收录之列，力求译笔精当，抉发文心；三是不论需要何种付出，我馆必以一贯之定力与努力，长期经营，积以时日，力求成就一套完整呈现世界文学经典全貌的汉译精品丛书。我们衷心期待各界朋友推荐佳作，携稿来归，批评指教，共襄盛举。

商务印书馆编辑部
2021年8月

为大自然美、人性美而歌

他本来是一位农艺师，曾发表过农学方面的专著和论文，后弃农从文，一度醉心于民族学和民俗学研究。第一次世界大战期间，他走上前线，任军事记者，在各报刊上发表许多战地随笔、特写。他又是一位旅行家和猎人，随身带着猎枪、照相机和笔记本，走遍祖国广袤大地。俄罗斯的北方，克里米亚，哈萨克斯坦和远东地区——到处都留下他的足迹和身影。他以敏锐的目光和细腻的笔触，记录下大自然中种种令人惊奇的现象，描写大自然的绚丽多姿和无穷魅力，表达了对自然与人的关系的哲理思考和感受，创作了大量脍炙人口的作品，如《恶老头的锁链》(1930)、《鹤乡》(1933)、《人参》(1933)、《大自然的日历》(1935)、《林中水滴》(1940)、《太阳宝库》(1945)、《船木松林》(1954)、《我们时代的故事》(1957)、《国家大道》(1957，未完成)等。

他就是俄罗斯文坛别具一格的著名作家米哈伊尔·米哈伊洛维奇·普里什文(1873—1954)。

普里什文热心为儿童写作，创作了许多孩子们喜闻乐见的作品。本书选译了他的两部儿童文学作品：《太阳宝库》和《船木松林》。两部作品堪称姊妹篇，由两个小主人公的几段历险故事连接起来。

《太阳宝库》记述了姐弟二人米特拉沙和娜斯嘉去勃鲁多夫沼泽采摘蔓越莓的一次冒险经历。卫国战争期间，两个孩子因父母双亡成了孤儿。但在乡邻们的热情呵护和帮助下，姐弟二人小小年纪就独立自强，勤奋持家：弟弟米特拉沙学会木匠手艺，制作各种家什出售，姐姐娜斯嘉则养鸡养羊，还积极参加各种社会活动，受到大家的称赞。弟弟米特拉沙聪明勇敢，又有几分倔强任性，他不听姐姐的劝阻，结果在采摘蔓越莓的途中迷路，陷入"无法通行的泥泞沼泽"中而无力脱身。但他并未惊慌失措，而是沉着冷静，最终在猎犬特拉夫卡的帮助下脱离险境。在这次险情中，这个年仅11岁的小猎手在性命攸关时刻竟然果敢开枪，击毙了一只绰号叫"灰地主"的老狼，为民除害，乡亲们对这位猎狼小英雄赞佩不已。娜斯嘉极富爱心，乐于助人，也深受大家的喜爱。小说通过对姐弟二人的历险以及各种生活场景和细节的描写，塑造了两个聪明、勇敢、热情的儿童的美好形象。

《船木松林》是《太阳宝库》的续篇。米特拉沙和娜斯嘉的父亲并未像传闻所说在战斗中阵亡，而是负伤。得知父亲还活着的消息，姐弟俩决心去寻找父亲。沿着二人寻父的足迹，小说将狩猎、春汛泛滥、木材流放、河流抢险等场景串联起来，生动描绘了俄罗斯北方极富传奇色彩的壮美景色，以及栖居在这片土地上的普通人民的日常生活和风俗人情，画面广阔、多彩多姿、趣味盎然。

这两篇作品在俄罗斯北方地区辽阔、苍莽的背景下，塑造了形形色色的普通人的形象，展现了人性之美。两个小主人公米特拉沙和娜斯嘉童年失去怙恃，卫国战争的艰苦岁月磨炼了他们的意志，使他们养成坚强、勇敢、不怕困难的性格。在寻父的过程中，他们不畏艰难险阻，勇往直前。他们的父亲瓦西里·维谢尔金在战斗中负伤，康复后便肩负使命去寻找可用于制作飞机面板的木材，决心履行军人的职责——"为苏联服务"。正直、热情、执着而又风趣的纤夫玛努依洛一直在锲而不舍地寻求生活中真正的真理，为了争取享有自己的狩猎小路的正当权益，他亲自去莫斯科求见最高苏维埃主席团主席加里宁；而作为一名远近闻名、经验丰富的纤夫，他在面对河缆即将崩溃的险情时指挥若定，圆满完成排险任务；他像父亲般地给予两个寻父的孩子无微不至的关怀和照顾；他还善于讲故事，深受大家欢迎。还有心灵手巧、沉默寡言的木匠费奥多尔·西雷奇，他精心制作的轻巧灵便的小舢板帮助猎人们组建了整整一个船队。猎人彼得和巴维尔兄弟勤劳、朴实、真诚，一辈子只说真话，是有口皆碑的好人；兄弟俩一个耳聋，一个眼盲，但凭借各自异常敏锐的视力和听觉，二人合为一体，密切合作，成为远近闻名的出色猎人……这些普普通通的人物构成了勤劳、勇敢、智慧的俄罗斯人民群像，他们每个人身上都闪烁着人性美的光辉。

老守林员安吉佩奇道出了孩子们经常追问却未得到答案的问题："什么是真理？""真理就是人们要为爱而进行不懈的、顽强的斗争。"

可以说，这两篇作品处处都蕴含着爱的真情：娜斯嘉和米特拉沙姐弟之间的深厚亲情；两个孩子心地如此善良，即使在春汛泛滥时仍关心、爱护被水淹的小动物；邻居们对两个孤儿的关爱；安吉佩奇和猎人们对两个孩子在寻父过程中的保护和照顾；猎人们的团结与友情；在密林的小屋中，凡是来这里的人在离开前都要准备好火柴和细干柴，以便在严寒中冻僵的、不相识的后来者在此过夜取暖，这种爱的火种代代相传、赓续不断；安吉佩奇和爱犬难舍难分的亲密关系；猎犬特拉夫卡对人的忠诚与眷恋之情；鸟儿对幼雏的勇敢呵护；等等。故事中洋溢着爱的激情和人性之美，读来令人倍感温暖，心灵也得到净化。

普里什文被誉为"俄罗斯大自然的歌手"。他对大自然满怀深情，是大自然的知音；他与森林对话，能领悟禽兽的语言，能听懂鸟儿的歌唱；他以生花妙笔描绘大自然之美，善于将描写、议论和抒情有机结合起来，写景寓情，情景交融。他的作品中时常抒发自己对大自然、祖国和故乡的挚爱之情，饱含着生活哲理以及他对人生真谛的独到见解。评论界称他的作品是"哲理抒情散文"。普里什文是公认的与普希金、屠格涅夫等人相媲美的语言大师，苏联作家帕乌斯托夫斯基称赞说："普里什文的语言绚丽多彩、闪耀夺目。时而有如芳草簌簌作声，时而有如清泉潺潺流淌，时而有如百鸟啾啾争鸣，时而有如薄冰悄悄脆响，时而有如斗转星移缓慢的旋律印在我们的脑际。"

请看作家是如何描写俄罗斯北方地区昼夜交替的美妙瞬间：

北方明亮的白夜，夕阳西沉，晚霞照临，群鸟歌唱，森林里响起了摇篮曲的大合唱。"太阳，天空，晚霞，河水，蓝的，红的，绿的——一切都以自己的方式加入到这视野无垠的整个低洼湿地的摇篮曲合唱中。"一只披着霞光的小鸟叫道：太阳正在换装呢，请大家安静。"再见吧！"太阳苏醒了，迸发出第一缕金光，新的一天又开始了。突然，传来仙鹤雄壮、昂扬的叫声："胜利！"

像是向初升的太阳致敬。一群鸟儿齐声问候："大家好！"——这诗情洋溢的画面如同一曲大自然的赞歌，一曲新生的赞歌！

高尔基评论普里什文时写道："在我看来，您所写的不只是大自然，而是比自然更伟大的东西——是大地，是我们伟大的母亲。"在《船木松林》中，作家就以虔敬的、深情的笔墨塑造了神话般的密林形象——俄罗斯祖国母亲的象征。在一望无际的莽莽密林中，高大挺拔的树木密密匝匝、直插云天。这密林里"全都是金银财宝"，是伟大力量之所在，是人们心灵的圣地。人们景仰它、保护它，三百年来使其免于被砍伐。在北方严酷的生存环境中，这密林不畏风吹雨打，不惧冰雪严寒，百折不摧，傲然耸立，生生不息，郁郁葱葱。这不就是顽强不屈的俄罗斯民族性格的生动写照吗？密林中的树木棵挨棵、排并排，比肩而立，彼此依靠，即使一棵树倒下，也紧紧地倚靠在旁边的树上，依然屹立不倒，"每棵树都为所有树木挺立着，所有树木也为每棵树挺立着"。这高大、雄伟的密林不仅是俄罗斯民族的象征，而且是教育青年一代的学校。彼此支撑、相互依存的密林为人们树立了榜样，揭示了"一人为大家，大家为一人"的哲理。正如书中老一代人告诫年轻人的："不要独自一人去追求幸福，而要齐心协力去追求真理。"战争结束了，砍伐被制止，神圣的船木松林最终得到了拯救和保护。

普里什文为大自然之美、为人性之美而高歌，在他看来，大自然之美和人性之美是紧密相连、不可分割的，二者皆出于爱。人类与大自然和谐共生——这就是我们所追求的"天人合一"的理想境界。人类的祖先是从森林里走出来的，大自然是人类的根脉，是人类的家园，所以我们要敬畏大自然，爱护大自然，道法自然，满怀伟大的博爱精神去建设地球——我们共同的家园，去促进人类文明不断进步。

普里什文的作品中所蕴含的精神实质，完全契合全人类的普世价值，阅读他的作品，我们定会从中得到深刻的启迪和教益。

目　录

太阳宝库

太阳宝库……………………………………………… 1

船木松林

第一部　瓦夏的云杉……………………………… 57
第二部　父母双亡的孤儿………………………… 90
第三部　朋友……………………………………… 105
第四部　来自鹤乡的玛努依洛…………………… 136
第五部　夜狩野鸭………………………………… 155
第六部　红鬃岗…………………………………… 184
第七部　春汛……………………………………… 200
第八部　深深大插垛……………………………… 219
第九部　荒僻密林………………………………… 253
第十部　自己的小路……………………………… 262
第十一部　船木松林……………………………… 298

太阳宝库

一

在佩列斯拉夫尔-扎列斯基市①郊区、勃鲁多夫沼泽附近的一个村庄里，有两个孩子成了孤儿。他们的母亲死于疾病，父亲在卫国战争中牺牲。

我们住在这个村子里，与两个孩子仅有一墙之隔。当然，我们也和其他邻居一起，尽其所能，竭力帮助他们。他们十分可爱。娜斯嘉像一只长腿金鸡。她的头发既不是深色，也不是淡色，而是泛着金光。满脸都是大而密的雀斑，像小金币似的一个挨着一个，四下散布开来；只有小鼻子干干净净，像小鹦鹉似的向上翘着。

米特拉沙比姐姐小两岁，刚十岁出头。他个子矮矮的，但很结实，大脑门，宽脑勺，是个固执而顽强的孩子。

学校的老师们私下里笑称他为"小木墩"。

"小木墩"同娜斯嘉一样，也是满脸金色雀斑，鼻子也像姐姐一样干干净净，像小鹦鹉似的向上翘着。

父母去世后，所有的家当都归给了两个孩子：两间农舍，母牛佐尔卡，牛犊多奇卡，山羊杰列扎，几只没有名字的绵羊、母鸡，金色公鸡别加和小猪仔赫林。

---

① 俄国北方雅罗斯拉夫尔州一城市，距莫斯科约140公里。（本书均为译者注，以下略）

可怜的孩子们虽拥有这份家产，但同时又不得不非常操心这些活生生的家畜。但是，在卫国战争的艰苦年代，我们的孩子们却战胜了这样的灾难！起初，如我们所说的，他们的远房亲戚以及我们邻居们，大家都来帮助孩子们。但是，聪明、友爱的孩子们很快就自己学会了一切，生活开始好转起来。

孩子们多么聪明呀！只要有机会，他们就参加社会工作：在集体农庄的田野上、草场上、牲畜棚里、会场上、防坦克壕里……到处都能看到他们的小鼻子：这样的小鼻子真引人注目！

在这个村子里，我们虽然是外来人，但对每家的生活都十分了解。现在我们可以说，没有一家像我们最喜欢的这两个孩子那样生活、工作得如此和睦。

和过世的母亲一样，黎明前时分，太阳还远没有升起，娜斯嘉就循着牧人的号角声起床了。她手里拿根细树枝把自己心爱的畜群赶出去，接着又赶快跑回木屋。她不再躺下睡觉，而是生好炉子，把土豆弄干净，准备好午饭，就这样忙活家务一直到夜晚。

米特拉沙跟父亲学会了做木器家什，如木桶、臼子、木盆。他有一台木刨床，比他的两个身高还要长。他就用这台刨床把一块块木板装配好，再箍上铁制或木制的桶箍。

虽然他们有头母牛，但两个孩子无需拉着木器家什到集市上去售卖，好心的人们会主动上门来请米特拉沙做：有的需要洗脸盆用的臼子，有的需要接融雪滴水的木桶，有的需要腌黄瓜或蘑菇的小木桶，甚至有的还要带齿的普通小木盆，用于家里养花。

他做好之后，人们同样会用各种东西回报他。不过，除了做木桶之外，所有男人做的家务，以及社会工作，都落在他身上。

他经常参加各类会议，努力了解各种社会关切，大概还能领会一些什么。

好在娜斯嘉比弟弟大两岁，否则他肯定会骄傲自大，在他们的友谊中也就不可能有像现在这样非常和谐的平等。如今米特拉沙常常回忆起父亲是如何教导母亲的，于是他就模仿父亲，也想要指教自己的姐姐娜斯嘉。但是姐姐很少听从，只是报以微微一笑……于是"小木墩"开始发火，他神气十足，鼻子翘得老高，总是说：

"得了吧！"

"你也太神气了吧？"姐姐反驳道。

"得了吧！"弟弟生气地说，"娜斯嘉，你自己才神气呢。"

"不，是你！"

"得啦！"

娜斯嘉让固执任性的弟弟难受了一阵，就抚摸着他的后脑勺，而且，只要姐姐的小手一摸弟弟那宽宽的后脑勺，小男主人就失去了父亲那样好斗的劲头。

"来，一起除草吧！"姐姐说。

于是弟弟也开始给黄瓜除草，或者给甜菜锄地，或者种土豆。

确实，卫国战争时期大家都非常非常艰苦，大概全世界都从来没有如此艰苦过，就连孩子们也不得不经受各种操劳、挫折和痛苦。但是，他们的友谊战胜了这一切，他们生活得很好。我们可以再次坚定地说：村里谁家都没有像米特拉沙和娜斯嘉一样生活得那么和睦。我们想，这可能是父母的不幸让两个孤儿如此紧密地团结在一起。

二

酸酸的、对身体十分有益的蔓越莓夏天在沼泽地里生长,深秋时才采摘。但是,并不是所有人都知道,最好吃的、最甜的蔓越莓——如我们这里的人们所说——往往要在雪底下放上一冬天。我们这儿把这种春天深红的蔓越莓放在瓦罐里与甜菜一起煮,然后当茶饮,就跟喝加糖的茶一样甘甜。谁家要是没有甜菜,那就只喝掺有蔓越莓的茶。我们这样尝试过——味道还不错,可以喝,甜代之以酸,天气炎热的日子里这样喝感觉特别爽。用甜蔓越莓做成的羹是多么美味的果汁呀!这里的人还认为,这种蔓越莓是包治百病的良药。

四月末,茂密的云杉林中还挂满春雪,而在沼泽地里往往要温暖许多:此时那里的雪已经完全没有了。从人们那里得知这种情况后,米特拉沙和娜斯嘉就开始盘算着去采蔓越莓。天还未亮之前,娜斯嘉就给所有的牲畜家禽喂了食。米特拉沙带上父亲的双筒猎枪"图尔卡"、喂花尾榛鸡的碎麦米,也没有忘记带上罗盘。以往父亲每次去森林,从来没有忘记过这个罗盘。米特拉沙不止一次问父亲:

"你一辈子都在森林里走来走去,对森林了如指掌,为什么还需要这个指针呢?"

"你瞧，德米特里·帕甫洛维奇[1]，"父亲答道，"在森林里，这个指针对你来说比你母亲还能干：有时天空布满乌云，你无法根据太阳在森林里确定方向，你乱碰运气地走，就会走错，迷路，挨饿。这时，你只要一瞧指针，它就会告诉你家在哪儿。根据指针，你就能一直走回家，能吃上饭。这个指针比朋友还要忠实：朋友有时会背叛你，而指针却永远坚定不移，不管你怎么旋转，它总是指向北方。"

米特拉沙看了看这奇特的物件，就把罗盘锁上了，为的是在路上不让指针乱动。他照父亲的样子，脚上仔细缠好包脚布，伸进靴筒里，戴上一顶破旧的便帽，那帽檐已分成两层：上面一层皮壳向上翘起，已遮不住太阳；下面一层几乎耷拉到鼻梁上。米特拉沙穿上父亲那件破旧上衣，更准确地说是穿上了领子，这领子把一条条曾经还不错的家织土布连接在一起。男孩子用宽腰带把这些布条在腹部束起来，父亲的上衣穿在他身上就像大衣，一直拖到地上。猎人的儿子又将一把斧头别在腰里，右肩挎着装罗盘的袋子，左肩挎着双筒猎枪"图尔卡"，这样一来，对飞禽走兽来说，就显得十分可怕了。

娜斯嘉也收拾起来，她把一个大篮子拴上毛巾挎在肩上。

"你用毛巾干什么呀？"米特拉沙问道。

"当然有用，"娜斯嘉回答，"难道你不记得，妈妈是怎么去采蘑菇的？"

"采蘑菇呀！你要明白，蘑菇有好多，那样会勒疼肩膀的。"

---

[1] 米特拉沙的大名。

"或许我们还会采到好多蔓越莓呢。"

米特拉沙刚要说他那句"得了吧",就回想起父亲被征召去打仗时说过的有关蔓越莓的话。

"你还记得吧,"米特拉沙对姐姐说,"关于蔓越莓父亲是怎么对我们说的,还说森林中有处景色最迷人的地方……"

"记得,"娜斯嘉答道,"他说过蔓越莓,他知道有个地方,那里到处都是散落的蔓越莓,可是他说的什么森林中景色最迷人的地方我可不知道。我还记得他说过,有个地方叫'无法通行的泥泞沼泽'。"

"就在那儿,在荒原旁边,有处景色最迷人的地方,"米特拉沙说,"父亲说,朝着高岗走,随后向北,穿过'回声响亮的松林',再一直朝北走,森林中景色最迷人的地方就会展现在面前了。那里因为蔓越莓而呈现出鲜血般红艳艳的一片。还没有任何人到过那个地方呢。"

米特拉沙说着,已经到了门口。弟弟讲述的时候,娜斯嘉想起来,昨天还剩有一铁锅没有动过的煮熟的土豆。她没有在意什么森林中景色最迷人的地方,而是急忙悄悄地跑回到灶前,把整锅土豆倒进篮子里。

"我们也许会迷路,"她想,"面包我们带得足够,还有一瓶牛奶,土豆或许也会派上用场。"

此时,弟弟以为姐姐还一直站在他身后,依然给她讲着森林中那处神奇的、景色最迷人的地方,去那里的路上的确有片"无法通行的泥泞沼泽",好多人、牛、马都死在了那里。

"喂,那处景色最迷人的地方是怎么样?"娜斯嘉问道。

"这么说你什么都没有听见呀?"他忽然明白过来。于是在行进中又匆忙地把他从父亲那儿听来的、那处谁也不知道的、长着甜甜的蔓越莓的森林中景色最迷人的地方重新讲了一遍。

三

我们自己在其中也不止一次迷失方向的勃鲁多夫沼泽,如同大沼泽一样,几乎都是从柳树、赤杨和其他一些难以通行的灌木丛开始的。第一个人在经过这种沼泽旁的泥泞地时,要手持斧头为其他人开辟通道。后来,在人们的脚下就形成了坑坑洼洼的道路,小路又变成了流水的小水沟。在黎明前的黑暗中,孩子们没特别费力就通过了这沼泽旁的泥泞地。当灌木丛不再遮挡前面的视野时,沼泽在第一缕晨曦中像大海一样展现在他们面前。况且,这勃鲁多夫沼泽以前曾是古海的海底。如同现在的大海中常有岛屿、沙漠中常有绿洲一样,沼泽中也有小丘。在勃鲁多夫沼泽中,这些沙丘被高高的松林所覆盖。越过一片小沼泽后,孩子们登上了有名的被称为"高鬃岗"的第一片松林。在初亮的灰蒙蒙的雾霭中,从这里高高的空地放眼望去,"回声响亮的松林"隐约可见。

还没有到达"回声响亮的松林",几乎就在小路旁,一些血红色的浆果就开始出现了。喜欢采摘蔓越莓的人,一开始就把这些果子放入口中。谁要是从未尝过秋天的蔓越莓,而直接抓起春天的果子就吃,准会被酸得喘不过气来。但是这两个农村的孤儿清楚地知道秋天的蔓越莓是什么味儿的，因此，当他们现在再吃春天的果子时，就一再地说：

"多么甜啊！"

"回声响亮的松林"甘愿向孩子们敞开它那宽广的林间通道，即使现在是四月天，这通道仍然被暗绿色的越莓草所覆盖。在去年的绿草中间，偶尔能看见白色的雪莲新开放的小花和紫色的、芬芳的、细小而密集的狼皮花。

"它们可真香啊，闻一闻，采些狼皮花吧。"米特拉沙说。

娜斯嘉试着折了一根花茎，可是怎么也折不断。

"为什么叫狼皮花呢？"她问道。

"父亲说，"弟弟回答，"狼用它给自己编小筐。"

他笑了起来。

"难道那里还有狼？"

"当然喽！父亲说过，那里有一只老狼，叫'灰地主'。"

"我记得，就是战争前咬死咱家羊的那只。"

"父亲说，现在它在枯河的堰塞处活动。"

"它不会惹我们吧？"

"让它试试看。"戴双层遮檐帽的小猎手答道。

就在孩子们这样聊着的时候，清晨越来越接近黎明。"回声响亮的松林"里到处都是鸟儿的歌唱，野兽的吼声、呻吟和嚎叫。这些声音并不都是出自松林，而是来自潮湿的、荒凉的沼泽地，所有的声音都集中在这里。这些声音激起了生长在干谷地的、回声响亮的松林的回应。

但是这些可怜的鸟儿和野兽，似乎感到很压抑，都在努力说着某种它们共同的、唯一的美丽语言！就连娜斯嘉和米特拉沙这样纯朴的孩子也能理解它们的尽心竭力。它们只是力图说出某种美丽的语言。瞧，一只鸟儿正在枝头歌唱，它的每片羽毛都努力地抖动着，但是，它仍无法像我们一样说话，只好唱啊、叫啊、敲击啊。

"咔——咔。"隐约听到幽暗的树林中一只大松鸡不时轻轻地敲击几下。

"扑棱——扑棱！"小溪上空，一只公野鸭飞过。

"嘎——嘎！"湖中的母野鸭叫着。

"咕——咕——咕。"白桦树上的红腹灰雀回应着。

田鹬，一种个头不大的灰色鸟儿，长着扁销似的长嘴，像野沙雉一样在空中展开翅膀。麻鹬发出类似"日夫——日夫"的叫声。黑琴鸡在什么地方喃喃低语，"啾啾"叫着。白色沙鸡如同女妖，在哈哈大笑。

我们猎人从小就听惯了这些声音，熟悉并能分辨，听到这些声音就感到愉悦，很理解这些鸟儿费力地说着自己的语言，可又无法表达。这就是为什么黎明时分我们走进森林时，听到了鸟语，于是就像对人一样，对它们说出这样一句话：

"你们好！"

此时，它们似乎也很愉快，好像也都回应着这出自人的口中的美妙语言。

于是作为回答，它们嘎嘎、啾啾叫着，扑棱扑棱飞着，咔咔敲击着，极力用这些声音回答着我们：

"你们好！你们好！你们好！"

但是，就在这些声音中间，突然冒出一种莫名其妙的怪叫。

"你听见了吗？"米特拉沙问道。

"怎么没听见呢！"娜斯嘉回答，"早就听见了，有点儿可怕。"

"没有什么可怕的！父亲对我说并指给我看过，春天里的兔子就是这样叫。"

"为什么这样叫？"

"父亲说，它在叫：'你好，母兔！'"

"那这又是什么在啸叫？"

"父亲说，这是'水牛'大麻鹭在啸叫。"

"它为什么啸叫？"

"父亲说，它也有自己的女友，也像所有的鸟儿一样，用自己的语言对女友说：'你好，母大麻鹭！'"

突然，一切变得清新而富有朝气，仿佛整个大地立刻被清洗了一番，天空也明亮起来，所有的树木都散发出树皮和嫩芽的清芬。此时，仿佛在一切声音之上迸发出一种庄严的呼唤，它淹没了一切，这声音就如同所有的人和谐一致地愉快高呼：

"胜利！胜利！"

"这是什么声音？"兴奋的娜斯嘉问道。

"父亲说，这是鹤在迎接太阳。这说明太阳很快就要升起了。"

然而，当这两个喜欢采蔓越莓的人踏入大沼泽地时，太阳还没有升起。迎接太阳的盛典根本还没有开始，灰蒙蒙的雾霭像夜的衣裳一样笼罩在弯曲多节的云杉和白桦树的上空，压制了"回声响亮的松林"里的一切美妙的声音，此时只能听到一种沉重的、令人压抑不快的嚎叫。

由于寒冷，娜斯嘉全身蜷缩着，在沼泽的湿气中，喇叭茶花的强烈的、令人昏眩的气味向她袭来。面对这似乎无法逃避的死亡力量，"小长脚金鸡"感到自己的弱小和无力。

"米特拉沙，"娜斯嘉瑟瑟地问道，"是什么在远处这么可怕地嚎叫呀？"

"父亲说，"米特拉沙回答，"这是枯河上的狼在嚎叫，现在估计是那只叫'灰地主'的狼在叫。父亲说，枯河上所有狼都被打死了，但是那只灰狼不可能被打死。"

"它现在为什么这么可怕地嚎叫？"

"父亲说，春天狼嚎叫是因为它们没有吃的。还剩下灰狼孤独一只，它就这么嚎叫。"

沼泽地的湿气仿佛透彻身体直到骨髓，孩子们感到特别寒冷，因此不想再往下踏入潮湿、泥泞的沼泽。

"咱们往哪儿走？"娜斯嘉问道。米特拉沙掏出罗盘，确定了北方，指着一条朝北的不太明显的小路说：

"咱们沿着这条小路朝北走。"

"不，"娜斯嘉回答，"咱们沿着这条大路走，所有人都朝那里走。记得吗，父亲对我们说过，'无法通行的泥泞沼泽'是多么可怕的地方，有多少人和牲口死在那里。不，不，米特拉沙，咱们不能朝那里走。大伙儿都走这边，说明那里生长着蔓越莓。"

"好多事你不明白！"小猎手打断了她，"咱们朝北走，正如父亲说的，那里有森林中景色最迷人的地方，谁也没有到过那儿。"

娜斯嘉眼看弟弟要生气了，突然嫣然一笑，抚摸了一下他的后脑勺。米特拉沙马上平静了下来，于是两个好朋友沿着罗盘指示的小路走下去。现在已不是像刚才那样并肩前进了,而是一个跟随一个行进。

四

大约两千年以前,风儿像播种者一样,将两粒种子——一粒松树种子和一粒云杉种子——吹到勃鲁多夫沼泽。两粒种子落在一块平整的大石头旁边的同一个坑内……从那时起,大约两千年间,松树和云杉一起生长,它们的根从小就交织在一起,它们的树干并排向上伸向天空,竭力要超越对方。两棵树彼此残酷地竞争着,用根汲取营养,用树枝吸收空气和阳光。它们长得越来越高,树干越来越粗;它们的枯枝缠住活树干,互相交织穿插。狂风给树木带来不幸的生活,时而吹到这里摇撼它们。这时,两棵树就像活物一样呻吟起来,对着整个勃鲁多夫沼泽哀号。这声音与动物的呻吟竟然如此相似,以至于一只小狐狸在毛茸茸的小草墩上缩成一团,向上仰起它那尖尖的小脸。松树和云杉的呻吟让动物们感到如此会心合意,一只在勃鲁多夫沼泽变野的狗在听到后出于对人的思念而哀号起来,而一只狼则因为对狗的难以排解的仇恨而嚎叫起来。

太阳的第一缕光辉在沼泽地里生长的弯曲多节的矮小云杉和白桦树上空掠过,照耀着"回声响亮的松林",一棵针叶松的巨大树干像大自然的伟大殿堂中熊熊燃烧的蜡烛。就在此时,两个孩子来到了一块卧石前。鸟儿们迎接伟大太阳升起的歌唱,从沼泽地隐约传到了两个孩子坐下休息的这块卧石边。

从孩子们头顶掠过的明亮的阳光还不够温暖。整个沼泽地里依然寒冷，小水洼仍覆盖着一层白色薄冰。

大自然万籁俱寂。两个瑟瑟发抖的孩子默默不语，以至于一只黑琴鸡根本没有注意到他们。松树和云杉的树枝交叉在一起，在两棵树之间形成一座小桥，那只黑琴鸡就栖息在这小桥的最高处。它站在这座对它来说相当宽阔的小桥上，靠近云杉，在冉冉升起的太阳的光辉之中仿佛变得神采奕奕。它头上的鸡冠像火红的火苗燃烧着，黑羽毛深处的蓝胸脯开始由蓝变绿。它那色彩斑斓的尾巴像竖琴一样展开，显得特别美丽。

黑琴鸡看到沼泽地里生长的可怜兮兮的小云杉上空的太阳，突然在那高高的小桥上跳跃了一下，展示出尾巴和翅膀下极其干净、洁白的羽毛，叫了一声：

"啾啾，咔！"

按照黑琴鸡的语言，"啾啾"多半是"太阳"的意思，而"咔"大概就是我们所说的"你好"。

作为对这只发情的黑琴鸡的第一声"啾啾"的回应，整个沼泽地里响起了同样的"啾啾"声和振翅的啪啪声，几十只长得像这只黑琴鸡一样的大鸟开始从四面八方飞到这里，落在卧石附近。

两个孩子坐在冰冷的石头上，平心静气地等待着太阳的光辉照临身边，哪怕稍微暖暖身子也好。第一缕阳光终于掠过附近矮小的云杉树冠，照射在孩子们的脸上。此时，树上的黑琴鸡迎接着太阳，停止了跳跃和鸣叫。它在云杉树冠的小桥上俯下身子，穿过树枝，伸出它那长长的脖子，长时间地歌唱起来，那歌声就像小溪潺潺作响。作为对它的回应,落在附近地上的几十只这样的鸟儿,还有每只雄鸡,也都伸长脖子唱起了同样的歌。于是,仿佛一条宽广的溪流喁喁低语着在无形的石子上流淌起来。

我们猎人有多少次盼来这幽暗的清晨,在寒冷的黎明瑟瑟地听着这歌声,按照自己的意思极力地去理解这些雄鸡在唱些什么。当我们按照自己的意思重复它们的絮语时,我们就会这样说:

羽毛浓密,
咕——咕——咕,
羽毛浓密,
把它揪光,揪光。

几只黑琴鸡一致同声地这样絮叨着,随时准备掐架。就在它们这样絮语时,在云杉茂密树冠的深处发生了一桩小小的事件。那里有一只雌乌鸦卧在巢里,一直躲避着几乎就在巢边的那只发情的黑琴鸡。雌乌鸦很想把它赶走,可又担心离开巢会让蛋在清晨的严寒中变冷。此时,护巢的雄乌鸦似乎发现了某种可疑之处,就飞了一圈,停了下来。雌乌鸦卧在巢中,安详温顺地等待着雄乌鸦。突然,它看到飞回来的雄乌鸦,就叫了一声:

"哇,哇!"

这叫声的意思是:

"救救我!"

"哇,哇!"雄乌鸦向求偶的一方回答,意思是:它还弄不清楚哪只会把对方夆起的羽毛揪光。

雄乌鸦立刻明白发生了什么事，落到云杉附近的那座小桥上，就在那只发情的黑琴鸡的巢边，只不过更靠近松树。于是它开始等待。

黑琴鸡对雄乌鸦毫不理会，这时它发出了所有猎人们都熟悉的叫声：

"咯——咯——嘎！"

这是对一切求偶的雄鸡发出的打群架的信号。嚆，浓密的羽毛向四周奓起来！雄乌鸦好像循着这信号，立刻沿着小桥小步地、悄悄地靠近黑琴鸡。

两个采蔓越莓的人如雕像般一动不动地坐在石头上。如此温暖而清新的太阳迎着他们在沼泽地的小云杉上空升起。然而这时，一缕云彩出现在天空。它宛如射出的一支蓝色的、寒光四射的箭，将正在升起的太阳分成两半。同时，一阵风突然袭来，云杉挤压着松树，松树呻吟起来。风再次吹来，于是松树挤压着，云杉则咆哮起来。

娜斯嘉和米特拉沙在石头上休息了一会儿，晒了晒太阳，这时站起身来，继续赶路。可就在石头旁边，一条宽阔的沼泽小路分成了两条：一条好走的平坦小路通向右边，另一条不好走的小路一直向前。

米特拉沙用罗盘察看了下两条小路的方向，然后指着那条不好走的小路说：

"咱们应该沿着这条小路朝北走。"

"这不是路！"娜斯嘉答道。

"得了吧！"米特拉沙生气了，"人们走过的就是路。咱们应该朝北走。走吧，别再唠叨啦。"

娜斯嘉委屈地服从了弟弟。

"哇！"巢中的雌乌鸦这时叫了一声。

它的雄乌鸦迈着细碎的步子走近站在小桥中间的黑琴鸡。

第二支急速的蓝箭又将太阳分割开来，一片灰色的云雾开始涌来。

"小金鸡"鼓足勇气劝说自己的朋友。

"瞧，"她说，"另一条小路多么平坦，所有的人都走这里。难道我们比他们还聪明？"

"让所有的人走去吧，"固执的"小木墩"坚决地回答，"咱们应该像父亲教导的那样，按照指针的方向朝北走，走到森林中景色最迷人的地方。"

"父亲是给我们讲故事，跟我们开玩笑，"娜斯嘉说道，"说不定北边根本就没有什么景色最迷人的地方。咱们按照指针的方向走绝对是愚蠢的：不仅到不了景色最迷人的地方，反而会陷入'无法通行的泥泞沼泽'。"

"好吧，"米特拉沙猛然转过身去，"我不跟你争吵了。你走你的路，所有女人都去那边采蔓越莓；我自己走自己的路，朝北走。"

他真的就朝那边走去，既没有想到采蔓越莓需要篮子，也没有想到食物。

娜斯嘉本应该提醒他这些事情，可是她那么生气，气得满脸通红像块红布。她朝他背后啐了一口，就沿着人们通行的小路去采蔓越莓了。

"哇——哇！"雌乌鸦叫了起来。

雄乌鸦迅速越过小桥上剩余的路，走到黑琴鸡跟前，用全身的力气猛然撞了它一下。那只黑琴鸡仿佛被开水烫了一下，就向一群正在飞翔的黑琴鸡扑去。然而，怒气冲冲的雄乌鸦追上它，啄下它一撮洁白的和色彩斑斓的羽毛，撒向空中，然后把它驱赶得远远的。

这时，灰色云雾密集涌来，将整个太阳连同生机勃勃的光线全部遮住。狂风骤起。盘根错节的两棵树相互穿插着树枝，朝着整个勃鲁多夫沼泽咆哮、哭号、呻吟起来。

五

两棵树那么忧伤地呻吟着，就连安吉佩奇的那只猎犬特拉夫卡也从守卫室旁边已经坍塌一半的土豆窖中跑了出来，也像那两棵树一样忧伤地哭号起来。

狗为什么这么早就从温暖舒适的地窖中爬出来，应和着两棵树哀怨的哭号呢？

这天早晨，两棵树时而发出这样的哭号，仿佛森林中某处有个迷失的或者被遗弃的孩子在痛苦地哭泣。

特拉夫卡听到这种声音就无法忍受，夜里就从窝里爬出来。这只狗无法忍受永远穿插在一起的两棵树的这种哭号：这让它想起了自己的痛苦。

非常喜欢特拉夫卡的老猎人安吉佩奇去世了。自从特拉夫卡的生活中发生了这可怕的不幸之后，已经过去了整整两年。

我们以前就喜欢到安吉佩奇那儿去。看来老头儿也忘记了自己多大岁数,他一直住在自己的森林守卫室里,似乎永远不会死。

"您多大岁数啦,安吉佩奇?"我们常常问他,"八十啦?"

"少啦。"他答道。

"一百岁?"

"多啦。"

我们以为他这是在和我们开玩笑,而他自己很清楚,于是我们问道:

"安吉佩奇,别开玩笑啦,实话告诉我们,您到底多大岁数啦?"

老头儿回答说:"如果你们告诉我什么是真理、真理是什么样的、它在哪里、如何找到它,那我就实话告诉你们。"

我们难以回答。

"安吉佩奇,您比我们年长,"我们说,"您大概比我们清楚什么地方有真理。"

"我清楚。"安吉佩奇笑道。

"好吧,您说。"

"不,我活着的时候不能说,你们得去寻找。好吧,等我快死的时候你们来吧,我会对着你们的耳朵小声说出全部真理。你们来吧!"

"好,我们会来的。可是,万一我们没有猜到应该什么时候来,我们不在时您就去世了呢?"

"孩子们,"他说,"你们不小了,自己该知道了,可你们还什么都要问。好吧,我死的时候如果你们不在,那我就小声告诉我的特拉夫卡。特拉夫卡!"他喊了一声。

一只整个背上有一条黑道道的棕红色大狗走进小屋。它的眼睛下方有弯曲的黑条纹,像眼镜似的,因此眼睛显得很大,那眼睛似乎在问:"唤我干什么,主人?"

安吉佩奇有点儿特别地看了它一眼,狗立刻明白了主人的意思:他唤它是因为交情,因为友谊,不为什么,而只是开开玩笑,玩一玩……特拉夫卡摇了摇尾巴,越来越低地伏下身子,它就这样爬到老人面前,仰面躺下,将长着六对黑色乳头的淡白色腹部向上翻起。安吉佩奇本想伸出一只手去抚摸它,但它突然跳起来,把两只爪子搭在老人的肩头,亲起他来:又是鼻子,又是脸颊,又是嘴唇。

"好,行啦,行啦。"他说,一面安慰着狗,一面用袖子擦着脸。

他摸了摸它的头,说道:

"好,行啦,现在走吧,自己去玩吧。"

特拉夫卡转过身去,跑到院子里去了。

"是呀,孩子们,"安吉佩奇说,"瞧特拉夫卡,一只猎犬,只要一句话,它就全明白了,可是你们,亲爱的,总问哪里有真理。好吧,你们来吧。要是再也见不到我了,那我就小声地全都告诉特拉夫卡。"

于是安吉佩奇去世了。不久,伟大的卫国战争开始了。没有再派其他守林员去安吉佩奇的岗位,他的守卫室也废弃了。小房子已经十分破旧,比安吉佩奇本人还年老许多,全靠几根柱子支撑着。没有了主人,有一次,风与小房子逗着玩,它一下子完全垮塌了——就像纸牌搭的房子,因为孩子的一口气就倒塌了一样。

仅仅一年，高高的柳兰草就从原木中间长了出来，整个小木屋在林中空地上只留下一个小丘，上面长满了小红花。特拉夫卡转移到土豆窖，像其他野兽一样，开始在森林里生活起来。

不过，特拉夫卡对野狗的生活很难习惯。以前它追捕野兽是为了伟大而慈祥的主人安吉佩奇，而不是为了自己。它很多次在追捕中逮住了兔子。它把兔子压在自己的身体下面，就那样趴着，等着安吉佩奇到来，而且它常常很饿了，但就是不允许自己吃兔子。甚至有时，假如安吉佩奇因为什么事没有来，它就把兔子叼在嘴里，高高昂起头——为的是不让兔子挣扎，然后把它拖回家去。它就是这样为安吉佩奇而不是为自己工作着，因为主人喜欢它，喂养它，保护它不受狼的侵害。可是如今，安吉佩奇去世了，它像其他野兽一样，必须为自己而生活了。有时候，在激烈的追捕中，它不止一次忘记追捕兔子是为了要逮住它吃掉，还是把它拖到安吉佩奇那里。有时听到树的呻吟，它就爬到以前曾是小木屋的小丘上，一个劲儿地号叫起来……

老狼"灰地主"早就在留心谛听着这号叫声……

六

安吉佩奇的守卫室离枯河一点儿也不远。几年前，根据当地农民的申请，我们的打狼队曾去过枯河。当地的猎人们获悉，一大窝狼就生活在枯河的某个地方。我们就来帮助农民，并按照跟猛兽斗争的规则展开工作。

夜间，我们来到勃鲁多夫沼泽，像狼似的嗥叫起来，这样引起了枯河上狼群的回应。于是我们准确地了解到它们在什么地方，有多少。它们生活在枯河的堰塞处。在那个地方，河水为了自己的自由早就与树木进行着斗争，而树木则要巩固河岸。河水胜利了，树木倒下了。之后，河水在沼泽地泛滥开来，树木层层叠叠堆积在一起，并且腐烂了。杂草透过树木长出来，常春藤的藤蔓将稠密的、年轻的山杨缠绕起来，于是形成一处牢固的地方，或者按照我们猎人的说法，成了一座狼的堡垒。

确定了狼群的位置后，我们就踏着滑雪板沿着雪道绕了一圈，这一圈有三公里，并沿着灌木丛在绳子上挂起红色的、带有强烈气味的小旗子。红色能吓唬狼，而红布的气味也让它们害怕。如果一阵风掠过树林，这些小旗子会立刻晃动起来，会令狼群感到恐惧。

我们按照射手的人数在连续不断的一圈旗子上设立了相应数量的空当。面对每个空当，在稠密的小云杉背后都藏着一个射手。

围猎的人不时小心地喊几声，用木棍敲几下，把狼轰出来。起初，狼群悄悄地朝特定方向走去。母狼走在前面，几只一岁的小狼紧随其后，在后面一旁独自走着的就是那只大个头儿、大脑门、农民人人皆知的恶棍——外号"灰地主"的大狼。

狼群小心翼翼地走着。围猎的人逼近了一些。母狼小跑起来。突然……它停了下来！有旗子！它转向另一边，又停下来！也有旗子！

围猎的人紧逼得越来越近。老母狼失去了狼的思维，只好东一头西一头地乱窜，寻找着自己的出路。就在小空当处，它的头被子弹击中，离猎人仅有十步之遥。

就这样，所有的狼都死了。然而，不止一次陷入如此困境的"灰地主"，在听到最初的枪声后，一下子就从旗子上跳了过去。跳跃中它被两颗子弹击中：一颗射穿了它的左耳，另一颗打掉了它的半截尾巴。

狼群完蛋了，但是，"灰地主"一个夏天咬死的牛羊比以前整个狼群咬死的牛羊一点儿都不少。它躲在刺柏丛后面等待着牧人走开。一旦看准时机，它就冲进畜群，又咬死羊，又伤害牛。

此后，它逮住一只羊就驮在背上，越过栅栏，朝着枯河上自己的难以接近的洞穴飞跑。冬天，当畜群不再到田野放牧的时候，它很少有机会潜入某个畜厩。冬天它更多的是逮村里的狗，几乎只是吃狗充饥。它竟然那么肆无忌惮，有一次，当它发现一只狗正跟着主人的雪橇奔跑，它就把狗赶进雪橇，直接从主人的手中把狗夺了下来。

"灰地主"成了这一地区的威胁，农民们再次去请我们的打狼队帮忙。我们五次试图用小旗围猎法围困它，而它竟五次都在我们的眼皮底下越过小旗跑掉了。

眼下，早春时节，灰狼在可怕的寒冷与饥饿中度过了严酷的冬季，它在自己的洞穴里急不可耐地等待着真正春天的最终来临，等待着村里的牧人吹起号角。

就在两个孩子相互争吵并沿着不同的道路前进的那天早晨，灰狼饥肠辘辘地躺着，一副凶恶的样子。风搅扰得早晨不得安宁，吹得卧石旁边的树木呼号起来。此时，它再也无法忍受，就从自己的洞穴里爬了出来。它站在堰塞上，仰起头，收缩着干瘪的肚子，迎风竖起它唯一的一只耳朵，翘起半截尾巴，号叫起来。

这是多么悲伤的哭号啊！你，一个过路人，如果听到这号叫，就会产生一种相应的情感。但不要相信这种悲伤：因为这不是人的忠实朋友狗在哭号，而是人的凶残敌人狼在哭号，它极其凶残，注定要灭亡。你，一个过路人，保留着自己的怜悯之心吧，不要为像狼那样仅为自己哭号之辈，而是为像失去主人之后如今不知为谁效力的狗那样哭号的人。

七

枯河以大半圆形环绕着勃鲁多夫沼泽。狗在半圆的一端号叫，狼在另一端号叫；而风压迫着树木，把它们的号叫吹散开去，全然不知在为谁效力。对于风来说，树木，人的朋友狗，或者人的凶残敌人狼，谁号叫都无所谓——只要它们号叫。风起的坏作用就是将被人遗弃的狗的哀号吹到了狼那里。灰狼从树木的呻吟中辨别出狗的呻吟，就悄悄地从堰塞冲出来，竖起它那警觉的、唯一的一只耳朵，直挺挺地撅着半截尾巴，登上了小土丘。它确定了安吉佩奇的守卫室旁边发出号叫的位置，就立刻从小土丘一直朝着那个方向飞奔而去。

对特拉夫卡来说，幸运的是强烈的饥饿感迫使它停止了可怜的哭号，或者也可以说是对新人的呼唤。按照狗的理解，安吉佩奇或许根本就没有死，只是对它扭过脸去。它甚至认为，所有的人只是拥有多张面孔的同一个安吉佩奇罢了。如果他的脸扭了过去，那么很快，拥有另一张面孔的安吉佩奇又会把它召唤到身边，那它仍然会忠实地效力于这张面孔，就像效力于那张面孔一样……

最有可能的是：特拉夫卡在以自己的哭号呼唤安吉佩奇到自己身边来。

狼听到它所仇恨的狗对人的这种呼唤，就飞快地朝那里奔去。如果特拉夫卡再叫那么四五分钟，灰狼可能就把它逮住了。但是，它对安吉佩奇呼唤了一阵后，感到非常饥饿，于是停止了号叫，去为自己寻找野兔的踪迹了。

每年这个时节，早晨初临时，夜间活动的动物——兔子——就不再睡觉了，整个白天都睁着眼睛心惊胆战地躺在窝里。春天，兔子会在光天化日之下公然地、勇敢地在田野和道路上跑来跑去。瞧，一只老灰兔在孩子们争吵之后来到了他们分手的地方，也像他们那样，蹲在卧石上休息和谛听起来。一阵突然袭来的风和树木的呼号把它吓坏了，它从石头上跳下，撒开后腿向前窜，用兔子特有的跳跃步法径直朝着人的恐惧之地——"无法通行的泥泞沼泽"跑去。它还没有完全褪毛，因此不仅在地上留下足迹，还把冬毛挂在灌木丛上和去年的高草上。

虽然距那只兔子蹲在石头上已经过去了相当长的时间，但是特拉夫卡立刻就嗅到了它的踪迹。两个小孩儿在石头上留下的痕迹，以及他们那散发着面包和土豆香味的篮子的痕迹，妨碍了特拉夫卡去追捕那只兔子。

于是在特拉夫卡面前有一项重要任务需要解决：要么循着灰兔去"无法通行的泥泞沼泽"的足迹行进，其中一个孩子的足迹也通向了那里；要么按照行人的足迹行进，就是向右转，绕过"无法通行的泥泞沼泽"。

如果能够弄清楚两人之中谁随身带着面包，那么这道难题就很好解决了。这时要能吃点儿面包多好，那就不必为自己去追捕兔子，而把逮到的兔子送给那个给它面包的人就行了。

该往哪个方向走呢？……

在这种情况下，人会思考一番；而对于猎犬，猎人们则常说：狗失去了猎物的踪迹。

特拉夫卡也就这样失去了猎物的踪迹。在这种情况下，与所有猎犬一样，它高高地仰着头，开始兜圈子，带着紧张的探寻目光，向上、向下、向四面八方嗅来嗅去。

突然，从娜斯嘉去的那个方向吹来一阵风，立刻让快速兜圈子的狗停了下来。特拉夫卡停了片刻，甚至像兔子那样用后腿向上站立起来……

安吉佩奇还在世时，有一次特拉夫卡就出现过这种情况。在森林里运送木柴是守林人的一项繁重工作。安吉佩奇为了不让特拉夫卡妨碍他，就把它拴在了家里。清晨黎明时分，守林人就出门了。不过，快到午饭时，特拉夫卡就弄清楚了：链子的一端拴在一条粗绳的铁钩上。在明白了这一点后，它就登上土台，用后腿站立起来，用前爪将绳子拽到身边，傍晚时将绳子弄断了。随后，它脖子上带着链子就去寻找安吉佩奇。自从安吉佩奇出门后，时间已过去大半天，他的踪迹已失去，然后又被露水似的毛毛雨冲刷掉。但是，森林里一整天都如此静谧，似乎连一丝空气都没有飘动，安吉佩奇的烟斗中散发出一缕气味强烈的青烟，从早到晚还一直悬浮在凝滞不动的空气中。特拉夫卡立刻明白，按照足迹不可能找到安吉佩奇，于是它高高地昂着头转了一圈，突然发现了空中的一丝青烟。它时有时无地嗅着空气中的烟味，就循着这烟气，最终慢慢地找到了主人。

这种情况曾经发生过。眼下，当一阵强劲而猛烈的风将一股令人生疑的气味吹入它的嗅觉范围时，它立刻停止不动，等待着。风再次吹来，它就像那个时候一样，像兔子似的用后腿站立起来，并确信面包或土豆就在风吹来的那个方向，一个小孩儿到那边去了。

特拉夫卡回到卧石旁，核对了一下风吹来的气味和放在石头上的篮子的气味。随后它又检查了另一个小孩儿的足迹和兔子的足迹。可以猜出，特拉夫卡是这样想的：

"灰兔的足迹显然是通向白天的栖息地，它会在'无法通行的泥泞沼泽'旁不远的什么地方待上一整天，哪儿也不去；而那个带着面包和土豆的人可能会离开。可是应该怎样抉择呢？是费力地、疲惫不堪地为自己追捕兔子，然后把它撕碎，饱餐一顿？还是从那个人手中得到一块面包和一番爱抚，甚至或许能在他那里找到安吉佩奇？"

特拉夫卡再次专注地朝有明显足迹通向"无法通行的泥泞沼泽"的那个方向看了看，最后转向了从右侧绕过沼泽的那条小路，又一次用后腿站立起来。确信无疑后，它摇晃了一下尾巴，就小步朝那里跑去。

八

罗盘指针引导米特拉沙前往的"无法通行的泥泞沼泽"是一处致命的危险之地，长期以来，有不少人和大量牲畜因陷入沼泽而无法脱身。因此，所有进入勃鲁多夫沼泽的人，当然应该清楚地知道，这"无法通行的泥泞沼泽"是怎样的存在。

我们这样认为：整个勃鲁多夫沼泽蕴藏着丰富的可燃泥炭，它是太阳的宝库。是的，确实如此。炎热的太阳是每一棵小草、每一朵小花、每一丛沼泽灌木、每一枚浆果的母亲。太阳为它们提供自己的热能，而它们死亡、腐烂后又变成肥料，作为太阳的遗产转交给其他植物——灌木、浆果、花朵和小草。然而，沼泽里的水不让植物父母将自己的全部财富转交给孩子们。这些财富在水下储藏了几千年，沼泽变成了太阳的宝库。之后，这整座太阳宝库——泥炭就作为遗产提供给了人类。

勃鲁多夫沼泽具有巨大藏量的可燃泥炭，但是泥炭层的厚度并不是到处一样。两个孩子在卧石旁边坐过的地方，那里的植物层层叠叠彼此覆盖了几千年，那儿的泥炭层最古老。但是，继续往前走，离"无法通行的泥泞沼泽"越近，泥炭层就变得越来越年轻、越来越薄。

当米特拉沙按照罗盘指针和小路的指引慢慢向前行进时，他脚下的草墩变得不仅像先前那样软塌塌的，而且甚至成了半液体状态。脚刚踏上去时好像挺硬实，可是抬脚一走就变得非常可怕，好像整个脚都会深深地陷进去。如果碰上一些摇晃不稳的草墩，就不得不挑选可以落脚的地方。然后就这样一步步地走下去，你脚下突然像肚子里一样咕噜咕噜响起来，而沼泽下面开始往什么地方移动起来。

脚底下的土壤就像悬挂在覆满水藻的深渊上的吊床。在这移动的土壤之上是根与茎相互交织的薄薄的植物层，上面生长着稀疏的、矮小的、弯曲而生霉的云杉。酸性的沼泽土壤无法让这些云杉生长，已经过了百余年，它们还是那么矮小……这些小老太婆似的云杉完全不像针叶林中的树木，那里的树木全都一模一样：高大，挺拔，树挨树，排并排，好像一根根蜡烛比肩而立。沼泽里的这些小老太婆越老就越显得怪模怪样。瞧，一个像举起手似的伸出那光秃秃的树枝，想要把行进中的你抱住；另一个手里拿着棍子，等待着"啪"的一声揍你一下；第三个蹲在那里不知在干什么；第四个好像在站着织长筒袜。个个如此：每棵云杉肯定会像什么东西。

米特拉沙脚下的植物层变得越来越薄，但是这些植物好像非常结实地交织在一起，完全承受得住一个人的重量，于是他一直踉踉跄跄地往前走着，弄得周围远处的一切也微微摇晃起来。眼下米特拉沙只得相信在他之前走过的、把小路留在身后的那个人了。

这些老太婆似的云杉让这个身背长筒猎枪、头戴双层遮檐帽的孩子在自己中间通过时，感到非常激动。常常是一个老太婆突然站起来，好像要用棍子打这个胆大包天的人的脑袋。随后她坐下来，而另一个巫婆又把她那瘦骨嶙峋的手伸向小路。你等着瞧吧，就像童话中的一样，一片林中空地马上会出现，上面有一座巫师的小房子，几个死人头挂在木杆上。

突然，就在头顶上方，出现了一个长着小凤头的脑袋——一只惊慌不安的凤头麦鸡卧在巢里，有一双圆圆的黑翅膀，翼下露出洁白的羽毛，尖声叫着：

"你们是谁家的？你们是谁家的？"

"咻，咻！"一只大麻鹬叫着，好像在回答凤头麦鸡。那是一只灰色的鸟，长着一张大扁嘴。一只黑乌鸦守护着自己在针叶松上的巢，它围绕着沼泽警戒地飞了一圈，发现了带着双层遮檐帽的小猎人。春天，乌鸦的叫声很特别，就像人的喉咙中发出的带鼻音的喊声："得隆——咚！"如果我们的耳朵不能捕捉、不能明白这基本声音的特色，那么我们也就不明白乌鸦的话语，而只能像聋哑人一样去猜测了。

"得隆——咚！"警戒的乌鸦叫了一声，意思是："一个戴双层遮檐帽、身背猎枪的小孩儿正走近'无法通行的泥泞沼泽'，食物可能很快就找到。"

"得隆——咚！"巢里的雌乌鸦从远处答道。

它的意思是："听到了，我等着呢。"

和乌鸦有近种关系的喜鹊发现了乌鸦的彼此呼应，就吱吱喳喳地叫起来。甚至那只捕捉老鼠失败之后的狐狸也竖起耳朵听乌鸦的叫声。

米特拉沙对这些全都听到了，但他一点儿也不胆怯——如果他脚下是人走过的小路，那他有什么害怕的呢？既然那个人曾经走过，那就说明：他，米特拉沙，也可以沿着这条路勇敢地走下

去。于是,听到乌鸦的叫声,他竟然唱了起来:

    黑乌鸦呀黑乌鸦,
    你不要在我头上盘旋。

歌唱更加激励了他,他甚至明白了该如何缩短这条小路的艰难行程。他看了一眼脚下,发现一只脚陷入泥泞之中,水立刻就聚集到小坑内。这样,每个人从小路上经过时,就会把水从青苔上引到低洼地方,因此,靠近小路的溪流两旁干涸的边沿上生长出高高的、发甜的那杜草,像一条林间小径。根据这种草——眼下早春时节,到处已不是黄色而更像白色——就可以看清楚自己前面很远的地方,知道这条小路通往何方。于是,米特拉沙看到,他走的小路陡然向左转,通往那边很远的地方,然后就完全消失了。他根据罗盘核对了一下方向,指针指向北方,而小路通向西方。

"你们是谁家的?"这时凤头麦鸡叫了起来。

"咻,咻!"鹬答道。

"得隆——咚!"乌鸦更加自信地叫了一声。

周围云杉上的喜鹊也吱吱喳喳地叫起来。

米特拉沙环视了一下方位,看到自己正前方有一片干净的、漂亮的林中空地,那儿的小草墩逐渐变矮,形成一块平坦的地方。更主要的是,他看到就在不远处,在林中空地那一边,高高的那杜草——人行小路的可靠同路人——蜿蜒开去。米特拉沙顺着那杜草的方向看清小路不是一直通向北,便想到:"如果小路近在眼前,就在那儿,在林中空地后面,我干吗要向左转,朝着草墩走呢?"

于是他勇敢地朝前走,开始横穿那片干净的林中空地……

"嘿,你们呀!"有一次安吉佩奇对我们说,"孩子们,你们都穿着衣服穿着鞋。"

"不然又怎么样呢?"我们问道。

"那就光着身子光着脚呗。"

"干吗光着身子光着脚呢?"

可他总是前仰后合地笑我们。

我们一点儿也不明白老头儿在笑什么。

过了好多年,现在想起安吉佩奇的话,一切才明了:当我们这些孩子满怀激情地、自信地吹着口哨,谈论着还根本没有经历过的事物时,安吉佩奇对我们说了这些话。

安吉佩奇建议我们光着身子光着脚,不过他还没有说完:"不知深浅,不要涉水。"

眼下米特拉沙正是如此。明理的娜斯嘉曾警告过他,而且那杜草又显示出绕过沼泽的方向。可他偏不!他不知深浅,放弃行人踏出的小路,径直朝"无法通过的泥泞沼泽"走去。然而,正是在这片林中空地上,植物根本不再交织在一起——那里是沼泽,跟冬天冻结的湖泊上有冰窟窿一样。通常在普通的沼泽上总能隐约看到一点点儿水,上面覆盖着美丽的、白色的水生百合和睡莲。正因为如此,这里才被称为"无法通行的泥泞沼泽",因为从表面根本无法了解其"底细"。

起初,米特拉沙走在泥沼上,甚至觉得比先前走在沼泽上还舒服。然而,渐渐地他的脚越陷越深,站立越来越困难,往上拔脚也越来越吃力。这种情况对麋鹿来说却还好,它的长腿力量极大,更主要的是,不论在森林里还是在沼泽上,它都会毫不犹豫地奔跑。但是米特拉沙一感到危险就停下脚步,寻思起自己的处境来。在停下来的一瞬间,他陷到了膝盖;又一瞬间,他已陷到了大腿。他加把劲还有可能从泥沼中挣脱出来。他本想把猎枪放在沼泽上,拄着它一跳,折返回来。可是,就在前面离他不远处,他看见那里行人走过的足迹上生长着高高的白草。

"穿过去!"他说。

他猛力一冲。

但为时已晚。他像伤员一样,因冲动不断尝试,想着反正完蛋就完蛋。他又猛力一冲,一次,又一次……他感到自己从四面八方被紧紧地困住,一直到胸部。现在连用力喘口气都不行了:任何微小的动作都会把他往下拽。他唯一能做的就是把猎枪平放在沼泽上,用双手拄着它,一动不动,并尽快让呼吸缓和下来。于是他就这样做了:从身上取下猎枪,平放在面前,用双手交替拄着它。

突然一阵风传来娜斯嘉的响亮喊声:

"米特拉沙!"

他回答了她。

但是,从娜斯嘉那边吹来的风将他的喊声吹到了勃鲁多夫沼泽的另一边——西边,那里只有无边无际的云杉。一群苗条的长喙长尾的喜鹊回应着他,像平常那样惊慌地吱吱喳喳叫着,从一棵云杉飞到另一棵云杉,缓缓地绕着"无法通行的泥泞沼泽"飞了一圈,落在一棵云杉的高枝上,开始喋喋不休地叫起来。一些喜鹊似乎在说：

"叽叽——叽叽！"

另一些在说：

"喳喳——喳喳！"

"得隆——咚！"上面一只乌鸦叫了一声。

这只乌鸦刹那间停住扑啦啦扇动的翅膀，突然急冲直下，几乎快要到人的头顶上时重又展开翅膀。

小孩儿甚至不敢将猎枪指向这只送死的黑色报信者。

每次捕食都十分聪明的喜鹊清楚地看到陷入沼泽的小孩儿已完全无力，就从云杉的高枝跳到地上，蹦蹦跳跳地从四面八方开始了喜鹊式的进攻。

头戴双层遮檐帽的小孩儿不再喊叫。眼泪像闪亮的小溪般顺着他晒黑的面颊、两腮潸潸而下。

九

如果谁从来没有见过蔓越莓是怎样生长的，他可能在沼泽里走上好长时间也不会发现，自己其实就在蔓越莓间行走。将一粒越莓果种下，它就会生长起来，你会看到：一根细茎向上伸展开来，碧绿的小叶子像小翅膀似的沿着细茎向四方展开，叶片旁边结出蔓越莓的小豆豆——带有蓝色茸毛的黑浆果。蔓越莓也是如此，血红的浆果，深绿色的稠密的叶子，即使在雪底下也不会变黄。浆果是那么多，就好像血流了一地。沼泽地里还生长着一种水越橘灌木，果实是浅蓝色的，颗粒大一些，路过时肯定能发现。在大雷鸟生活的偏僻地方能看到岩莓——一种红宝石色的毛茸茸的浆果，每颗红宝石都镶嵌在绿色框子里。只有我们这里，尤其是早春时节，才有独一无二的蔓越莓，它隐藏在沼泽地的草墩中间，从上面看不到。只有当很多蔓越莓集中在一个地方，你才能从上面发现，心想："这是谁撒了蔓越莓吧。"你俯身抓起一粒果实，试一试，就会连带拽出绿绿的一串，上面结满了蔓越莓。只要你想，就可以从草墩里拽出像项链似的整整一串大颗粒的血红浆果。

蔓越莓不仅是一种春季难得的浆果，而且还对身体有益、有医疗作用、适合与茶掺在一起喝，因此人们采集它的热望已发展到极其强烈的程度。我们这里有个老婆婆，有一次采摘了那么一大篮子，连提都提不动。倒掉一些浆果，或者干脆把篮子扔掉，她又不肯。就这样守在满满的一篮子浆果旁边，差点儿死掉。有时候，一个女人偶然发现了蔓越莓，她先环顾四周，看看有没有人发现她，然后趴在潮湿的沼泽地上爬起来；可是她没有发现，另一个女人甚至以非人的样子正向她爬过来。这样，两个女人相遇，于是就吵了起来！

起初，娜斯嘉一个一个地从蔓上采摘每一颗浆果。为了采每颗红艳艳的浆果，她每次都要俯身到地上。但是，很快她就不再为采每颗浆果弯腰了，她想采得更多。她开始揣摩，什么地方能采到的不是一两颗，而是整整一大把。于是她只为了能采到一把浆果才弯腰。这样，她一把接一把地、越来越频繁地把浆果倒进篮子里，而她想采得更多、更多。

以前在家干活儿时，娜斯嘉无时无刻不在惦记着弟弟、不在想着与他彼此呼应。可是现在他独自一人不知去了何方，而她也忘记了面包在她这里，亲爱的弟弟正在艰险的沼泽里的某个地方饥肠辘辘地走着。她甚至连自己也忘记了，只惦记着蔓越莓，她想采得更多、更多。

为什么娜斯嘉与米特拉沙在争论时闹翻了呢？就是因为她想走那条人们踩实的小路。可现在她盲目地跟随蔓越莓前进，蔓越莓把她引到哪里，她就到哪里，结果就不知不觉地偏离了那条踩实的小路。

仅有一次她从贪婪中清醒过来：她突然明白，自己不知在什么地方偏离了小路。她回到似乎是那条小路通过的地方，可是那儿并没有路。她向另一方向奔去，那边竖立着两棵树枝光秃的枯树，可是那儿也不见小路。就在此时，她偶然想起了米特拉沙说过的罗盘，想起了亲爱的弟弟在饿着肚子走路，想起了要与他互相呼应。……

当她刚刚想到这些时，突然发现了大片蔓越莓，那可不是每个人一生中都有机会见到的。

在关于该走哪条路的争论中，孩子们有一点是不知道的：宽敞的和狭窄的两条小路环绕着"无法通行的泥泞沼泽"，在枯河处汇合后就不再分开，最后一直通向别列斯拉夫大道。娜斯嘉走的那条小路沿着干谷有大半圈环绕着"无法通行的泥泞沼泽"。米特拉沙走的那条小路径直从沼泽旁边通过。他没有疏忽，没有忘记人行小路上的那杜草，他要是以前去过娜斯嘉现在去的那个地方就好了，那地方隐藏在刺柏灌木丛中，恰好是米特拉沙按照罗盘的指示奔向的那处景色迷人之地。

假如饥肠辘辘的米特拉沙来到这血红色的景色迷人之地,又没有食物篮子,那可怎么办呢?娜斯嘉提着一只大篮子,带着被忘在脑后的、上面覆盖着酸浆果的大量储备食物来到了这个美丽迷人的地方。

长腿金鸡般的小姑娘在与这景色迷人之地愉快地相遇时,要是能再次想起自己的弟弟就好了,就会对他喊道:

"亲爱的朋友,我们到了!"

啊,乌鸦,乌鸦,有预见性的鸟儿!你或许已活了三百年,谁生育了你,谁就在所孕育的卵中将自己同样在三百年间的生活中所知道的一切储存了进去。于是,有关千年之中在这沼泽地里所发生的一切记忆,就从一只乌鸦传给另一只乌鸦。乌鸦,你见识了多少事情呀!为什么你连一次也不走出自己的乌鸦圈子,不用自己强有力的翅膀将因冒险的、非理智的勇敢而身陷沼泽的弟弟的消息传达给姐姐呢?她因为贪心竟把自己心爱的弟弟忘了。

乌鸦,你告诉他们吧……

"得隆——咚!"乌鸦在正要陷没的人的头顶上叫了一声。

"听到了,"巢中的雌乌鸦也用同样的"得隆——咚"回答它,"趁他还没有完全陷入沼泽,只要来得及,得捞点儿什么东西。"

"得隆——咚!"当小姑娘几乎就在正在陷没的弟弟旁边的潮湿的沼泽上爬行时,雄乌鸦在她的上方飞过,第二次叫了一声。这声"得隆——咚"的意思是:乌鸦一家可以从这个正在爬行的小姑娘那里捞到更多的东西。

在这片景色迷人之地的正中央没有生长蔓越莓,而是出现了一片稠密的白杨树林，像是丘岗上的一座花坛。杨树林中站着一头长角的硕大麋鹿。从一侧看去好像是牛，从另一侧看去则完全是匹马：匀称的体态，挺拔、瘦削的双腿，长着细小鼻孔的丑脸。这副丑脸是多么显眼，那是怎样的一双眼睛，怎样的一对角啊！你瞧一瞧，想一想，或许什么都没有——既没有牛，也没有马，可就是在稠密的灰色白杨树林中成长出这么一个巨大的灰色的东西。可如果你清楚地看到，这个巨大动物的厚厚嘴唇紧紧贴在树上，在那棵娇嫩的杨树上留下一条狭长的白色痕迹——这个巨型东西就是这样吃东西，那么，它又是怎样从杨树林中成长起来的呢？几乎所有的白杨树上都有这样的被啃噬痕迹。不，在沼泽中，这一庞然大物不是幻象。但又该如何理解，仅靠白杨树皮和沼泽三叶草的花瓣竟能成长出如此巨大的身躯，而强势的人类怎么还能对酸溜溜的蔓越莓如此贪婪呢？

麋鹿一边啃着白杨树，一边从高处看着爬行的小姑娘，就好像看着各种爬行动物。

除了蔓越莓，她什么都看不见。她勉强随身移动着大篮子，一直朝着黑色大树墩爬呀、爬呀，原先那个"长腿小金鸡"弄得浑身上下又湿又脏。

那只麋鹿认为她并不是人，因为她有着一般野兽都有的一切习性，而麋鹿对野兽是无动于衷的，就像我们对待没有生命的石头。

黑乎乎的大树墩本身聚集了阳光，十分温暖。暮色开始降临，空气和周围的一切逐渐变冷。但是，又黑又大的树墩还保持着温度。六条小蜥蜴从沼泽里爬上树墩，依偎在温暖的地方；四只黄粉蝶合上翅膀，用触须贴上来；四只大黑苍蝇也飞来过夜。长长的蔓越莓藤抓住草茎和凹凸不平之处，攀上温暖的黑色树墩，在顶端绕了几圈，又从另一边垂下来。有毒的蝮蛇要在一年中的这个季节取暖，一条半米长的大蝮蛇爬到树墩上，在蔓越莓上盘成一圈。

小姑娘也在沼泽地上爬行着，连头也不高抬。她就这样爬到了烧焦的树墩前，正好抓住上面蜷伏着蝮蛇的那根蔓越莓藤。那个可恶的东西昂起头，发出咝咝的声音。于是娜斯嘉也抬起了头……

这时，娜斯嘉的头脑终于清醒过来，她一跃而起；麋鹿才知道她原来是人类，随即从白杨树林里跳出来，向前伸出有力的、高跷似的长腿，在泥泞的沼泽里轻快地飞跑起来，就像灰兔在干燥的小路上奔跑一样。

被麋鹿惊吓的娜斯嘉吃惊地看着蝮蛇，它依旧蜷伏着，在温暖的阳光下盘成一圈。娜斯嘉出现了错觉，仿佛是她自己在树墩上，眼下她蜕了蛇皮，站立着，不知自己身在何方。

不远处，一条背上有黑条纹的棕色大狗望着她。这狗就是特拉夫卡。娜斯嘉居然想起了它：安吉佩奇曾不止一次带着它到村里来过。但是她无法准确记起狗的名字，就喊了它一声：

"穆拉夫卡，穆拉夫卡，给你面包！"

于是她探身到篮子里去拿面包。篮子里的蔓越莓装得满满的，面包被压在底下。

从早到晚过去了多少时间，有多少蔓越莓装了进去，现在装了一大篮子！这段时间，饿着肚子的弟弟在哪儿呢？她怎么把他忘啦？她怎么连她自己和周围的一切也忘啦？

她朝蜷伏着蛇的树墩瞥了一眼,突然尖叫起来:

"弟弟,米特拉沙!"

她嚎啕大哭,倒在了装满蔓越莓的篮子旁边。这尖叫声此时传到了"无法通行的泥泞沼泽",米特拉沙听到并做了回答;然而,这时一阵风将他的喊声吹到了另一个方向,那里只栖息着一群喜鹊。

十

当可怜的娜斯嘉喊叫的时候,那阵强烈的风还不是傍晚寂静前最后的阵风。此时,太阳正穿过厚厚的云层坠落,将自己宝座的条条金腿从那里投向地面。

当米特拉沙喊叫着回应娜斯嘉的喊声时,那阵风也还不是最后的阵风。

当太阳宝座上的金腿仿佛陷入地下,硕大、纯净的红太阳的底边接触到地面时,这才吹来最后一阵风。这时,在干谷,小小的鸣禽白眉鸫鸟唱起了悦耳的歌。卧石旁边,沉寂下来的树上,发情的黑琴鸡怯生生地鸣叫起来。几只鹤叫了三声,不像早晨所表达的意思——"胜利",倒像是说:

"睡吧,但是要记住:我们很快就会把你们大家叫醒,叫醒,叫醒!"

这一天不是以阵风,而是以最后轻轻的呼吸告终。当万籁俱寂时,处处只能听见枯河的灌木丛中松鸡的啁啾声。

此时，特拉夫卡感觉到了人遭遇的不幸，就跑到痛哭的娜斯嘉跟前，舔了一下她那因泪水而发咸的脸颊。娜斯嘉本来抬起了头，看了狗一眼，什么也没说，就又低下头，把头直接伏在浆果上。透过蔓越莓，特拉夫卡明显闻到了面包的气味，它非常想吃，但它无论如何也不允许自己用爪子在蔓越莓中去翻寻。它没有这样做，它感觉到了人的不幸，就高高地仰起头，号叫起来。

记得很久很久以前，我们有一次也是傍晚时分乘坐挂着铃铛的三套马车行走在林间道路上。车夫突然停下马车，铃铛也不响了，车夫谛听了一下，对我们说道：

"糟了！"

我们也似乎听到了什么。

"这是怎么回事？"

"发生了什么不幸事件：森林里狗在号叫。"

我们当时真不知道哪儿发生了不幸事件。可能是在沼泽里某个地方有人陷进去了吧，狗——人的忠实朋友——陪伴着他，哀号起来。

当特拉夫卡号叫的时候，万籁俱寂中，灰狼立刻明白了：这发生在森林中那片景色最迷人的地方。于是它径直朝那里急速奔去。

不过，特拉夫卡很快就停止了号叫，灰狼停了下来，等待着叫声再次响起。

而就在这时，特拉夫卡听到了卧石那边熟悉的、细微而异常的声音：

"吱，吱！"

特拉夫卡立即明白，这是狐狸在对着兔子尖叫；它自然也明白，狐狸发现了它在卧石那里嗅到的那只灰兔的踪迹；而且它还明白，不用点儿巧计狐狸永远追赶不上兔子，它吱吱地叫，就是要让兔子乱跑，疲于奔命，而当兔子累得躺下的时候，狐狸就会立刻在兔子藏匿的地方把它逮住。安吉佩奇去世之后，特拉夫卡为了获取食物而捕获兔子时就不止一次发现过这种情况。察觉到狐狸的这种行为后，特拉夫卡就按照狼的方法去猎捕。比如狼在追捕时会悄悄地站在周围，等冲着兔子大叫的狗一出现，就把狗逮住。特拉夫卡也照样如此，它隐藏起来，从狐狸的追捕下把兔子捕获。

特拉夫卡听到狐狸在追捕，就像我们猎人一样，完全明白了兔子奔跑的范围：兔子从卧石跑到"无法通行的泥泞沼泽"，又从那里跑到枯河，从那里绕了个大圈到了那处景色最迷人的地方，之后必定又返回卧石。弄清楚这一意图后，特拉夫卡跑到卧石，就在那里稠密的刺柏丛中隐藏起来。

特拉夫卡没有等很长时间，就用它那敏锐的听觉捕捉到了兔子的爪子踩到沼泽小路上的小水洼时发出的啪嗒声，这声音人的听觉是难以捕捉到的。这些小水洼是从娜斯嘉早晨的脚印中渗出来的。灰兔肯定会出现在卧石旁。

特拉夫卡蹲在刺柏丛后面，它绷紧后腿，准备着用力一跳，一看到兔子的耳朵，就猛扑上去。

这时，恰好一只大个儿的、强壮的老灰兔勉强地一瘸一拐地走着，突然想要停下来，甚至用后脚站立了一会儿，听一听那只狐狸是不是还在远处尖叫。

于是这种情况同时发生了：特拉夫卡扑了上去，而兔子却停了下来。

特拉夫卡从兔子身上蹿了过去。

当狗改变姿势时,兔子已经大步跳跃着顺着米特拉沙走过的小路径直朝"无法通行的泥泞沼泽"飞奔而去。

这一次用狼的猎捕方法未能奏效。天黑之前不可能再等待兔子返回了,于是特拉夫卡就用狗自己的方法跟随兔子奔去,它响亮地尖叫一声,有节奏的、均匀的犬吠声打破了傍晚的寂静。

听到狗的叫声,狐狸自然就立即放弃了对灰兔的追捕,转而开始对老鼠的日常猎捕。而灰狼终于又听到了期待已久的犬吠声,朝着"无法通行的泥泞沼泽"方向飞速跑去。

十一

"无法通行的泥泞沼泽"上的喜鹊听到兔子临近,就分成了两群。一群留在小孩儿身旁,叫道:

"吱——吱——吱!"

另一群对着兔子叫道:

"喳——喳——喳!"

喜鹊的这种惊恐不安难以弄清。要说它们是在呼唤帮助——可哪儿谈得上什么帮助呀!如果人或者狗冲着喜鹊的叫声而来,那喜鹊可什么也得不到了。要说它们是用自己的叫声召唤喜鹊家族的所有成员去赴血的宴会呢?也许是这样……

"吱——吱——吱!"几只喜鹊叫着,一跳一跳地离小孩儿越来越近。

但是它们根本不可能靠近：因为那个人的双手空着。突然，几只喜鹊掺和进来，其中一只忽而"吱吱"，忽而"喳喳"地叫个不停。

这意思是：兔子正朝"无法通行的泥泞沼泽"跑过来。

这只灰兔已经不止一次躲开特拉夫卡，它清楚地知道，猎犬要追赶上兔子，那就必须用点儿狡计才行。这就是为什么还没等跑到小孩儿跟前，它就在"无法通行的泥泞沼泽"前面停了下来，把所有的喜鹊轰起来。喜鹊分散落在云杉树冠的树枝上，齐声冲着兔子叫起来：

"喳——喳——喳！"

但是不知为什么，兔子并不认为这叫声有什么意义，丝毫不理会那些喜鹊，而自行往旁边跳跃①。这就是为什么有时我们认为，喜鹊的这种叫声没有什么用意，它们之所以这样，就像人们一样，有时是因为在沼泽里感到寂寞，不过是打发时间罢了。

那只兔子勉强停了停，就做了自己的第一个大跳跃，或者如猎人们所说，做了一个旁侧跳跃。它在那儿停了停，又跳到另一边，经过十次小跳步，又跳到了另外一边。它趴在那里，眼睛盯着自己的足迹，以防特拉夫卡辨别清楚它的几次旁侧跳跃，并且跟随它的第三次旁侧跳跃跑过来。它这样做就是为了能够提前发现特拉夫卡……

是的，兔子当然十分聪明，但是这些反复跳跃毕竟是十分危

---

① 野兽在逃跑时会故意弄乱自己的足迹，以迷惑猎人的追捕。

险的事情，因为机灵的猎犬也很清楚，兔子总是很注意自己的足迹，于是猎犬就不根据足迹，而是凭借敏锐的嗅觉在空气中闻到的气味，巧妙地判明兔子跳跃的方向。

当兔子听到狗的叫声停止了，狗失去了猎物的踪迹，开始在失去踪迹的地方默默地兜起大圈子来时，可以想见，兔子的心脏跳得多么厉害呀……

但是，这次兔子很走运。它明白，狗开始在泥沼处兜圈子，随后在那里遇到了什么情况，而且突然清楚地听到那里有人声，并且掀起一阵可怕的喧闹……

可以猜想到，兔子听到这莫名其妙的喧闹声，就如同我们那样告诫自己："离罪恶远些。"于是它就悄悄回过头来，顺着自己原来的脚印，一瘸一拐地朝卧石走去。

特拉夫卡正在泥沼里飞快地追赶兔子，突然在离它十步远的地方，与一个小孩儿四目相对，于是它忘掉了兔子，一动不动地站住了。

当特拉夫卡望着泥沼里的小孩儿时，可以轻易地猜到它在想些什么。在我们看来，我们每个人都各不相同，而对特拉夫卡来说，所有的人就如同两个人：一个是不同面孔的安吉佩奇，而另一个则是安吉佩奇的敌人。这就是为什么这只优秀的、聪明的狗没有立刻走到人的跟前，而是停了下来。它要弄清楚：这是自己的主人，还是主人的敌人。

特拉夫卡就这样站着，盯着小孩儿那被落日的最后光辉照亮的脸。

起初小孩儿的目光是暗淡无神的，可是，他的眼睛突然像火一样灼灼发光。这种情况被特拉夫卡捕捉到了。

"这多半是安吉佩奇。"特拉夫卡心想。

于是它几乎察觉不到地、微微地摇了摇尾巴。

我们自然无从知道特拉夫卡认出自己的安吉佩奇时是怎么想的,不过,我们可以去猜想。

你有没有过这种情况?有时你在森林中,俯身看静静的溪流,就如同在照镜子,你会看到整个人显得高大、美丽。对于特拉夫卡来说,就好像安吉佩奇从它背后俯下身来,也在望着溪流,如同在照镜子。在那儿,在镜中,安吉佩奇同整个大自然、云杉、树林一起,显得如此美丽;那儿,太阳正在落山,一轮新月初现,繁星闪烁。

想必特拉夫卡正是在人的每张面孔上,就如同在镜中,看到了安吉佩奇整个人,它渴望扑到每个人的脖子上去;但是它根据自己的经验知道,安吉佩奇的敌人也有完全同样的面孔。

它等待着。

这时,它的爪子在微微下陷。如果这样继续站立下去,那么狗爪就会被吸进去而无法自拔。不能再等下去了。

突然……

既不是雷鸣,也不是闪电;既不是伴随着各种胜利之声的日出,也不是伴随着预示新的美好一天的鹤鸣的日落——对于特拉夫卡来说,任何东西、大自然的任何奇迹都不能比眼下在沼泽里发生的事更重要:它听到了人的说话声——多么中听的言语呀!

安吉佩奇作为一个伟大的、真正的猎人,起初是按照猎人的习惯给自己的狗起名字的，即取自"特拉维奇"①一词。起初，他管特拉夫卡叫"扎特拉夫卡"，可是后来在说话中猎犬的名字就含混了，结果就有了一个好听的名字"特拉夫卡"。安吉佩奇最后一次到我们这儿来的时候，他的狗还叫扎特拉夫卡呢。当小孩儿的眼睛像火一样灼灼发光时，这说明米特拉沙想起了狗的名字。随之，小孩儿僵硬的、发青的嘴唇开始充满血色，变红，微微颤动起来。特拉夫卡发现了嘴唇的这一动作，又一次轻轻地摇了摇尾巴。此时，在特拉夫卡看来，真正的奇迹发生了。与晚年的老安吉佩奇完全一样，新的、年轻的小安吉佩奇喊道：

"扎特拉夫卡！"

认出安吉佩奇之后，特拉夫卡卧下了。

"喂，喂！"安吉佩奇说，"到我这儿来，乖乖！"

作为对人的话语的回应，特拉夫卡一声不响地爬了起来。

但是，小孩儿叫它和招呼它，大概如特拉夫卡自己所想的那样，并不完全是出自真心。小孩儿口头上不仅表现出友谊和喜悦，而且，如特拉夫卡所想，还隐含着让自己脱险的狡计。假如他能够清楚地告诉它自己的计划，那它会多么高兴地奔上前去营救他呀！但是，他无法让它理解自己的意图，而是用亲切的话语欺骗它，甚至必须让它对自己害怕。否则，如果它不害怕，面对伟大的安吉佩奇的威势不感到应有的畏惧，那它就会按照狗的方式飞快地扑到他的脖子上，那样，沼泽必定会连人带狗一起将他们拖进深处。小孩儿实在不能马上成为特拉夫卡所错以为的那样一个

---

① "特拉维奇"即俄语"травить"一词的音译，意指"用狗追捕"。

了不起的人物，他迫不得已得耍点儿手腕。

"扎特拉夫卡，亲爱的扎特拉乌什卡！"他用甜蜜的声音安抚着它。

而他自己心想：

"喂，爬，只需要爬！"

狗以纯洁的心灵怀疑安吉佩奇明确的话语中含有某种并不完全真诚的东西，于是它停停顿顿地爬着。

"喂，亲爱的，再爬，再爬！"

而他自己心想：

"爬，只需要爬。"

狗就这样一点儿一点儿地爬到了小孩儿跟前。现在，他本可以撑着横放在沼泽上的猎枪，稍稍前倾，伸出胳膊，抚摸一下狗的头。但是，机灵的小孩儿知道，如果他微微触摸一下，狗就会发出一声快乐的尖叫，扑到他身上来而沉陷下去。

小孩儿遏制住心中强烈的激情。他一动不动地准确计算着动作，就像战士在思考决定斗争结局的突击一样：他会生还是死？

特拉夫卡本来准备再爬一小步就扑到人的脖子上；但是小孩儿没有计算错：他瞬间向前伸出右手，抓住了大狗那条强有力的左后腿。

难道人的敌人可以这样欺骗它不成？

特拉夫卡以疯狂的力量拼命冲了出去，假如那个已经完全被拖出的小孩儿没有用另一只手抓住它的另一条腿的话，它就会从他手中挣脱出来。随后刹那间，他立刻俯卧在猎枪上。他放开了狗，自己像狗一样四肢着地爬着，移动着作为依托的猎枪，一直向前、向前，最后爬到了小路上——那里经常有人行走，由于行人双脚的踩踏，小路两边生长着高高的那杜草。他在这里，在小路上站了起来，当即擦干脸上最后的泪水，抖掉破衣服上的污泥，像一个真正的大人一样，威风十足地命令道：

"现在到我这儿来吧，扎特拉夫卡！"

听到这样的声音、这样的话语，特拉夫卡丝毫不再怀疑：站在它面前的就是以前的最好的安吉佩奇。它认出主人后，兴奋地尖叫一声，扑到他的脖子上，主人也在自己朋友的鼻子、眼睛、耳朵上亲吻起来。

安吉佩奇曾答应我们，要是我们没在他死前赶到，那时他就把真理小声地告诉狗。现在是不是该说出我们自己对老守林人那种神秘莫测的话语的想法了呢？我们认为，关于这件事，安吉佩奇不完全是开玩笑。很有可能，那位安吉佩奇，正如特拉夫卡对他所理解的那样，或者按我们的看法，一个完全处于自己古老过去的人，小声地对自己的朋友——狗说出了某种伟大的人的真理。我们认为，这真理就是人们要为爱而进行不懈的、顽强的斗争。

十二

现在我们只须简短地讲完在勃鲁多夫沼泽这漫长的一天中所发生的全部事件。当米特拉沙在特拉夫卡的帮助下从泥沼里挣脱出来时，不管这一天有多么漫长，还没有完全结束。在和安吉佩奇相遇而一阵狂喜之后,能干的特拉夫卡立刻又想起了自己的首要任务是追捕兔子。显然,特拉夫卡是一条猎犬,它的工作就是为自己追捕猎物;但是,为主人安吉佩奇捉兔子,这依然是它的幸福。现在它确定米特拉沙就是安吉佩奇之后,就继续之前中断的兜圈子,很快发现了灰兔跑出去时留下的足迹,随即叫着循着新鲜的足迹追去。

饥饿难挨、从死神手中逃脱的米特拉沙立即明白了,他的全部生路就寄托在这只兔子身上。如果他打死了兔子,那就开枪取火,就像父亲在世时屡次经历过的那样,把兔子放在炽热的灰烬里烤熟。他检查了一下猎枪,换下受潮的弹药,然后走进包围圈,在刺柏丛里隐藏起来。

在猎枪的准星下可以清楚地看到:特拉夫卡将兔子从卧石包抄到娜斯嘉走过的宽敞小路,把它驱赶到了那处景色最迷人的地方,并从那儿把它引向猎手隐藏的刺柏丛。但就在此时,意外发生了。灰狼听到狗叫后又开始追捕,而且恰巧选择了猎手藏身的那片刺柏丛,于是两个猎手——人和其凶残的敌人——狭路相逢了……发现那副灰色嘴脸距离自己仅有五步之遥,米特拉沙把兔子抛在了脑后,几乎就用枪口顶着敌人开枪了。

"灰地主"毫无痛苦地结束了自己的一生。

追捕自然被这枪声打断了,然而特拉夫卡仍在继续忙着自己的事情。现在最重要的、最幸福的不是兔子,也不是狼,而是娜斯嘉,她听到枪声后喊叫起来,米特拉沙听出了她的声音,并做了回答,于是她立刻朝他跑过来。随后,特拉夫卡也很快将灰兔给自己的、新的、年轻的安吉佩奇弄了来。两个朋友在火堆旁烤起火来，准备吃饭和过夜。

娜斯嘉和米特拉沙住的和我们只有一墙之隔。早晨，院里的牲畜饿得叫了起来，我们首先出来看一看两个孩子是否发生了什么不幸。我们立刻弄清楚了：两个孩子没有在家过夜，多半是在沼泽里迷路了。其他邻居也渐渐聚拢在一起，开始考虑，如果他们还活着，该如何去救他们。我们刚要准备分散到沼泽的四面八方去——一瞧，两个去采甜蔓越莓的小猎手正从森林里一前一后地走了出来，他们的肩上用一根木棍抬着一只沉重的篮子，旁边跟着安吉佩奇的狗特拉夫卡。

他们把勃鲁多夫沼泽里发生的事情一五一十地告诉了我们。我们对此完全相信，这些前所未闻的采摘来的蔓越莓是实实在在的；但并非所有的人都相信，一个十一岁的孩子能打死一只狡猾的老狼。然而几个相信的人带着绳子，驾着大雪橇前往指定地点，并很快运回了死亡的"灰地主"。这时，全村的人都暂时放下自己的事情聚集在一起，甚至不仅是本村的人，也有邻村的人。大家都对此事议论纷纷，而且很难说人们对哪个关注得更多：是狼呢，还是戴双层遮檐帽的小猎手。当人们把目光从狼身上转移到小猎手身上时，说道：

"还曾经那样逗弄人家是'小木墩'呢！"

"之前是个'小木墩'，"另一些人回答说，"可那已是过去的事了。谁勇敢，谁就吃双份饭菜：这不是什么'小木墩'，而是英雄。"

那时候，原先的那个"小木墩"在人们不知不觉之中确实发生了变化，在之后的两年战争里长高了，成长为一个非常棒的小伙子：高高的个子，挺拔的身材。本来他肯定会成为卫国战争的英雄，可就在这时，战争正好结束了。

而"小金鸡"也令全村人感到惊奇。和我们一样，谁也不责备她贪心，相反，大家都对她大加称赞，夸她很理智地招呼弟弟走平坦的小路，夸她采了很多蔓越莓。但是，当被疏散的列宁格勒的孩子们从保育院转移到村子里来的时候，为了给孩子们提供力所能及的帮助，娜斯嘉把自己所有的、有药用价值的蔓越莓全都送给了他们。当人们博得了小姑娘的信任后，才从她那里得知，她曾为自己的贪心暗自感到多么难过。

现在，我们还想针对自己说几句：我们是什么人？为什么要去勃鲁多夫沼泽？我们是沼地资源的勘探者。为了开采沼泽里的可燃泥炭，从卫国战争之初我们就在做准备。我们已探明，这个沼泽地里的泥炭足够一个大工厂工作一百年。我们的沼泽里蕴藏着多么丰富的宝藏呀！迄今为止，许多人还以为这些伟大的太阳宝库里居住着魔鬼。这都是胡扯，沼泽里什么魔鬼都没有。

船木松林

第一部
瓦夏的云杉

第一章

太阳一视同仁地照耀着万物——人、兽、树木。但是,一种生物的命运往往取决于另一种生物投射到它身上的影子。

曾经有过这样的事情。早春时节,温暖的阳光照亮了一切,甚至触动了一粒球果的种子,让它落在一棵老云杉树的树冠上。这粒种子撑着自己的小伞,旋转着缓缓下降,落在正在融化的雪地上。雪很快化成水,四下流淌,浸润着地上的这粒种子。

于是这粒种子就长成了一棵树——瓦夏的云杉。

太阳照耀着万物,自然也让我们形成了影子。我们、动物、树木,大地上的一切都会投射出各种影子——有好的,有坏的,就连大地本身有时也会以自己的影子遮挡其他星球。

这粒云杉种子自然就落在了森林里某个好的影子下面。

这事发生在佩列斯拉夫尔-扎列斯基市附近的乌索里耶村,在瓦西里·维谢尔金[①]本人出生很多年以前。就连我们的守林员安吉佩奇那时也还没有来到人世。没有人是这棵树早年生活的见证者。它自己出生，自然而然地成长，过了很久，它才成了瓦夏的云杉。那时候，世界上连这个瓦夏还没有，当然也没有他的云杉。

瓦夏出生大约一百年之前，这棵云杉就存在了。

云杉的种子被春水裹挟着，混同很多同样的种子，抛到了"水桶"林区。

远古时代，这里曾是一片广袤的密松林。谁也不记得它，但都知道它的起源：以前更久远的、高大的森林里，到处都残留下一些树木的种株，这些树木都因为衰老而枯萎、倾倒了；每棵树倒下时都会破坏旁边的许多新生的小树，因此，每次都会在密林中留下一片明净的林中空地；这些小树包围了林中空地，向上伸展身躯，追赶老树的树冠，追赶上之后，就与整个树冠紧密连成一片。

当树木在上面紧密相连时，林中空地就成了一个类似有绿底的、高高的水桶。正因为如此，就有了"水桶"林区，新森林里的"水桶"就是由老密松林里的每一棵新树形成的。

这种推测是可信的：有些地方，那些远古时代的巨松至今仍保留了下来。正是在那里，一些杉树的种子被抛到了一棵如此巨大的树木的树荫下，落在被田鼠翻刨过的土地里。瓦夏的云杉的种子就在其中。

起初，云杉的种子甚至需要树荫。给小云杉造成危害的不是高大的、母亲般的大树的树荫，而是与自己同类的小树的阴影。

---

① 瓦夏的大名。

那粒种子很幸运，它落在了一棵高大松树的树荫下：这第一个母亲般的树荫保护了幼苗免受严寒和太阳的伤害。

这是第一个母亲般的树荫。

种子一向很多。在如绒毯似的幼苗中，瓦夏的云杉很难被区分开来。有的好心人甚至想用手抚摸一下这样的小云杉苗，就如同抚摸他的朋友——狗身上的毛。然而这种生命与人类相距甚远。这些无依无靠的生物因为意外巧合被抛撒在松软的、被田鼠翻刨过的土地上，为了得到阳光而互相争斗。

是呀，当然太阳只是给了我们光明和温暖，但是我们中间的影子又从何而来呢？

应当认识到，太阳在影子的问题上是无辜的：光明来自太阳，而影子则是由生活在大地上的我们大家造成的。

这当然是真理。太阳对所有的树木、所有的杉树、所有的野兽，以及对每个人，都同样地发着光，可我们大家在大地上却是形形色色，我们每个人不同的影子会落在别人身上……

而且，小树会以阴影互相遮盖。它们简直在是用力摇动、排挤、毁坏自己的同类：因为每棵树都想比其他树更早接近太阳。这就是为什么阴影从每棵树上投射到其他树上。

这时，发生了一件不幸的事：一只麋鹿忽然想躺下，并且在这些小杉树上磨蹭起自己的背来。

在受到沉重的麋鹿的压迫之后，被践踏的小树慢慢直立起来；但是瓦夏的云杉来不及跟随大伙儿站立起来，就留在了阴影里。这样，只是因为麋鹿要磨蹭自己的肋部，对小云杉来说却无疑意味着死亡。

还发生了一件事：一声霹雳，不知为何不是在最高的那棵树——这整座森林的先驱、我们那棵大松树上，而是在旁边那棵一直在追赶它的杉树上炸开。这棵树在整个绒毯似的小云杉中倒下之后，只剩下了瓦夏的云杉；而在瓦夏的云杉上面，用阴影遮挡着它的另一棵杉树，天黑之前一直在争夺着阳光。

从那时起，一百年过去了。这期间，我们的老守林员安吉佩奇出生，成长，老去。他总喜欢对大家唠叨。从他那里我们常常听到这些话：太阳一视同仁地照耀着大家，大家本来都有充足的阳光，可是我们这些地球上的各种居民总是互相遮挡着阳光。

"为什么呢，"安吉佩奇经常问，"为什么我们要互相遮挡阳光？"

他难为一下交谈的人，然后自己答道：

"因为大家都独自一人追求自己的幸福。"

这时，交谈的人试图为幸福辩护说：

"没有这种幸福，无论是人还是兽都无法活下去。"

"不！"安吉佩奇说道，"兽和树木无法活下去，但人可以，因为人有自己的幸福：幸福就存在于真理之中。"

这时，他把为什么要开始关于阴影和阳光的争论的所有道理摆了出来。

"不要像兽类那样，"他说，"独自去追求幸福，而要齐心协力去追求真理。"

关于真理的这些话，年纪还很小的瓦夏在火炕上也听说过。多半就因为这些话，他的整个人生开始了……

一次，安吉佩奇带着小男孩儿瓦夏·维谢尔金一起来到大松树前。在这里，瓦夏第一次遇到了他的云杉。

在树荫紧密相连的林冠下面，深深地呼吸一下清新空气，每个人都倍感身心愉悦。因清新空气而感到惬意的人很少会注意到那棵平平常常的小树，它不会超过一个举着手的人的高度。这棵树的针叶薄弱、暗淡，树枝完全被苔藓覆盖，树干比人的胳膊还细，树根外露，力气大的人可以轻易地把它拔出来扔到一边。而在这棵树旁边耸立着一棵与它同龄的云杉，那是一棵茁壮的百年老树。在这个幸运儿的树荫下，那个一百年才长到举着手的人的高度的矮小同龄者苟延残喘着。

安吉佩奇已准备举起斧头结束这个可怜的、无用的生命，但是瓦夏阻止了他。

"好吧！"安吉佩奇同意了。

他惊奇地对着男孩儿那双郑重其事的灰色大眼睛望了片刻。

这事发生在森林里确实令人惊异。在森林的整个生命中还不曾有这样的情况：除了人，无论哪种生物都不会庇护弱者。而这又是怎样的一个人啊——瓦夏·维谢尔金！为了抗拒一切森林法则，突然无缘无故地提出了自己的人类法则。

从另一方面想，如果人自远古以来就在森林里挑选树木，把它们栽种在自己的房屋周围，浇水，施肥，照料，不仅如此，上战场后又和自己的亲人一起在心里惦记着自己房屋旁边那棵亲爱的白桦树、松树或者云杉树，那他为什么不提出这一法则呢？

当安吉佩奇在瓦夏的云杉上方举起斧头时，这种普遍的人类情感想必在这个男孩儿的心中闪现，并转移到树木身上。

"好吧，"安吉佩奇答道，无疑，他多少明白了男孩儿的奇特想法,"是啊,毕竟我们老年人也曾经是孩子。"

这一次,安吉佩奇不仅要对"水桶"林区进行例行巡查,林务区还接到了寻找飞机用的面板材料的指示,需要一棵粗细不少于四围的松树,而且五米高度没有一个枝杈。在整个"水桶"林区,只剩下一棵这样的树木。眼下,安吉佩奇就是为了寻找这棵树而来。

无须测量粗细,用眼一看,这棵树就有四围多,而且五米以上完全没有枝杈——比五米还多得多!看都不用看。

然而不知为什么,安吉佩奇总是往上看,总是使劲向后仰头。瓦夏也跟着他往上看,直到他感到很难受。这时,一老一小,两个人离这棵树远一些,又一个劲儿地往上看。可这没有任何关系,没有任何必要。

在纯粹的密松林中,每个人往往都会因干净的树干向上、向着太阳生长而感到精神振奋,于是自己也想和树一样,向上、向着太阳伸展。

因为高仰着头很快就疲劳了,只好回到地面上。安吉佩奇坐下,卷了一支漏斗形的纸烟,说道:

"这是我们'水桶'林区最后一棵树了。它倒下了,我们'水桶'林区的最后一只'水桶'也就留在记忆中了,再也不会有新的了。"

"世上什么地方还有这样的树吧?"瓦夏问道。

"有,"安吉佩奇回答,"我父亲在北方当纤夫,冬天时他给我们小孩子们讲了很多事情。那儿有个地方有一片禁止采伐的船木松林[①]：那里不仅不能砍伐，而且像圣地似的受到保护。

这片密松林就这样高高地耸立在第三座山上。密林中没有一棵没有用的树，你在那儿任何地方都砍不到杆子。树可真茂密：你砍一棵，它都不倒，仍然像活着一样矗立在其他树木之间。

每棵树都这样：两个人围着树干互相追逐都见不到面。每棵树都像蜡烛，笔直地高高挺立着。下面是白色的像鹿毛似的苔藓，又干燥又干净。"

"高高的，像蜡烛一样，"瓦夏重复道，"上面真的没有一个枝杈？"

对这个问题，一向爱开玩笑的安吉佩奇也以玩笑答道：

"在整个丘岗上只有一棵树，"安吉佩奇说道，"从上面掉下一个枝杈，一只黄色的红胸鸲就把这朽枝弄到树洞里，在那里给自己做了一个窝。"

"这是故事吧？"瓦夏问道。

男孩儿的目光中流露出担忧，显然，他希望这禁伐的密林可不只是故事！

"这是故事吧？"他又问道。安吉佩奇不再开玩笑。

"关于小鸟，"他答道，"那是我自己瞎编的，就算是这样又怎样呢！每片针叶林里都有树枝空了的树木，树洞里住着黄色的红胸鸲。而我父亲亲眼见过禁伐密林：这是真正的真理。"

"真正的真理，"瓦夏重复道，"那世上还有什么样的真理呢？"

"除了真正的真理吗？"安吉佩奇问道。

---

① 造船用的高大木材林。

他的两颊又开始缩拢得满是褶皱,鹰钩鼻子垂到了髭须。但是,安吉佩奇瞥了一下瓦夏的眼睛,马上就不再开玩笑了,说道:

"世界上只有一种真理是真正的。"

"它在哪里?"

"在人的头脑和心里。"

"你也有?"

"当然。"

"安吉佩奇,你说说,它是什么样的,这真正的真理?"

安吉佩奇笑了起来,鹰钩鼻子又凑近了髭须。

"瓦夏,你看,"他说,"真理是这样的:每个人都应该把它保存在心里,而很难说清楚。"

"为什么很难说清楚?"

"很难说清楚是因为:第一,真理没有空话,它表现在行动中,而不是口头上;第二,你一说出来,你自己也就一无所有了。"

"你就只告诉我一个人吧。"

"我会告诉你的,"安吉佩奇同意了,"不过不是现在。你瞧,我总有一天会死的。到时候,当你也长大了一些、聪明了一些的时候,你到我那儿去,我凑到你的耳朵上告诉你,好不好?"

"当然好!"瓦夏同意道,"不过我知道那时你要对我说什么。"

"莫非你知道?"安吉佩奇很是惊诧。

"我知道,虽说我还没有长大,也不太聪明。你会这样说:不要独自一人去追求幸福,而要齐心协力去追求真理。"

听了瓦夏这番话,安吉佩奇惊讶地停了下来,略做沉思,说道:

"嘿,你倒有记性,瓦夏!"

安吉佩奇吐掉自己的卷烟，举起斧头，来到那棵大松树前，在灰色的树干上清理出一块白色的地方，用紫色铅笔使劲在上面写上了字母"A"（航空）。

第二章

一些林业学者认为，既有像白桦树和松树一样的喜阳植物，也有像云杉一样的喜阴植物。

他们认为：有些植物喜欢阳光，而另一些喜欢阴凉。

这些有学问的人自己意识不到，他们将自己的想法从人身上转移到树木上。十八世纪时，老爷们的地位被认为是高等的，法国的一位国王甚至自称为"太阳王"，而奴隶们的地位则是低下的。然而，从上层看来，似乎是奴隶喜欢自己低下的地位。

林业学家们把这种看法从人类社会转移到树木上，将它们区分为喜阳的——像松树和白桦树，和喜阴的——像云杉。

当人的关系发生改变之后，林业学家就会恍然大悟：原来云杉喜爱阳光并不比那些"老爷"树少，但因为害怕在明亮处被严寒冻伤，因此躲藏在树荫下。

在这种相似中人和树木没有任何特别之处。只要把树干横着锯开，数一数断面上生长的年轮，往往会发现：有利于树木的生长之年，也是人们的丰收之年；而树木的瘦弱之年，也是人们的饥荒之年。因为太阳对一切都一视同仁，对于太阳来说，树木与人具有同样的性质。

当人们将自然界中所没有的东西——作为最高法则的不平等——转移到自然界时，那结果就又当别论。

这就是为什么安吉佩奇从我们童年时起就经常对大家说，太阳一视同仁地照耀着万物。

人们问安吉佩奇：

"影子是从哪里来的呢？"

如果连课本上都很少谈到影子的来源，那安吉佩奇怎能正确回答呢？既然课本上没有，那自然而然就必须听从老年人的智慧了。

"影子来自我们自己，"安吉佩奇对我们解释道，"我们每个人都一样，人、植物和野兽都珍惜阳光，都想比其他同类更快地去阳光下温暖的地方。这就是为什么影子从这个幸运儿身上落到另一个人身上的原因。影子来自我们自己，而太阳同样地爱所有的人。"

那些村里的聪明人在森林里是可笑的，但我们这些小学生也好不到哪里去。我们回答说：

"如果太阳爱我们，那么它也应该有特别宠爱的人。爱所有人是爱所有人，可是它肯定有更爱的人吧。"

"太阳同样地爱我们，"安吉佩奇重复道，"它没有什么宠爱的人。不过每个人都认为，太阳好像同样地爱所有的人，只不过更爱自己，于是就往前冲。这就是为什么在争夺位置时产生了影子。"

的确，只有盲人才看不到，森林中树木和各种植物的斗争不过是为自己争夺朝向光源的位置。当伐木工和安吉佩奇一起来到那棵大松树所在的地方时，这一点尤为明显。

当最后一棵松树——早已逝去的时代的最后见证者——从林冠间倒下时，这场景仍保留在我们的记忆中。

我们不止一次听到过山崩，但是不知为什么，这些崩塌完全不像每次森林中一棵大树突然从人的手中倒下时那样揪心。

山里经常有非人的轰鸣声，那是树木在倒下。你心里明白，作为一个人你可以这样大喝一声使周围万物震荡，你也可以永远默不作声。

有很多树木被折断，也有很多矮林因为大树倒下而被折断，于是致密的、阴暗的林冠被洞穿，直射的强烈阳光就通过这个孔洞投射到林中空地。

以前我们谁都不曾思考过为什么林区叫"水桶"。一棵古松倒下之后，在森林里，圆形的林中空地就变得极像一只巨大的林中"水桶"。于是大家明白了：长久以来，那些古松一棵接一棵地倒下，因此就形成了"水桶"。

那棵大松树的所在之处许多年间一切都没有变化，但当大松树倒下之后，这里的一切很快就改变了。强烈的、期盼的、厉害的阳光瞬间涌入林冠的孔洞，于是林中空地的一切都改变了：有的幸存下来，有的则灭亡了。

阳光的金箭不倦地飞驰，不断地投射到林中"水桶"底部喜阳的青草上。于是，我们目睹了此景的人都看到，植物都睁开了类似太阳的白色、蓝色、红色等各种颜色的小眼睛。

瓦夏的那棵百年的、矮小的、畸形的、布满浅绿色苔藓的云杉在强烈的阳光下展现出了身躯，但从外表上弄不清楚它本身发生了什么变化。这棵云杉只是引发了我们对所熟悉的那些人的联想：有的人突然意外地得到了一笔不应得的财产，而这对他并没有什么好处。看着这棵云杉，大家思考着人类的幸福，然而谁都无法看清，在强烈的阳光的影响下，它的内部发生了什么变化。

在这整片林区，能够弄清这些科学问题的只有我们的老师伊万·伊万诺维奇·弗金，他在书籍中为我们查找到了结果：一棵树突然被置于明亮的阳光之下，就要将自己的耐阴细胞改变成耐阳细胞，因此过一段时间就会枯死。

那棵云杉在为自己的新生活斗争的某个时刻多半也会这样枯死……

并不是每一棵云杉都经得起这样的斗争。有时，一些生长着地衣的树枝开始掉落，就好像那儿阳光下的地衣把自己附生的那些树枝啃光了。更糟糕的是，其他树枝也开始变黄，树枝上的针叶开始脱落。

安吉佩奇和瓦夏也这样想，云杉肯定会不可避免地很快死去。

一年一年过去了，人们渐渐忘记了在"水桶"林区，在尽头的一只"水桶"底部曾发现的那棵小树。在林区巡查中，在偶尔遇上蘑菇和浆果时，人们常常从云杉旁边经过而未发现它。

终于等到瓦夏·维谢尔金戴上少先队红领巾了，就在这时，他高兴地想起了自己曾经救下的那棵树。

"安吉佩奇！"他说，"我们去看看那棵云杉怎么样了。它是不是完全枯死了，或许它缓过来了？你在巡查时有没有注意到？"

"没有，"安吉佩奇回答，"路过倒是路过，可是不知为什么没有发现过它。那棵树多半枯萎了，所以没有看见。去看看吧，为什么不去看看呢。走吧,我正好现在要去那儿弄一副车辕呢。"

于是他们就去了。安吉佩奇带着斧子,瓦夏第一次戴着少先队红领巾。

有时候事情真令人惊讶:他们曾深信不疑,以为林中空地上现在什么都没有,在那棵同举着手的人一般高的百年云杉的树干旁边只有大树墩。但当他们快走近时,从远处就能看见,在那个如同餐桌的大树墩旁边有一棵树,当然,虽说不大,但生机勃勃、绿油油的。

"瞧!"安吉佩奇惊诧不已地扬声说道。

当他们完全走近时,他又惊奇地说了一声:

"瞧呀!"

他指了指树枝,树枝上的浅绿色苔藓完全去净,长满了深绿色的针叶,每根树枝的顶端都长出鲜亮的、淡黄的、略带绿色的末梢,蓬勃喜人,富有活力。

"这是新抽的芽!"安吉佩奇说。

"这说明什么呢?"瓦夏问道。

"这说明,"安吉佩奇回答,"这棵树已走上自己的道路。"

"这棵树的道路是什么样的呢?"

"当然,"安吉佩奇回答,"树的道路是笔直的,径直朝向太阳。"

他指了指周围森林"水桶"中那些笔直的树干,全都从地面径直朝向太阳。

随后,安吉佩奇又指了指树枝,每棵树的树身——如他说的树干——上必定有很多树枝,而每根树枝必定是歪斜的。

这个安吉佩奇真是个怪人！不管你记得他多少，他总是要么在开玩笑，要么在用自己的话语指明什么……这时他又说，所有的树身都一样笔直，而它们滋养的树枝却必定都是歪斜的。

也有可能安吉佩奇是忽然想要在这个重要人物——戴着崭新红领巾的少先队员面前显示一下自己的智慧。

"明白吗？"他问。

"不，"瓦夏惊奇又简洁地答道，"我什么都不明白。"

"你马上就会明白的。"他说，"你知道，树干有一条径直朝向太阳的路，就一条路，但树枝却有很多，它们都各种各样，都是歪斜的。树干朝向太阳，是直着长，而树枝都是斜着长。你们学校有没有教你们这是为什么？"

"肯定会教的，"瓦夏回答，"不过我们还没有讲到这儿。"

"是呀，"安吉佩奇笑起来，"还没有讲到，可能还不会很快讲到。"

"那你呢，"瓦夏问道，"你知道为什么每棵树的路是直的，而树枝都是歪斜的？"

"不，"安吉佩奇回答，"这个我多半也不清楚。所有人总是说那一套——真理啊真理，可是一涉及行动谁都没有真理了。我们就像歪斜的树枝。"

"得啦，得啦，安吉佩奇！"瓦夏惊奇地叫道，"记得吧，老早以前你曾经对我说过，你知道真正的真理，将来你死的时候，你会在我耳边小声告诉我。"

"我亲爱的！"安吉佩奇高声喊道并笑了起来，久久不能停止。

瓦夏并不见怪，惊诧地看着他，就好像看着自然界中某种稀奇的东西，并且经常问自己：为什么这样，为什么那样。于是，瓦夏认真地问道：

"你为什么笑呀，安吉佩奇？"

"我亲爱的！"安吉佩奇最后说，"我当时本来是和你开玩笑。"

"你是开玩笑？"瓦夏说，"那你现在告诉我，为什么你在这样重要的事情上开玩笑？"

安吉佩奇立刻不好意思起来，好像突然感受到这个戴着少先队红领巾的小男孩儿对自己的压力。

对男孩子的问题安吉佩奇简直无法回答，为什么要对他开玩笑。

"是开玩笑！"瓦夏忧郁地重复道，"如果我去问我们的老师伊万·伊万诺维奇，他会告诉我什么是真正的真理，怎么样？"

安吉佩奇认真地思考了一下，然后答道：

"就连弗京也未必能马上回答你。对于人的真理来说，最可靠的不是言论，而是体现在行动上。如果是言论，那么他们这样说就是代替行动，代替真理……"

"不！"瓦夏坚决而认真地回答，"现在你还在开玩笑，我不相信你。真理也有言论，人们总是说：真正的真理。我去问伊万·伊万诺维奇！"

"当然可以，去问吧，"安吉佩奇同意道，总还有些不好意思，"去问吧，那里什么都会教你们的。问我们守林人干吗？我们知道什么？每个人心里都有自己的真理，可是你看看周围，世界上没有任何真理。"

第三章

多么不同的时代,多么不同的森林!森林里的树木多么不同,而人们对它们的看法又多么不同!古时候人们这样说:在松林里向神祈祷,在白桦林里玩耍作乐,而在云杉林里则埋头工作。

云杉就向瓦夏表明了这一点:瓦夏就得努力工作。

云杉是一种笔直的树木,它为树枝选配相应的树枝,为轮生叶选配相应的轮生叶。它成长着,好像是作为榜样将自己的道路展示给我们。

树木是冷漠的,但它按部就班地生长着。或许,从童年起,它就给我们的瓦夏指明:无论如何也要达到自己的目的。

好长时间瓦夏都下不了决心去问自己的老师伊万·伊万诺维奇·弗京有关和安吉佩奇的交谈中决定的事情:请一个优秀的、聪明的、有学问的人来回答什么是真理。

而且又该怎么问呀?自己在家里似乎觉得一切都很明白,可是一来到学校,只要一见到伊万·伊万诺维奇,好像话一下子全都从口中消失了。但只要老师一出现,就立刻想到一定要把此前发生的一切全都讲出来,还要把这些问题因何而起和怎样产生的全都讲出来。

很多学生都认为伊万·伊万诺维奇很严厉,大家都非常怕他;但也有不少学生以勤奋和天赋引起老师对自己的关注。他们认为,老师当然很严厉,但也是公正的。

瓦夏就深得老师的喜爱。在一般事情上他一点儿都不怕伊万·伊万诺维奇，然而在其他事情上，他比大家更怕他。

这究竟是什么事呢？瓦夏也说不出来。但我们觉得，这多半是因为大家公认老师是公正的，这就意味着他掌握着真理，而且按照真理行事。

试试看，那就简单明了地全都讲给严厉而公正的老师听听吧！结果瓦夏每次都这样：当要发问并且得到允许时，老师就站在旁边等待着，他却忘得一干二净，想问的事全都消失得无影无踪。为了不显得像是个傻瓜，他就转问其他什么问题，这说明他在撒谎。由于这种紧张状态，他感到发烧，又出汗，又脸红。

碰了这些钉子之后，瓦夏甚至发誓，不再想这类问题，忘掉它。但是瓦夏总觉得心里有个小爪子在抓呀，挠呀，一直抓得他又想问伊万·伊万诺维奇同样的问题：为什么每个人的真理只存在于心里？还有，为什么树木的树干那样笔直，而且全都一样，而通向它的道路——所有这些含有汁液的树枝却是各种各样的和弯曲的？

蛀虫活着的时候，在还没有把整棵树木蛀坏之前，会一直蛀蚀着树木。而如果心里有这么个小爪子，那么它也不会消停下来，会一直抓挠到最后。这样，瓦夏的这一想法也就玩儿完了……

有一次，教室里非常嘈杂，后几排凳子上的学生们甚至打斗起来。整个教室仿佛风天中阔叶树木的树冠，每一片叶子、每一根柔韧的树枝都想马上挣脱开去，不再听话，要飞走。

突然，有人听到脚步声，喊道：

"来啦！"

霎时间，教室里全都安静下来，每个想混下去的人——比如仅仅为了自己而想混下去的人——都开始做每个人应该为了全班而做的那种事情。

他们正在学习乘法，于是每个人都急忙跑去解自己的习题。

老师走了进来。教室里并非死一般的寂静无声。当树木长出绿叶时，在温暖的阳光下，每时每刻都在发生变化，此时森林里往往就是这种富有生机的寂静。

瓦夏很快解出了难题，坐着等待着老师。弗京依次巡视着全班学生——有的人他帮助一下，有的人他启发启发，有的人让他生气，有的人又让他高兴。

瓦夏放下笔，坐在自己的课桌旁边，等着，听着。一个学生解着习题，用不小的声音低声说道：

"心算得二！"

另一个学生低声说"五七三十五"，又说道：

"心算得三！"

于是，"心算得四""心算得五"……整个教室都重复着同样的话：心算，心算。

这重复的话语使瓦夏清晰地记起了心中关于真理的问题，当伊万·伊万诺维奇来到他跟前，并对他出色完成作业感到十分高兴时，瓦夏一下子勇敢起来，坚决地说道：

"伊万·伊万诺维奇！"

他想问："据说真理只存在于人的心中，就像数存在于乘法之中那样，而世界上根本就没有这样的真理。或者也许有，我们中间有无形的真正的真理吗？"

按其年龄来说，瓦夏当然不可能像我们现在这样把模糊的问题用自己的语言表达出来；但我们设身处地也会准确地知道，瓦夏的头脑中存在这样的问题，假如说了出来，那弗京该多么高兴啊！

但是发生了这样的情况：当瓦夏叫了老师的名字，想问关于真理的问题时，伊万·伊万诺维奇突然发现教室里似乎有什么事，就把手放在瓦夏的肩膀上。

"等等！"他说。

老师们在课堂上常常这样做，因为这里需要停一停，那里需要等一等。

让那个想抄别人作业的熊孩子感到难为情之后，伊万·伊万诺维奇回到瓦夏身边，问道：

"喂，瓦夏，你想问什么？"

"伊万·伊万诺维奇！"瓦夏本来要开始说话，可是他突然满脸通红，什么都说不出来了。老师抚摸了一下他的头，说道：

"你不是想问什么重要事情吗？"

"是的。"瓦夏回答。

"午饭后到我那儿去，我们聊一聊。"弗京严肃地说。

于是瓦夏平静下来。

午饭后是伊万·伊万诺维奇最惬意的时刻，此时他是为自己而活着。当然，他热爱自己的事业，而且他的事业一切都很顺利，但这一切都是为了将来。当孩子们长大成人，未来的公民想念起他的好时，那时候他或许已不在人世了。就像现在这样，既不为什么人，也没有什么事必须要做，而是自己想为自己做点儿什

75

么——这不过是一个乡村教师在工作日中的微不足道的幸福时刻。此刻他休息了，不再特别思考未来公民的问题。

这时，老师躺在沙发床上，摸到头顶上方的按钮，打开了他的收音机。

这幸福就在于，整个收音机都是伊万·伊万诺维奇本人的作品：屋顶上的风车是他亲手制作的，旧汽车上的发电机是他认识的一位司机送的，他自己又给发电机旋出了一个新电枢，他还对老旧蓄电池进行了重新翻修。

这样从屋顶到房间就通了电。而电子管收音机的部分零件是从爱好者手中淘换来的。当这个自制装置开始转播世界上发生的一切事情时，立刻就能明白，为什么说幸福时刻终于到来了：是因为每个技术人员一进入发明创造领域就接收到了信息，或者是因为自己的心灵接触到了全世界每日的动态，因此我们每个人都觉得自己是现代人了……

弗京心情舒畅多半是因为他感到称心如意，并在某种程度上看到了他所了解的物理学的伟大。

这时，瓦夏来了，站在门口，伊万·伊万诺维奇招手叫他到身边来，让他坐在沙发上。

"别说话！"他说。

收音机里正在播送契诃夫的短篇小说，在讲一名医士在用钳子很不顺利地给一个人拔牙。

老师和瓦夏都笑得厉害，但是老师并没有忘记，心中记着自己的问题。

契诃夫的小说播送完之后，弗京关闭了收音机，问道：

"瓦夏，你在教室里想对我说什么？在那里当着大家的面，你觉得难以启齿问的这种个人问题。让我们先来悄悄地讨论讨论，之后或许把我们的谈话推向全班也大有益处。你和我在一起什么都不要怕，也不必客气，过不了十来年，你自己也许就当老师了。"

弗京很喜欢瓦夏。

当然，瓦夏觉得不应该提出关于真理的问题。他已经习惯于老师对他特别关注，现在，真理这一问题已将老师悄悄吸引到自己身边，但他并不想令伊万·伊万诺维奇惊讶。这大概就是为什么他那么激动的原因。

但是现在，听到老师那平静、亲切的话语，那就完全不必故作姿态了。于是瓦夏打算就真理的所有问题请教老师。

对此我们很理解：令人感到亲切的真理就像聪明的小猫咪似的从孩子般的心灵里向外张望，仿佛一朵小花在对着林中空地观望。

"我想知道，伊万·伊万诺维奇，"瓦夏完全平静地说，"对于大家来说，世界上的真理——真正的真理——只有一个，这是否正确？"

"这毫无疑问！"

"安吉佩奇也对我说过，世界上的真理应该只有一个。可是当我缠着他，请他讲清楚什么是真理时，他却回答说，每个人都有自己的真理，世界上有多少人，就有多少不同的真理。"

乡村教师中往往存在着优秀、敏锐的人。男孩子请教有关真理的问题——这是多么令人高兴的事情啊！

伊万·伊万诺维奇从沙发上一跃而起，在房间里前前后后地快速走起来。他边走边思考着真理的问题。他不停地思考着，好像把瓦夏完全忘记了。

他在思考什么呢？

他在思考曾经将俄罗斯的真理之路集于自身的维萨里昂·别林斯基[①]。在他看来，此人的个性就是真理的化身。但是瓦夏对别林斯基一无所知，对瓦夏谈论此人没什么用。

突然，弗京停下脚步，问道：

"告诉我，瓦夏，这是怎么回事？你这一问题是因何而起？好好花心思想一想。"

"我没什么可花心思的，"瓦夏说，"这问题早就存在了，那时我还没有上中学呢。安吉佩奇指着森林里一棵一人高的小云杉给我看，说道：'这棵云杉已有一百多年了，它没有生长是因为其他树木的阴影遮住了它。''太阳一视同仁地照耀着万物，'安吉佩奇说，'但是我们大家各不相同：每个人都想靠近世界上一些暖和的地方。太阳爱所有的人，可是每个人总以为太阳更爱自己，于是就产生了阴影。'"

"那位安吉佩奇真是好样的！"弗京激动地说，"可是你们怎么最终谈到了真理问题？"

"就那样慢慢谈到了。我们让这棵云杉摆脱了阴影，它在那儿开始复苏。有一次，我们谈到为什么树干是直的，而那些树枝却是歪斜的。

---

① 维萨里昂·别林斯基（1811—1848），俄国革命民主主义者、文学批评家、哲学家、政论家。

我和安吉佩奇在森林里谈了好长时间,我问他:'怎么会这样?你说,真理——真正的真理——只有一个,而每个人的心中都有自己的真理。怎么会是这样呢?'

您知道吗,伊万·伊万诺维奇?"

"我知道,"伊万·伊万诺维奇答道,"但是老实说,我不能马上回答你。来,让我们一起思考思考。"

于是他们——学生和老师——并排坐在沙发上,两人思考着真理的问题:瓦夏想着有心计的安吉佩奇,而弗京则思考着别林斯基。弗京对别林斯基的真理很清楚,是多么清楚啊!但同时又无法对一个孩子说明白——他找不到合适的话语。

"不!"老师最后说道,"好像还没有能说清真理的语言。"

"安吉佩奇,"瓦夏回答,"也说过类似这样的话:真理没有语言。"

"瓦夏,真理不在语言上,而在行动上。世界上只有一种真正的真理,然而大家却以不同的方式,按照自己的意思去解释它。我喜欢你和安吉佩奇选择树作为例子:要知道树也是活的,这说明它身上具有生活的真理。

我喜欢你们说的直通太阳的道路,而将水分从树叶输送到树干的树枝却各种各样,既不是一根树枝也不是一片树叶所能做到的——都各种各样,都以自己的方式服务于太阳。但是我觉得,我们人之间存在着某种关于真理的语言,合乎大家心意的、我们自己的语言。"

一时间,瓦夏似乎觉得自己通过伊万·伊万诺维奇找到了真理的意义,或者他觉得这种善意的谈话本身就是真理,仅仅这一点他就感到足够了：大家都以不同的方式服务于真正的真理。

"真正的真理，"他说，"当然会远远高于太阳，不是吗？"

"真正的真理，"弗京回答，"充满地球和更广阔的空间，地球之外的一切，没有止境。眼下，它就和我们一起在沙发上。"

瓦夏再次这样感到，好像真理现在就和他们待在同一张沙发上。

"谢谢，伊万·伊万诺维奇，您全都回答了我，我要把这些告诉安吉佩奇。我会这么说：伊万·伊万诺维奇也像我们这样认为，真理是直的，如同树干一样，而大家都以自己的方式服务于真理。"

瓦夏走后，老师没有再打开收音机。

旁人或许以为：在自己的学生走后，老师就那么一面思索着，一面从一个角落到另一个角落走来走去。实际上，伊万·伊万诺维奇并没有走来走去，而是从一个地方飞向另一个地方，去寻找那种完全与现实相吻合的、是真正的真理的言论。

伊万·伊万诺维奇翱翔于我们的几个世纪之中，翱翔于距离我们遥远的时代。他模模糊糊地觉得，他多半应当到别林斯基那儿去寻找真理的言论。

于是他来到自己的书柜前，把书摆放在桌子上，查找着，翻阅着……

"不对！"他大声说，"这好像在车尔尼雪夫斯基[①]那儿看到过。"

老师觉得，列宁比所有的人更接近真理，他的真理就像俄罗

[①] 车尔尼雪夫斯基（1828—1889），俄国革命家、哲学家、作家、文学批评家。

斯人的心所体验到的特殊材料,将几代人彼此联结在一起。那些古老的民族更多的是拥有过去的伟大遗迹,而我们则拥有真理。

半夜的公鸡一个劲儿地啼叫了一阵,伊万·伊万诺维奇跑遍了很多国家,翻阅了很多书籍,结果还是没有找到。他明白和知晓我们的真理,就如同他的物理学,但就是找不到论述它的语言。于是,在这一切努力之后就剩下了这样一个问题:"难道真理就仅仅存在于行动中,真理就不可能用语言来表达?"

第四章

不论树木多么稠密,只要你想,总能给自己找到亮点,有了亮点,就有希望在旅途中找到从幽暗的、令人厌烦的云杉林的金发藓中走出来的紧急出口。

于是你走啊,走啊,为自己寻找亮点,希望找到走出森林的紧急出口。但这些亮点大多不是通往光明的出路,而只是透过树木露出的一片天空。

你毫无希望地走了一段时间,无意中学会了去深刻理解北方树木——云杉的本性。这种树木可能会在树荫中、在遮蔽它的树木的林冠下凋萎整整一百年,但一旦接触到阳光,它就会展现出蕴藏的全部力量。

往往有这种情况:你一生从事某种工作,于是你自己也渐渐变得有点儿像你所从事的那种工作了。

或许,古时候我们斯拉夫人也是如此,就像林冠下的云杉,生活了很多年，为寻求阳光而在森林里砍伐着，认为每一个亮点就是阳光，满怀希望，而又丧失希望，一直开辟着道路，开辟着道路。

当树被砍倒时，胜利者自己也就变得有些像那棵希望有朝一日来到阳光下的树木了。

或许正是因此，我们相中了瓦夏的那棵树，希望更近距离地了解瓦夏本人。

如果从上面俯瞰北方的森林，那么迄今为止，从莫斯科一直到北方沿海好像都是连绵不断的森林。在这大片森林中，到处闪耀着亮点，这亮点连同田野就是北方森林里的人的全部幸福，这幸福是他用自己的斧头一边砍伐出道路，一边为自己创造的。

在这田野的亮点周围，北方森林眯缝着像天空中细长的锯条似的眼睛观望着人类的事业。北方人根据自己的经验了解了森林——自己的敌人的本性，他一面用斧头威胁它，一面重复着自古以来的话："森林——这魔鬼！"

而森林依然屹立着，紧张地眯缝着眼睛，等待时机，用自己身躯覆盖人类为自己开垦并施肥的这些田野。

战争刚一开始，男人们离开田野，森林立刻就采取了行动。为此，林边随时有经过训练的护林队执勤。森林在地上的行动是在林边：那儿挺立着它的战士——种子树木，风从那儿将种子撒播到人类的田野上。

战争一拖延下去，白桦树就在垄沟里和鼹鼠堆上呈现出一片绿色，而在白桦树的树荫下，小云杉躲避着初寒，坚持着。就这样，森林从大量树木中聚集力量，在大地上延伸开来，往往没有留下以前与人类斗争的痕迹。

你瞧,谜底就隐藏在这里,这也是对那些责备北方人很少在自己屋旁种树的人的回答。他还远没有砍伐完自己的森林,也还没有活到想在自己屋旁种树的那个时候。

结果,整个地球仿佛形成了一种规律:消耗完野生林,然后又重新栽种并喜欢上某些树木。

为什么全世界都这样干:消耗完了,然后一切又从头开始?

我们决不能这样做!

当然,在我们乌索里耶村,在人与森林的斗争中,这种野蛮的恶习也完全保留了下来:对森林很少关照,每个人都为了自己从森林里采浆果、蘑菇食用,拉木柴取暖,运树木盖房。而对待森林,对待每棵单独的树木,应当像对待每个人那样细心:栽种,施肥,灌溉。——我们的老师伊万·伊万诺维奇·弗京第一个规定了这些。

是他首先想到要在学校的一大块地段种上两排椴树,而最主要的是,他让自己的学生到森林里去寻找十年树龄的椴树,把它挖出来,运回来,刨坑,施肥,栽种,浇水。

每一棵树,不管是谁栽的,一定会保留栽种者的特点。人们有时觉得自己不是在种树,而是在一旁观察自己,尤其好的是:是从好的一面来看自己。

在我们乌索里耶村,弗京老师这样说。

若是没有这次栽种椴树,瓦夏·维谢尔金或许会忘记森林中那棵与自己幼稚的真理联结在一起的小云杉吧?多半就这样忘记了。等以后突然想起来的时候,或许他就找不到森林中生长着大松树的那个"水桶"了，而在大松树透露下来的阳光里，还生长着一棵营养充分、心满意足的大云杉，它那浓荫让他的小云杉感到十分压抑。

或许在人的意识中，从野生林到种植林的过渡也是这样实现的：栽种者像其他人一样，开始珍惜自己的劳动，并由此而珍惜和热爱树木。

而由自己栽种的树木变成野生树木，从而思考这样的问题：即使野生的、白得的树木，也应该得到保护。

瓦夏的情况就是这样。他回想起来，为了迫使安吉佩奇砍掉那棵营养充足的、压抑他的小树的大云杉，他同他进行了多少斗争呀！

那时安吉佩奇还活着，他们一起来到森林"水桶"，如今青苔、金发藓、青草、野花、蘑菇覆盖了"水桶"中的最后一个奠基者和莫西干人①——那棵大树的树墩。

一眼望去，瓦夏的云杉依然是一棵发育不良的树木，在构成森林中特殊林木的、被称为"矮林"的众多备受压抑的树木中毫无任何特别之处。

但是在老守林员安吉佩奇的经验丰富的眼光看来，这棵小云杉却有很多变化。为了弄清这些变化，必须对云杉的生活有所了解。

落叶树木在自己树叶的短暂生命期间来不及成形。落叶树木的形状是不规则的，就像没有梳理过的头，而云杉却是树枝挨着树枝，长得很整齐，所有的树枝共同形成一种我们十分熟悉

---

① 莫西干人，北美印第安人的一个种族，由于西方殖民政策而衰亡。

的形状。

不知为什么，夜里我们闭上眼时总有一种错觉，似乎森林中的云杉都保持着统一的、匀称的形状。可是，当为了给自己找一棵新年枞树而带着斧头来到森林时，却未必能很快找到一棵规整的枞树，即使碰到这样的枞树，仍须对它稍加修整。

于是很显然，森林中的云杉天生形状并不规整，但是人把它的形状理解为对阳光的渴望，并在它的生长道路上总是不断地进行矫正。

岁月流逝，小云杉在阳光下重组自己的细胞，一年一年地改变着自己树枝的形状。瓦夏则像每个人一样关注着它，期待它形成整齐的形状。

几年之后，瓦夏成了一名共青团员。有一天，他遇到了自己的小云杉，那时它的大部分树枝像手一样的开始向上伸展，这是因为每一根处在下方的树枝极力地从上方的树荫中挣脱出来。超越树荫后，下方的树枝就向上弯曲，朝着阳光向上生长，就像每根冲出树荫、奔向阳光的大树枝一样向上生长。

因此，每根大树枝就变得像个犄角：下面的较长，上面的越来越短。

时光流逝，当瓦夏从中学毕业时，小云杉长得还不很高，但是下面却宽阔得认不出来了。只是最下面的树枝不知为什么没有像其他树枝那样向上生长，而依然在下面。

中学毕业后，瓦夏代替过世的安吉佩奇成了一名守林员。每日巡查的时候，他都会遇到自己的云杉，每天看着它，再也察觉不出它有什么变化。

就这样,他结婚了,带着年轻的妻子丽莎来到那儿,给她讲大松树的事,把长满越来越多野花的树墩指给她看。就在他指给妻子看自己的那棵云杉时,他突然发现,它整个儿发生了很大的变化。

丽莎不了解以前的小云杉,当她对变成现在这个样子的树观赏起来时,瓦夏立刻明白了,为什么他的云杉长得很快,并且长得很端正。

他发现了什么吗?不!起初他什么都没有发现,不知为什么发生了这种变化。不过,所有的人也常常会这样:经过一番变化后起初会出现某种情况,然后自己就开始分析,为什么会出现这种情况。

如今,站在那儿的不再是衰弱的云杉,而是全身洋溢着幸福气息的美人了……

然而,为什么它变成了这个样子?发生了怎样的变化使它成了这个样子?瓦夏不得而知。

"为什么它下面的树枝没有向上生长呢?"丽莎问道。

对这个问题,瓦夏无言以对。

此后,他在每天的森林巡查中又总和自己的云杉见面,并没有对它特别关注。

后来,当他的孩子——米特拉沙和娜斯嘉第一次和他一起来到森林"水桶"时,他再次注意到,他以前的云杉树在充足的阳光下竟出落得如此端庄、美丽。

米特拉沙和他的母亲丽莎一样,立刻注意到了伏在地上的下方的树枝。他把一根树枝撩起来,从此便与云杉相识。当他把树枝撩起时，发现树枝已扎下根，并抓住了地面。他使劲猛地一拉，扯断了。这根树枝就成了进入树荫帐篷的小门。

他进入帐篷，招呼娜斯嘉进去。在家里，他对母亲说，为什么下面的树枝抓住地面而不朝着阳光向上生长，那是为了让娜斯嘉在自己心爱的帐篷里储存蘑菇、浆果，躲避突然而至的雨水，或者只是在里面坐一坐。

"云杉树下的蘑菇怎么样？"母亲问道。而米特拉沙不知为什么生气了，答道：

"蘑菇不只是在云杉树下待着……"

"它们为什么待在那儿？"母亲问道。

"它们在那儿成长呀。"米特拉沙皱起眉头答道。

"那有什么呢，孩子们，你们也在成长呀！"丽莎回答，不知为什么，她有些不安地叹了口气。

战争开始了，他们的父亲瓦西里·维谢尔金离开了。那时的两个孩子，米特拉沙九岁，娜斯嘉十一岁……

如果说守林员在出发前特意来到自己的云杉树前告别——这不能说，人们羞于这种感情而不会表现出来……也不能说，所有人都把对心爱的、在陡坡上自由成长的松树，或者家园旁边令人快乐的白桦树，或者像瓦夏那样的云杉树的怀念保留在心中……

这种怀念多半是作为对故乡的一种保护而保留下来的，然而这种怀念只有在极度不幸中才表现出来。

瓦西里也是如此。出发前，他确实是经过一番考虑才来到生长着他那棵云杉树的林中空地。他首先看到的是，那棵大松树的树墩已完全被苔藓和鲜花所覆盖。这时，他回想起来，埋葬安吉佩奇的时候，亲人们就是把野花放在他的棺木上，并且在墓地也种上了花。

瓦西里看了看覆满鲜花的大松树的树墩，心想：

"人们用鲜花打扮死者就是从这里学来的。"

但当他看了看云杉树，当即就放弃了自己的那种想法，即认为大自然用鲜花装饰自己的死者的墓地，并且人们从大自然这里学来了这些。

他发现自己的那棵云杉树上的每一根从上层树枝的树荫中伸展出来的、像犄角似的大树枝，洋洋得意地举着几个红色小球果。

为了让这棵云杉形成规整的形状，曾费了多少时间、多少不为人知的劳动啊！终于，每一根树枝的每一个弯曲都得到了补偿和奖赏，它高举着自己的未来生命的旗帜——红色的小球果。

大量的金色花粉从其他树枝飞向这些红色球果。杉树的结婚时期——繁育年龄到来了。

瓦西里当然无法说，就像这一切之后我们所说的那样，杉树新的完美形态是对阳光强烈渴望的结果。这一切变化是通过上层轮生叶与上面唯一指向太阳的"手指"一起完成的。

要是把这根"手指"折断，无数小树枝和针叶的所有配合也就失去了意义。

要说瓦西里·维谢尔金在战争中总是惦记着自己那棵挂着落满金色花粉的红色球果的云杉——不！他从未想过这件事。但是，当战争的决胜关头已有利于我方的时候，却出事了。

维谢尔金中士走出掩体，命令自己的战士发起攻击。周围似乎一切都普通而寻常，但是，突然一束光线，比太阳还强烈的光线，或许是真正真理的光辉在他面前闪耀，而他却睁大双眼注视着这光辉！他看见田野上那棵形态端正的云杉，它的每根大树枝、每根小枝条，把由红色球果构成的未来旗帜从树荫下移到了阳光中，金色花粉从四面八方向球果飞来。

　　一个人免不了遭遇这种情况，而人们看到了每天在战争中发生的最平常不过的事情：维谢尔金中士倒下了。

第二部
父母双亡的孤儿

第五章

自从在西方某地牺牲的维谢尔金中士的阵亡通知书送达那时起，他的妻子丽莎每天晚上等孩子们睡下之后就来到森林里。如果留心细听，她那令人心碎的呻吟声就整夜传到村里。过去打仗时，男人们就非常害怕女人们的这种呻吟声，心肠软的人对此难以忍受，就以自己的方式——大多是在烧酒中——想法排遣精神上的压力。

在这女人的哀号声中，我们每个人，从战争到战争，从烈火到烈火，都是这种世代相传的孤苦无依的感情的继承者。

有时觉得，我们俄罗斯人似乎不是在生活，而是像父母双亡的孤儿，从一个时代转入另一个新的时代，而那里仍然是战争，于是又转到什么地方。

当然，并不是对每个人来说，俄国历史就这样一成不变。我们甚至可以认为，这个孤苦无依的时代正在结束，新人们正在进入对自己的大地母亲怀有忘我的爱的感情、对自己的父辈有着深刻理解的历史。

不仅如此！我们，孤苦无依的时代的参与者，似乎觉得，先前父母双亡的孤儿正为全世界带来一种新的真理。

不，当然并不是每个男人一定用烈酒回应女人的呻吟。有的人因为这种呻吟而陷入深深的沉默中，并鼓足勇气，决定总有一天要结束这所有的不幸，并开始一种新生活。

是的，革命的风暴就要来临，风暴遍及整个世界。

早晨，维谢尔金的孩子们到森林里去找母亲，他们来到有蔓越莓、越橘、黑果越莓、蕨、野豌豆、勿忘草、石竹的地方，那里大松树的树墩一直被形形色色的野花覆盖着，瓦夏的云杉也渐渐开花了。

这时，孩子们在树墩的宽大底座上，在野花丛中找到了不省人事的母亲，就嚎啕大哭起来。听到孩子们的哭声，母亲苏醒过来，站了起来……

当他们的母亲再也站不起来的时候，对孤儿们来说，这可怕的时刻终于来临了。

那时的最初几天，不论是谁碰到孩子们，都极力表现出对他们的同情，眼含热泪说道：

"父母双亡的孤儿呀！"

春天，你试着用刀子戳一下白桦树，树上就会流出白色树汁，随之伤口变成红色，树汁停止外流，但是伤口留下痕迹，永远保留下来。我们的孩子们也像白桦树那样，只不过白桦树上的伤口看得见，而人却习惯将自己心里的创伤隐藏起来：每个人都隐藏着，大家自然也就趋向一致。表面上看，我们的孩子们很快就恢复过来，他们那非孩子般的勇气令人震惊。

我们看到，孩子们之所以能胜任家务，自然少不了好心人的帮助。在村里，他们像真正的大当家人那样生活在我们中间：米特拉沙像个顽强而固执的小男子汉，娜斯嘉比他年长一岁多，是个聪明的孩子，表现得完全像一个成年女人。

令大家惊奇的是：米特拉沙偶然用父亲的猎枪击毙了农村畜群的可怕危害者——那只有名的、外号叫"灰地主"的狼。同样让大家欢喜的是：当列宁格勒的孩子们从保育院来到村里寻求对孤儿们的帮助时，娜斯嘉把自己在沼泽地里采摘的、有益健康的、储存了一年的春季甜蔓越莓全都送给了他们。是的，看来小姑娘的这一举动比男孩子英勇地惩治"灰地主"更合乎人们的心意。

或许，娜斯嘉的这种共情中所表现的正是那种从战争到战争、一代接一代积淀起来的孤苦无依的情感。大家目睹了列宁格勒的孩子们的遭遇，每个孩子的故事村村相传，如此打动人们的心灵，以至于没有子女的家庭纷纷收养孤儿，于是，这些孤儿给自己找到了父母。

可以说，孤儿姐弟米特拉沙和娜斯嘉在这期间引导并展现了我们村的全部隐秘的内心生活。

早春初期，有一天，米特拉沙和娜斯嘉去了阳光普照的林边。他们在那儿想一起考虑考虑，是不是该去沼泽地采摘融雪时从雪里露出来的最甜的、能预防各种疾病的春季蔓越莓。

就这样，两个孩子来到林边的树墩上坐下，就是在集体农庄的一块田地旁边，战前他们的父亲曾在那儿连根挖出的那个树墩，全家人——妻子和孩子们——都给他帮忙。工作很费劲：父亲和母亲挖树墩,两个孩子则填埋地里的树墩坑。大人吩咐孩子们把下面贫瘠的沙土填到树坑的底部,然后把森林里肥沃的黑土撒在上面。如今,几年战争期间,森林已养精蓄锐,开始侵犯人类的事业。在每个填好的土壤松散、肥沃的树坑上,一棵三年的小白桦树在自己的树荫下培育出一棵非常小的云杉。

由于父亲的工作,由于自己的劳动,也由于可怕的不幸,米特拉沙像一个真正的男子汉一样,深入到这些在人类劳动的地方恣意生长出来的小树的生活中,并在战胜了悲痛之后,对自己的一种猜测感到十分高兴。他是那么高兴,想立即把这事告诉娜斯嘉。他连看都没有看她就说道:

"娜斯嘉,要知道树也会行走!"

这是他的猜测:树是活的,和人一样,也会在田野里行走。

真少见!那些小树像小孩子一样来到广阔的田野,在那里到处行走。难道这不奇怪吗?

"娜斯嘉!"米特拉沙甚至有些生气了,"你为什么一言不发?你只要看一看,田野里每棵小白桦树底下不是都隐藏着一棵小云杉吗?树和人一样,从森林里出来,就在田野里散布开来。"

然而娜斯嘉沉默不语。米特拉沙瞥了她一眼,只见她满脸泪痕,一双褐色的、微微斜视的大眼睛透过泪水闪烁着。娜斯嘉的这副模样不禁让米特拉沙大吃一惊,他转过身去,久久默默不语,肩膀不时地抽动着,一直这样坐着。

这时下起了第一场春雨,米特拉沙像一只湿透了的红脚隼,一直冒雨坐在树墩上,目不旁视。雨一直下着,他直直地看着前方,最后说道:

"娜斯嘉,你别哭,我们的父亲也许还活着。"

娜斯嘉早就明白,米特拉沙为什么目不旁视地坐了那么长时间,为什么他的肩膀不时地抽动。她鼓起勇气,对米特拉沙为了安慰她而说的话回答道:

"你说得对,米特拉沙,树像人一样,也在我们的田野里走动。"

第六章

这种事不仅在我们乌索里耶村发生过,在库帕的泥炭开采地也有过:已经举行过追荐亡灵仪式并被哀悼过的米哈依尔·诺沃谢洛夫回家了。在梅赫列尼克湖那边有两个人:一个人的公文来了,说已经牺牲了;另一个人则杳无音信。——结果两个人也都回家了。在巴尔马佐夫森林那边的波洛维茨村也有这样的事:妻子已经追荐了亡灵,并与别人、与新丈夫重新安顿下来,她刚刚安排妥当,原来的丈夫不知从哪儿冒了出来,突然回来了。

还有这样的情况:一个女人没有找新丈夫,完全抛弃了关于丈夫的想法,把这种念头深埋在心里,站稳脚跟,喜欢上了自己的独立自主。可就在这时,丈夫出现了!

什么事都有。如果加起来算一算,在整个别列斯拉夫大区有多少这种情况,那么你就会思考并问自己:为什么在过去的战争中极少有这种情况,而在这次战争中,这样的情况在各种地方都经常出现呢?

我们再说说这个问题:人们从四面八方聚集在一起,如此大规模地互相残杀，这样的战争以前就不曾有过。从前，人的总数是稳定的；总数当然是总数，但是每个个体也不会被忘记。而如今，在这种群体性的工作中，却常常发生错误。

事情是这样：当米特拉沙和娜斯嘉从森林里回到家时，在他们房子旁边的土台上坐着一个女邮递员在等着他们，和女邮递员一起的还有两个好奇的人。自然，这两个好奇的人猜测会有孤儿们的好消息。

信读起来挺费劲。瓦西里·维谢尔金是用左手写的，并且正是从这一点写起的：人们想把他的右手截去，但他不让，一只手吊着，他就学习用左手写字。这些一看就能明白，但是接下来就只能根据个别的词句猜测了。信中所有内容都表达了这样的意思：第一次负伤后，大家都认为他会死掉，他未能很快恢复，就是在这段时间里他写了几封信。这些信家里没有收到，因此，所有的不幸就发生了：只收到了阵亡通知书。第二次他的手受伤是在北方，康复之后，就再也没有把他编入部队，而是委派他作为林业工作者去北方的森林中寻找飞机用的面板材料。他希望能在春天和夏天完成自己的工作，然后获批回家。至于战争结束还是推迟，反正都一样。

就在大家分析这封信时，维谢尔金家的农舍旁边聚集了很多人，大家都想帮忙马上给维谢尔金写回信。

生活中经常有这种情况：哪怕在世界上任何时候都不曾有的可怕时刻，也会有喜事到来。现在就是这种喜事到来的时刻。两个孩子坐在土台上，脸颊灼热，目光炯炯。娜斯嘉像蒙古人那样微微斜视的褐色眼睛闪闪发光，米特拉沙的灰色大眼睛完全像父亲。

两个孩子坐着，非常高兴。在还没有最后决定要立刻写回信以及写什么之前，聚集在他们周围的人越来越多，大家都想帮助两个孩子。一旦决定马上写回信，人们就涌进了木屋。

米特拉沙拿出一张信纸，娜斯嘉往墨水瓶里掺了点儿什么东西，就一直在桌子旁边站着。大家刚开始一起拟回信并齐声口授给小米特拉沙，突然，机灵的箍桶匠列尼亚·斯科沃列什尼科夫把他那尖鼻子从别人的肩膀中间伸到桌子上，说道：

"写，写，可是我们往哪儿寄呀？"

大家自然回答他：

"按地址寄呗。"

大家开始找地址，可是这封信上什么都没有；翻来翻去也就渐渐不再找了，人也一个个开始离去。

这样一来，所有的人都走了，喜悦也随之从房子里消失。在孩子们心中，有些什么东西混杂在一起：高兴的是父亲还活着，痛心的是他的右手还吊着，担忧的是没有地址；还要等到秋天，秋天到来，说不定又有什么糟糕的事情……这样，一天之中，孩子们因为幸福和痛苦而饱受折磨。这一次，他们没有点灯就躺下睡觉了。

当然，孩子毕竟是孩子，刚刚躺下就睡着了。

时间还不太晚，邻居箍桶匠列尼亚·斯科沃列什尼科夫正用自己的刨床刨木桶用的木板，一边还唱着歌。很快，一只蟋蟀叫了起来。

突然，米特拉沙从床上一跃而起，喊叫起来：

"娜斯嘉，娜斯嘉，快醒醒，快起来！"

娜斯嘉睡眼惺忪地坐在床上，但是，聪明的孩子很快就集中了精神。

"你怎么啦,米特拉沙?"

"娜斯嘉,"米特拉沙声音坚定而果断地说,"我要去北方寻找父亲。他是一个病人,不能这样置之不理。你是和我一起去还是留在这儿?"

"我们去哪儿呢,米特拉沙,要知道我们没有他的地址呀?"

"这件事我们到伊万·伊万诺维奇·弗京那儿再说。你现在就明确地、坚决地、永远地告诉我:你和我一起去寻找父亲吗?"

"可我们去哪儿呀?"娜斯嘉重复道。

米特拉沙忍受不了了,不客气地说:

"娜斯嘉,我们去寻找父亲,我现在就问你这件事,无论去哪儿,你明白我的意思吗?"

直到这时,娜斯嘉才真正从似醒未醒的状态中清醒过来,立刻全明白了,回答说:

"明白了,米特拉沙,我现在才明白你的意思。我哪儿能放你一个人离开我呢?当然,我们一起去……"

"去哪儿?"米特拉沙问道。

"无论去哪儿。"

米特拉沙放心了,娜斯嘉理解了他的心思。于是米特拉沙坐起身,与姐姐并排坐在床上。

"现在时间还不晚,起来,穿好衣服,我们去找伊万·伊万诺维奇·弗京。我有一个计划:把真实情况一五一十地全都告诉他。他和我们的父亲一样,会保护我们,给我们正确的建议。他什么事都会为我们做的。"

"怎么告诉他真实情况呢?"娜斯嘉问道。

"就直截了当地说。真的,我们不撒谎,我们要去寻找父亲。"

"对,这是实情,"娜斯嘉回答,"我们要去寻找父亲。"

米特拉沙情急之下将亲爱的老师伊万·伊万诺维奇·弗京称作父亲,他想当晚立刻对他——像对父亲那样——说出自己孤儿的全部真情。

我们通往父亲的道路如此宽广、辽阔,如此广袤而又经常荒无人烟!然而我们每个人都知道,在每片灌木丛后面,在每条沟壑里,有人在睁大眼睛盯着我们。

这是谁呢?

还是小孩子时米特拉沙就已经知道,已经明白这是谁,但是这伟大的真理的语言他还不知道。

他是不是也在召唤娜斯嘉到这位父亲那里去?

当然,娜斯嘉也知道。

两个孩子当即一起去见自己的老师,就像去见父亲。

想想过去,父亲们离我们而去,投入一场接一场的战争,并捐躯疆场,但我们的真理——只能对像父亲那样的人说出的真理——却就这样同我们孤儿一起留了下来,就这样等待着向对我们最好的人展现出来。

第七章

我们的乡村教师长时间坚守在自己的岗位上,有些教师甚至到死都留在同一所学校。

弗京就是这样的教师。四分之一个世纪以前,一群十来岁的孩子们种下的几棵椴树就是伊万·伊万诺维奇教师生涯的见证。如今,无论谁来了都会去欣赏整个校区周围那在夏季里绿荫如盖的小路。冬天,如果窗户没有被完全冻上,那么,已枝繁叶茂四分之一个世纪的柠檬树和榕树就更加优美异常。每间教室里都有一棵高达天花板的大树,孩子们用抹布擦去自己榕树每片叶子上的灰尘,由此开始自己的课业。冬天,如果从窗户外往里望,会令人惊异:外面到处都是皑皑白雪和严寒,而在教室里,孩子们坐在自己教室里的榕树或杜鹃下,如在天堂一般。

我们州的每个城市,甚至雅罗斯拉夫尔市的首长中都有伊万·伊万诺维奇的学生。但是那些人,比如那些特别优秀的人,都埋头于自己的事业,少与人来往。但学校周围和教室里的那些树木仍然证明和诉说着这些人的故事。

这是一项伟大的事业。为了培育学校周围的树木并将其布置在教室里,为了冬天时能从学校的窗中看到天堂,这可需要多少年的努力呀!

很多年过去,现在这些植物就自然而然地向每个人诉说起这个好人来,诉说起这位老师曾经引导过的那些人。

霜染两鬓,髭须也随着时间而变白,总是晒得黝黑的脸如今变得好像青铜似的黯淡无光。但是房顶上的小发电机,已经多次修理过的蓄电池,自制的收音机仍然还是原来那样。

夜晚对这位老师来说是最美妙的时刻,那时他还没有脱衣,躺在自己的沙发床上,不看收音机,直接用搁在头上的一只手操纵着按钮。在这宁静的时刻,有人敲门。

老师欠起身来,打开通风小窗,问道:"谁呀?"得到回答是:

"是我们,维谢尔金家的米特拉沙和娜斯嘉,有一件重要的事情来求您,让我们进去吧,伊万·伊万诺维奇。"

弗京安然地站起来,关上收音机,从门上拔出钥匙,开了门,孩子们进来了。

让客人落座后,老师问道:

"是什么事让你们这么晚到我这里来?"

"这么晚了,"米特拉沙回答,"我们来找您,伊万·伊万诺维奇,是因为一件重要的事情,只有我们才可能有的重要的事情。"

伊万·伊万诺维奇好就好在任何时候无需多余的言语就能立刻听出并找准别人所需要的话。

"重要的事情,"他紧接着米特拉沙重复道,"这是什么事情?"

"去找父亲。"米特拉沙回答。听了米特拉沙这句话,伊万·伊万诺维奇微微地哆嗦了一下,他突然回忆起,二十五年前,就是这个男孩儿——他心爱的学生瓦夏·维谢尔金在同一地点同他谈论真正的真理问题。他回想起,自己当时因为孩子的问题有点儿不知所措,就和他一起思考起来。他至今还清楚地记得,两人一起琢磨出来:真理不在于语言,真正的真理在于行动。

"二十五年前,"伊万·伊万诺维奇说道,"我和你们的父亲就在这里谈到,真正的真理不在于语言,而在于行动。瞧,他们现在说这样的话:为什么觉得可信,有阵亡通知书呀!现在看来这并不是事实。你们收到父亲的信了?"

这时,聪明的娜斯嘉明白,不能在伊万·伊万诺维奇这里把

时间浪费在交谈上,她平静而有礼貌地说道:

"请原谅我们,伊万·伊万诺维奇,我们收到信之后就直接上您这里来了,就好像来到父亲身边一样。"

于是她把信递到他手中。

"啊!"伊万·伊万诺维奇刚一开口,立刻就全明白了,并按照教师的习惯即刻从语言转入行动。

他转向桌子和灯光,久久地读着、研究着这封信,那样子仿佛正在做什么最重要的事情。之后,他拿起信封,又久久地端详起来。

研究完信封之后,他就像以前和瓦夏·维谢尔金一起时那样,若有所思地转向客人:因为他自己一个人无法决定,必须一起思考思考。

他移坐到沙发床上,让孩子们坐在自己旁边。

"都弄明白了,"伊万·伊万诺维奇开始说道,"以前曾经有这样一棵树,如今只剩下了树墩,那儿有一棵瓦夏的云杉,这你们知道。人们砍了这棵树给飞机做面板。当时老守林员安吉佩奇给瓦夏讲过,也不止一次对我说过,在北方某地少数民族那里有一片神圣的密林,那儿的树木一棵挨着一棵,如此稠密,你连一根杆子都砍不到。如果砍一棵树,那它也倒不了,而只是倚靠在旁边的树上,一直站立着。这些树那么干净,直到很高的地方也没有枝杈。树下是白色的驯鹿苔,干净而温暖,你跪在上面,只发出轻微的咯吱声,就像在地毯上似的。人们觉得,这些树木好像正朝向太阳生长,自己也像被抬升了起来。安吉佩奇本人就是这样说的。瓦夏——你们的父亲——对他说:'安吉佩奇,你是在给

我们讲故事吧?'

安吉佩奇从头上摘下帽子,对这些话回答道:'这不是故事,这是真正的真理。'

后来瓦夏来找我并询问世界上有没有其他什么真理,一种真正的和某种虚假的真理。'虚假的真理,'我回答,'那叫谎言,而真正的真理在世界上是唯一的,这种真理不在于语言,而在于行动。'"

"你现在明白我的意思了吧,米特拉沙?"老师问道。

"非常明白,"米特拉沙回答,"我也觉得,父亲好像按照安吉佩奇的话讲过白色苔藓的事,苔藓上很干净,就像皇宫里似的。"

"确有其事!"老师说,"我也记得安吉佩奇说过,当然,就像皇宫里似的。现在我认为,这不是故事,北方某地确实有这片密林,你们的父亲记起了它,想对我们的事业助一臂之力:他毕竟是缺一只手,而且是右手,这样他实在无法打仗了,于是他就想用这种方法出把力。我觉得,世界上有这片密林存在,你们的父亲肯定是去寻找它了。你们的父亲是个勇敢、聪明而诚实的人,他并不是舍弃现实而喜欢故事,相反,他是让故事成为现实,他去寻找这片密林了。"

"让故事成为现实!"米特拉沙重复道,"难道可以这样吗?"

这时,当米特拉沙和伊万·伊万诺维奇——那么年幼的米特拉沙和那么年长甚至年老的老师——一起转向那片神秘的密林,并在密林中去寻找某种真正的真理时,小女孩儿娜斯嘉也忍不住急于转向真理,她理解的那种真理。正因如此,趁米特拉沙向老师展示自己去北方寻找父亲的计划时,她小声而平静地说:

"啊，伊万·伊万诺维奇，不过我们不知道地址，这个密林在哪儿，甚至他自己在哪儿，父亲都没有写。"

"怎么没有写！"伊万·伊万诺维奇答道，"难道你们在信封上没有看到邮戳'皮涅加'吗？密林大概就在那里什么地方，他本人住在某地医院或者诊所，干脆去那里寻找吧。去吧，去吧！"伊万·伊万诺维奇说道。

孩子们觉得，老师仿佛离开他们去了远处自己的一间教员室，从那儿一直观望着，而且知道孩子们在想些什么。但孩子们却无法去那里，去教员室，因此怎么也弄不清楚，不知是他们真的可以去找父亲，还是老师在开玩笑。

沉默片刻后，孩子们不好意思地小心发问，米特拉沙先开了口：

"这是真的吗，伊万·伊万诺维奇？"

聪明的娜斯嘉机敏地纠正说：

"米特拉沙，你怎么敢这样说，伊万·伊万诺维奇从来都说真话。"

这时，伊万·伊万诺维奇从远处看着孩子们，仿佛突然从自己远处的教员室里走了出来，高兴地抚摸了一下娜斯嘉的头，说道：

"你们现在暂时不管对谁都不要说什么。让这事成为你们的重大秘密，你们要保守这个秘密。我听说在皮涅加那边生活着朴实善良的人，大家开玩笑地称他们'皮涅加人'。孩子们，大胆地去吧，这种事情在生活中只会出现一次，如果找到父亲，这将是你们一生中最大的幸福。"

米特拉沙信任老师，说道：

"我们一定会找到父亲,还有船木松林。"

娜斯嘉还不完全相信老师非常认真地说的那些话,就问道:

"您会帮助我们吗,伊万·伊万诺维奇?"

这时,伊万·伊万诺维奇毫无疑问地、十分认真地回答:

"孩子们,你们马上去睡觉,放心吧,我一切都考虑好了,我要和别人商量商量,然后再告诉你们。是的,只要有可能,我当然会帮助你们。"

这时,孩子们似乎真的把对未来的忧虑转给了老师,回到家里,立刻就睡着了。

第三部
朋　友

第八章

　　护士克拉弗吉娅·尼奇金娜每天早晨起床时，习惯于从撕去自己桌子上的一页日历开始一天的生活，接着轻轻地捻着纸片，在床上躺一会儿，集中一下思想。

　　她已经不年轻了，但也不能说完全是老姑娘。或许正因为如此，每天早晨她的思绪就辐射般地飞向四面八方，需要把它们联系起来。

　　所以，每天早晨她都会把那纸片卷成小筒，一直卷呀卷呀，直到形成一天清晰的工作计划。

　　护士集中思想之后，穿衣，洗脸，做一套体操，同时也没有扔掉那从日历上撕下来的、卷成筒的纸片。

　　她往往在洗脸或做操时，就把小纸筒放在旁边什么地方，然后一定会再捡起来一直卷呀卷呀，这时大多没有什么想法，而只是一种习惯罢了。

　　她这种令人烦恼的习惯竟达到如此程度：喝完茶后，她就抓起自己的小纸筒去上班,就这样从一个病人走到另一个病人。当然,有时在某个重病号身边她也会把小纸筒忘记。你瞧,习惯能把一个人的手控制到什么地步呀,让一个认真做事的女人马上又开始寻找起自己的玩具来。

"您这是在找什么呀,克拉娃①?"护士长玛霍娃问道。

她不能对护士长说,自己在寻找那个用撕下来的日历卷成的小纸筒。克拉弗吉娅就说,她丢了镊子或者钳子、绷带什么的。

这一次,早晨巡视病人时,克拉弗吉娅本该把中士维谢尔金的枕头扶正。可是在他的病床那里,她又把自己的纸片丢了。后来,当她忽然想起来,又回到维谢尔金身边去拿自己的小纸筒时,中士已经找到了它。他用健康的左手捻开纸筒,读了起来。

克拉弗吉娅本来很乐意在中士身边同他闲聊一阵。她已远非年轻姑娘,但如同年轻人一样,依然保持着青春活力,像小鸟似的飞来飞去,唧唧喳喳。护士长玛霍娃——一个要养活一大家子人的女人——谈起克拉弗吉娅时说:

"小鸟还总是幻想着什么哩!"

恰好,当这只小鸟飞到中士身边时突然碰到了玛霍娃,玛霍娃就问她:

"您又在找什么呀?"

克拉弗吉娅没有吱声就转过身去,而维谢尔金则成了那张日历纸片的拥有者。

当一本书一直放在图书馆的书架上,人们常常绕它而过。可

---

① 克拉弗吉娅的昵称。

是偶然间，当真正的读者注意到了它，于是书就复活了。

这张卷成小纸筒的日历纸也是如此，现在落在了期待它的人的手里。

打开的纸片上印着别林斯基的照片，维谢尔金读了照片下面他的名言："我们俄罗斯人的使命就是向全世界宣告新的语言，提出新的思想。"

人们之间往往也是这样：思想如同随风飘扬的长着翅膀的种子，寻找着从一个人飞向另一个人的某种方法，寻找着自己的朋友，哪怕历经百年和数千里。

这一次，语言终于找到了自己的知音，并成为他的生命。

谁知道呢，如果全心全意地深入了解此人的生活，分析一切详情细节，或许这完全不是偶然；可能有无数人瞎着眼睛看过同样的语言，而第一千零一个人一看就明白了。

维谢尔金看了一眼，眼睛捕捉到的语言就深入到他的心里。

维谢尔金全明白了。

于是，别林斯基的思想犹如长着翅膀的种子，时隔百年，飞到了另一个人身边，并且正合他的心意，如同雨滴洒在干燥、灼热的土地上。

事情就是如此！

维谢尔金立刻回想起自己还是孩子时，就曾经与老师弗京探讨过有关真理的问题，认为真理完全存在于行动之中，或许，真理没有语言，因此人们相互之间常说：

"给我们真理，而不是空话！"

可是这怎么可能呢，真理就单独地、赤裸裸地仅存在于行动之中，而有关真理的语言则像赤身裸体的人的衣服一样，晃晃悠悠地挂在旁边的绳子上？

而别林斯基却说，我们整个事业的真理正转化为语言，这新的语言将给全世界指明新的道路。

维谢尔金将这页纸翻到另一面读到：伟大的民主主义者诞生于1811年，死于1848年。结果就是：别林斯基在上世纪前半叶就预言了新思想。

"这怎么可能，"维谢尔金自问，"别林斯基早在我们的革命之前就能如此勇敢而坚决地说出来了？"

以前维谢尔金健康的时候，他才不会关心那些无聊的问题。他不过是想起了弗京，试着去了解他，于是他自我回答：

"我们每个人多少都有些超前的想法，这由每个人汇集到同一地点，伟人去到那里将所有的问题合为一体，并做出决定。"

现在他因为胳膊疼而无法动弹，由于无所事事，头脑里转动着一个以前觉得很无聊的问题。

中士一面思索着，一面把眼睛转向窗口。从他这里无法看到天空，被雪掩埋的水泛草地广阔地伸展开去。当阳光经过几乎接连不断的漫漫长夜，就好像生活中的大喜事一样出现时，北方正是光之春天开始的时候。

这正是春光明媚的时候。此时，只有那些负责经营管理的人员思考着春天，而黑色的小跳蚤正大量出现，待在雪地上。

马儿驾着雪橇，沿着冬天特别准备好的道路，把去了树皮的黄色原木从森林里运到岸边，为春季流送做准备。

这是一个阳光灿烂的日子。在皑皑雪地上，一层层堆积起来的原木的影子呈现出浅蓝色。维谢尔金看不见天空，一个劲儿地猜测着，觉得经过河滩地，在雪地上掠过的大片阴影是来自云彩。

"是呀，"他回到自己的思绪，心想，"天空是看不见，但我可以根据这河滩地了解云彩：现在室外有风，不太大，因为云影是逐渐掠过的。或许别林斯基也这样猜想，有朝一日祖国会向全世界宣告新的语言。我们这里将诞生真理的语言，而这正合乎大家的心意。"

他眼前呈现出这样的画面：整整几个世纪积累起来的伟大思想，在全人类看不见的天空的某个地方徘徊，抛撒下云彩般的阴影；根据这些阴影，特别敏锐的人就猜测到并了解了正是这些思想……

他把别林斯基的话又读了一遍，现在他才注意到最后几句话："……这是什么样的语言，这是什么样的思想啊！为此我们奔波忙碌还为时尚早……"

"我要为苏联服务，"维谢尔金对别林斯基的话自我回答道，"这就是我的真理事业。——可是，这是伟大的真理吗？"

他又重复了一遍别林斯基的话："……这是什么样的语言，这是什么样的思想啊！为此我们奔波忙碌还为时尚早……"

他好像用这句话压制住了心中似乎觉得语言是必需的这一无聊想法。然而，那些在看不见的天空飘过的云彩和在雪地上掠过的看得见的浅蓝色影子，显然已汇集停留在负伤战士的纯洁心灵里，一切就这样中止了：不论想什么，刹那间，所有问题立刻就和谐地解决了。

心里平静了，头脑清晰了，那棵百年工夫才长到一个人举起手那么高的被压抑的小云杉立刻浮现在脑海中。不过，即便是如此不幸的小树也在和谐的时刻突然开了花。

强大、雄劲、炽烈、威力无穷的阳光投向被压抑的生物，而这炽烈的光辉立刻被捕捉、被估量、被接受，生命获得了胜利。于是，云杉披满了带有金色花粉的红色花朵。

维谢尔金愉快地思考着自己的小云杉、自己本身、所有被压迫的俄国人民，以及威力无穷的、强劲的、炽烈的真理之光投向我们大家的问题……

"如果就连普通的云杉，"维谢尔金心想，"都要病那么多年，而且要把背阴的针叶改变为向阳的，自然，俄罗斯人也会得病，也要改变面貌，经受住这伟大的、炽烈的光辉！"

他又回想起了安吉佩奇，后者曾指着太阳说："它们有太阳，而我们有真理。"

一切美好的东西正在来临，一切都在确立，一切都在安排，负伤战士的纯洁心灵感到如此舒畅。

或许他这是在康复吧？大概是这样，否则为什么他健康的左手明显地想用撕下来的那张日历卷一支纸烟呢？如果一个病人想抽烟，这往往是康复的最可信的征兆。

第九章

在北方的雪原中，春光明媚的日子较之在南方黑土地上的更加光辉灿烂。光明的日子也让躺在离维谢尔金不远的另一个病人感到高兴。

这个人如此高大，病床的长度不够他用。他的腿时而蜷起来，时而又伸直，放在铁床背上。

这个大个子已不年轻了，近六十岁，看上去非常结实、强壮，现在正躺着，专注地盯着一个点。他的眼睛天真而明亮，很多人也往往有这样的眼睛，闲暇时会像孩子一般微笑。

他早就注意到了，维谢尔金开始用自己健康的左手用日历纸卷什么东西。这个朴实的人之所以能轻易猜到邻居的善意，是因为他渐渐明白他的目的是想用左手指卷成一个漏斗形的纸烟。

"想抽烟了！"大个子明白了，就带着孩子般的微笑，开始用炯炯有神的目光注视着他的手指。

谁都知道，要是一个病人想抽烟，这就表示他想活下去。

大个子很同情自己的邻居。显然，他由衷地希望生病的邻居卷成纸烟，或许能想方设法抽一抽。

甚至他自己大概也想和邻居一起抽抽烟，聊聊天。

然而，用一只手卷烟并不容易。伤员思考着什么，用健康的手把纸片放在缠着绷带的手上，白色绷带下露出苍白的、没有血色的、长着发青指甲的手指。缠着绷带的手的三个手指——大拇指、中指和食指——微微动起来，帮助健康的手卷起纸烟。

这时，大个子确信邻居的情况已好转，就对他说：

"亲爱的同志！我看到你在给自己卷纸烟。或许你知道，我们在什么地方能搞到烟叶抽抽吧？"

维谢尔金无法转过身来看邻居的脸。不过他根据声音感觉到了这位朋友，就回答道：

"我很想抽烟，但可以吗？其实我头脑里想的不是抽烟，我思考的完全是另外的事情。但这只手自己却在卷，看来，或许手也有自己的想法。"

大个子很喜欢这些话。他笑了起来，并且像所有人在路上或在异乡的习惯做法那样，问道：

"同志，你是什么地方的人？"

中士怀着被这声音激起的友好感情，乐意地答道：

"我来自远方，佩列斯拉夫尔-扎列斯基市。"

然后又回答了其他问题：这个城市在什么地方，城里的人们干些什么。所有这些他都讲了。他还说道，他不住在城里，而是在乌索里耶村，以及他的妻子丽莎。他确实不知道她是否还活着，还有他的两个孩子，他也不知道他们是否还活着。

维谢尔金一一回答，直到他的邻居全都弄清楚了。于是，中士成了他亲密的人。

正是经过这番长长的询问之后，维谢尔金也想知道他的邻居是什么人。

对第一个问题——他是什么地方的人，邻居很乐意地回答：

"我是皮涅加人。"

这个回答令维谢尔金感到非常惊奇，以至于几乎愣神了。他挪动了一下，把头转向"皮涅加人"那边。

邻居注意到了这一点，没等发问就自己解释道：

"我们是纤夫，在北方所有的河上拉纤，因为我们来自皮涅加，于是大家都叫我们'皮涅加人'。"

"来自皮涅加?"维谢尔金重复道。

他努力地回想起来,在他的记忆中,与这个词语联系在一起的是那么美好甚至妙不可言的事物。

"皮涅加河注入北德维纳河。"他说。

"注入德维纳河,"邻居随之重复道,"而流入皮涅加河的有我们的两条小河,两条姊妹河——科达河和洛达河。"

"我听过一些你们那地方的美好东西,"维谢尔金说,"世界上没有比那些更美好的了……"

邻居答道:

"世界上没有比科达河和洛达河更美的地方了,鹤乡就位于这两条河之间。"

他在床上稍微抬起身子,把双腿放下来,激动地说起来。他像钟摆似的,微微向两边晃动着;但是,这么大一个钟摆,无需过多摆动,只要稍稍暗示一下摆向哪一边,小钟摆就必定会摆向那一边。

"没有比我们皮涅加更漂亮的了!"邻居重复道,微微晃动了一下。

"悬崖和峭壁!"

又暗示摆向另一边。

"红色和白色的群山!"

又是暗示。

"山上有一座修道院!

乘行十五俄里也到不了——

倒是看得见!

超过十五俄里——

就一目了然！

河水从高高的河岸下面流出来。

地平线下行驶着高舷渔船。

大力保佑！"

维谢尔金在此处打断了自己的邻居，问道：

"'大力保佑'是什么意思？"

"不知道，"邻居回答，"当爬得太高或者下得太低，或者有时热有时冷，或者觉得可怕，或者感到惊奇，或者有野兽攻击，或者被鬼抓住脚的时候，皮涅加人都会这样说。"

"原来这样！"维谢尔金颇感惊讶，"说明你是个善于讲故事的人。"

"不，"邻居回答，"在我们那儿，人们常常用故事把人引诱到虚幻之中，而我说的只是我们自己人中间发生过的事，我只说实话，从来没有骗过人。我说，世界上没有任何地方比科达河和洛达河经过的地方更美的了。"

"怎么称呼你？"

"我叫玛努依洛。他们都认为，叫我玛努依洛是因为我善于诱惑。可是我只说实话，而他们却撒谎到如此地步，以至于把我的实话当作故事，并且上我这儿来听。我那么喜欢说实话！他们来了，我就给他们摆放上茶炊。"

"他们到底是谁呀？"维谢尔金问道。

"我们的集体农庄庄员，"玛努依洛回答，"和我一样，也是皮涅加人，只不过他们现在定居在土地上了，而我还一直当纤夫，留在自己的小路[①]上。"

"小路到底是什么?"维谢尔金问道。

"你不知道小路?"玛努依洛问,"哦,关于这个必须多说几句。科达河和洛达河,我说过,这是亲姊妹,两河之间坐落着我们鹤乡。

从前,鹤乡的皮涅加人全都当纤夫和在小路上打猎。但是,因为人们总是形形色色的,于是每个人也就各自行事,一些人多去当纤夫,另一些人则多在自己的小路上打猎。

至于说我们生活得是不是幸福美满,我告诉你,既不特别幸福,但也不能说特别苦。

我们不是因为贫穷才当纤夫或打猎的,而是因为我们生活在森林里和两河之间。

我们的农庄也不是因为贫穷才叫'贫农'农庄的,而是因为愚蠢。

大家想以贫穷自夸,唤起人家对自己的同情。

结果弄成了现在这个样子:国家竖起了'富裕生活'的旗帜,而皮涅加人还在炫耀贫穷。"

显然,玛努依洛因为自己同"贫农"集体农庄的争论而受到过严重刺激。他又在床上稍稍抬起身子,双脚耷拉下来,又开始用微微的晃动给自己的讲话加油。

"我的朋友,我的曾祖父朵洛费依在小路上盖了一座宿营的

---

① 即俄国北方及西伯利亚林区猎人捕猎的小路,由猎人之间互相划分,互不妨碍,其所有权归猎人,可以继承。

木屋。

我的曾祖父朵洛费依一斧头就在宿营木屋的第一棵树上刻上了自己的旗号。小路上的这个旗号是'狼牙'。

我的曾祖父在小路上每隔九棵树就分别朝北、南、东、西插上自己的旗子。

他一面插旗子，一面说着：

'大力保佑！'

我的曾祖父的意思就是：

'你，一个外人，别踏入我的小路，不管从东边、西边、北边，还是南边。

大力保佑！

你，小偷，不许偷吃我的野味。

大力保佑！'

我的曾祖父就这样行走在自己的小路上，守护着一小块光秃秃的土地，把鸟儿嬉戏的地方打扫干净，清理好鸟儿休息、晒太阳的地方，布置上圈套，总是说道：

'大力保佑！'

在小路尽头，密林深处，我的曾祖父盖了一座辅助性的小木屋，他在那里过夜，存放野味，悬挂毛皮。

我的祖父季莫菲从自己的父亲朵洛费依那儿继承了那段小路，并在朵洛费依的坟墓上竖了一个木制纪念碑，还用斧头在上面刻上我们的旗号——'狼牙'。

这个纪念碑至今还竖立着。

我也从自己的父亲那儿继承了那段小路，也在他的坟墓上竖了一个木制纪念碑，用斧头在上面刻上我们家族的旗号——'狼牙'。

这个纪念碑至今还竖立着。

墓地上有各种各样的旗号：'乌鸦爪'是三道斧头砍痕，'喜鹊翅膀'是四道砍痕，我们的旗号'狼牙'是一道砍痕。

我和集体农庄结怨是因为农庄刚成立时，他们要求我自愿地把自己的小路交给农庄。

可我喜欢自己的小路，不想把它交出去。谁也不可以像我那样在我的小路上行走。

我说：'请接收我和我的小路一起加入集体农庄吧。我会给农庄提供比所有人都更多的肉和皮毛。'我上百次地申请，我恳求说：'请接受我和我的小路一起加入集体农庄吧。'

可他们不接受我，于是我就成了单干户。

他们把自己的集体农庄命名为'贫农'，而周围到处都树立起'富裕生活'的旗帜。

他们不想接受我和我的小路加入，而我也不愿成为单干户。

怎么办呢？

我曾在森林里的木材堆放场上干活儿，还干过原木流放、剥树皮和搬运。

我心里感到烦闷，所以当一棵树倒下来时，都没有想到要躲开。我躲闪不及，结果就倒在了树下。"

玛努依洛道出了自己的委屈，就停止了摇晃，直接问道：

"告诉我，瓦夏朋友，我们中谁有理：我还是他们？"

"当然，"中士毫不犹豫地回答，"道理在你这一边，你想给集体农庄做好事，你对他们讲实话，他们却把你的实话当作瞎话，他们担心你在用自己的小路欺骗他们。"

"朋友,"玛努依洛说,"给我出个主意,我现在该如何去寻找自己的真理?要知道,只要一走出森林,谁也弄不清楚我们的小路,什么都弄不清楚。"

"那你直接去找加里宁[①]啊,"维谢尔金说,"他弄得清楚。"

"你说什么,带着自己小路的事去找加里宁?"

"是呀,肯定行。你带着自己小路的事去,在那儿他们会帮助你的,你一恢复健康,就直接去莫斯科。春天拉纤时,你回来还赶得上木材流送。"

玛努依洛把胳膊肘抵在膝盖上,把两腮长满乱草似的胡子和汗毛丛生的疣瘤的脸托在手掌上,陷入了沉思。

一双那么纯真、明亮、充满孩子气的蓝眼睛凝神地注视着远方。

大个子又重复道:

"去莫斯科!带着自己小路的事去找加里宁!大力保佑!"

"为什么不去呢,"好友对他说,"如果你觉得自己有理,那就应该捍卫它,为它而斗争。为了真理,人们甚至从安加拉河、从叶尼塞河去找加里宁。"

"人们从安加拉河、从叶尼塞河,"玛努依洛回答,"带着种种事情去,而我带着自己小路的事去。"

"你不是带着自己小路的事去,而是带着真理去。每个人都有

---

① 米哈伊尔·伊万诺维奇·加里宁(1875—1946),苏联国家领导人之一,1938年起任苏联最高苏维埃主席团主席。

自己的通往真理的道路，每个人都应该捍卫它，为它而斗争。勇敢地去吧！"

之后，玛努依洛朝着自己那边的远方望了望，他或许在那儿看到了某种美好的东西，显然为此而高兴；他把目光收回，愉快而坚决地说道：

"确实如此，每个人在通往真理的道路上都有自己的小路，用不着胆怯。谢谢，瓦夏，我去找加里宁！"

第十章

每个人在故乡总有某种想对全世界大声说出来，而不知为什么又不好意思说出的如此宝贵、如此珍秘的东西。

是的，确实不好意思说出来！就好像砍倒禁止采伐的树木一样。

这是为什么呢？

是不是每个外乡人都因为有故乡而感到不好意思，每个人心里都认为，自己的故乡比其他人的故乡都要好，如果我们每个人在别人面前夸耀自己的故乡，那么必定会引起争论。

所以，如果有人真正地热爱自己的故乡，那么就不要在人们面前花言巧语地谈论它，而是要沉默不语。

现在，我们要说出故乡中最宝贵的东西不是为了炫耀，而是为了了解231号病房的这两个病人。

这种情况就发生在这间病房里。负伤的维谢尔金中士无法朝交谈的人这边看，只能凭声音了解那个人的心思，他心里立刻与不想大声说出的，或许不应该说出的那最珍秘的宝贵东西联系起来。

故乡中最宝贵的东西就是：不管你身处怎样的穷乡僻壤，你在故乡的任何地方都不会像在异乡那样孑然一身，到处都可以找到理解你的朋友。这时，在诚挚的交谈中，就好像整个故乡——与自己祖祖辈辈的生活联系在一起的广袤地域，立刻呈现出两副模样：你是一方的代表，你的朋友是另一方的代表。于是你们就互相商量起来。

而它的整体就是苏维埃俄国。

这就是我们最宝贵的东西：我的故乡也是我朋友的故乡。

当然是这样，因为在朋友的这种情感中也包含着我的故乡的最美好的东西。

事情原来是这样的：一个伤员被从战场上送到了病房，另一个被树木砸伤的人也被抬了进来，放在了旁边。

他们两个都是独自一人，都默默地思考同一个问题："我这是怎么啦？"

维谢尔金和玛努依洛都按照自己的想法思考着二人感兴趣的某个问题：一个人从一方面维护着大家，另一个人也从另一个方面维护着大家，两个人都深信不疑。如果结合在一起，那么这就是真理。

中士很难听清意气相投的朋友的声音，也看不到他的面孔。他已经几次竭力想转过头去，看一看自己这位新朋友的脸，但每次袭来的疼痛使他停了下来……

只有当维谢尔金突然听不到朋友关于要带着自己小路的事去见加里宁（这意味着去寻找真理）的谈话时，他才忍不住了，猛地转过身去……

他什么也没有看见：因为疼痛，眼前一片模糊。他不禁喊了一声。

这时，克拉弗吉娅恰好拿着温水和绷带经过。护士听到呻吟，就把水罐放在小凳上，动手把病痛的中士肩膀上的绷带解开。

护士大概有点儿匆忙，有什么地方做得不对。

"您在干什么？"一位老医生制止了她。

这些善良的人们——地方自治局派来的老医生们——受过严格的训练，一听到这样的声音，护士就醒悟过来。

"您怎么没看见绷带已经粘住了！我不是告诉过您吗，护士，应该用温水泡一泡，然后再解绷带。"

听到医生不满的声音，护士长玛霍娃马上赶来了，也冲着克拉弗吉娅说：

"您总是胡思乱想、找来找去、丢三落四，旁边的东西什么都看不见……"

难为情的克拉弗吉娅把绷带泡湿，很轻易地就解了下来。

医生检查了伤口，皱了皱眉头，病人明白了：他的胳膊多半不得不被截掉了。像许多病人一样，他当然不懂得医生懂得的东西，但能感觉到医生可能不了解的东西：譬如，他现在就觉得自己的胳膊还有生命，还没有死，它可能还有用。

"求求您，医生，"他说，"不要把我这只胳膊截掉！要知道这是我的右手，总会有什么用处吧。"

"您说什么呀!"医生回答,"它对您还有什么用啊?我们会把它截掉,不会有什么感觉的。"

"这里明明有感觉!"病人回答。

听到这些话,医生常常将自己的注意力从疾病转向病人本人。

这些病人常常如此。

"请理智些,中士,"他说,"如果就这样保留下来,那么您不得不始终只做一件事:照顾这只胳膊。您就其他什么事也做不了了。"

"做事!"维谢尔金自言自语地重复道。

于是刹那间,刚刚体会到的一种非常美好的感受在他的脑海中闪现。这种美好的感受立刻明确了:说实在的,他已经暗自同自己的胳膊告别了,不知怎的,他不再可惜这只胳膊了。而且,这种感受令他满足:如果千百万活生生的人的损失有可以使人谅解的理由——我们的国家要向全世界宣告新的语言,那么一只胳膊算得了什么呀!

这些想法在他的脑海中瞬间闪过,对医生说的没有右手他将什么事也干不了的那些话他回答说:

"医生,并不总是要做事啊做事……"

医生因为病人有了独立思考的迹象而感到高兴,他微微一笑,问道:

"喂,如果一个残疾人坐着什么都不做,那还剩下什么呢?"

"可以思考呀,"维谢尔金回答,"我现在就在撕下的日历上读到:终于,俄罗斯将向全世界宣告新的语言,为此她经受了那么多苦难。"

"确实如此，"医生说，"俄罗斯处于东西方之间，既受到来自东方，也受到来自西方的那么多折磨，最后，她一定会明白，因为什么和为了什么而忍受了一切。如果在经受了这一切之后，她要宣告什么语言，那么这一定是真理的语言。"

"真理的语言！"维谢尔金重复道。

他微微一笑。

医生疑惑地望了望病人。维谢尔金接着说道：

"不知为何经常有这种情况：你想的是重要的事情，可出现在手中的确是小玩意儿。我在想，哪怕有两个手指头能工作，那么就可以卷一支烟。"

于是他向医生展示，自己如何用右手的两个手指将日历纸片卷成烟卷。

医生很尴尬，他无论如何也想不到，在支动脉被拉断、肩关节被打碎的情况下，病人的手指仍然能活动。

他若有所思地把烟卷展开，看到别林斯基的照片，在照片下面读到他的话：俄罗斯将向全世界宣告新的语言。

维谢尔金非常想对医生说出完全发自内心的一些想法，但不知为什么突然感到不好意思，于是他迫使自己不再说多余的话。

他多么想说，他不仅仅从别林斯基那儿了解了人类真理的伟大光辉。他想揭示其中"为苏联服务"这句话的含义。然后还想讲一讲那棵被压抑的小云杉，强大、雄劲、炽烈的阳光怎样投射到它身上，它怎样在这阳光下感到目眩，长久地、一动不动地站在阳光下，始终同举着手的人一般高，后来它又怎样开放出红色的球花，撒满金色的花粉。

现在，他读了别林斯基的话，又回想起了像小云杉一样沐浴在强大、雄劲、炽烈的阳光下的自己的故乡。

如果维谢尔金决定以自己的语言告诉医生这一切，他，这位将自己的整个一生贡献给为人们服务的地方老医生，从这棵云杉身上认清了自己，那他会立刻拥抱这位战士的！

就是对儿子也不会有这样的拥抱！

但不知为什么，我们这里无论什么地方的好人往往都羞于说出最重要的事情。

医生看了看那纸片，尽力把它展平，还给了病人。

经过新的检查，维谢尔金的右胳膊被保留了下来，医生诚心诚意地握了握他健康的左手。

第十一章

维谢尔金一连几小时闭目而卧，尽力回想着记忆中与皮涅加河联系在一起的那些美好的事物。他逐一回想着遥远过去的事情。有一次他想起了安吉佩奇讲过的一片禁伐的船木松林的故事，那片密林就位于河岸旁的第三座山上。

突然间，一个念头像闪电般掠过：

"这片船木松林在皮涅加河那边某个地方。"

从记忆中捕捉到这件事情之后，维谢尔金立刻转向自己现在的病友，问道：

"是这么回事，玛努依洛，童年时，守林员们对我说过皮涅加河那边有一片令人惊异的船木松林。这片密松林中树挨着树，往往是一棵老树连倒下来的地方都没有，倒下时就倚靠在旁边的树上，仿佛活的树一样矗立着。

这片密林在什么河边，我不记得了，只记得这条河的岸边有三座山：第一座山上是云杉林，紧靠着第二悬崖；第二座山上是什么森林记不清了，好像是白桦；第三座山上就是船木松林。

在这密林里，你都砍不了杆子，而且地上覆盖着一层像桌布似的白色苔藓。在这密林里，树木将整个世界连同你一起高高举起，你会觉得自己好像径直向太阳飞去。

玛努依洛，告诉我，你听说过这个故事吗？"

"这不是故事，"玛努依洛回答，"船木松林坐落在离皮涅加河一百来俄里远的广袤的原始森林里。这不是故事。"

"难道皮涅加河那边还保留着广阔的森林？"维谢尔金问道。

"这里很少，但是科米地区那边还有这样的森林。船木松林根本就不是故事，它完全是真实的。

曾经，一些老人开始诱惑你，于是你想，自己还小，他们这是引诱我们小孩子去科米国[①]。

照他们的话说，科达和洛达这两条小河就起源于科米国。在那里有一条大河，被当地人称为梅津河。

可我们认为什么都没有：既没有船木松林，也没有科米国。

你往往听着听着就会问：

---

① 即科米共和国，俄罗斯联邦之一，位于俄罗斯北部，大部分领土为原始森林。

'科米国在哪儿呀?'

对此,婆婆总是回答:

'在无边的森林里,孩子。'

'难道真有无边的森林吗?'你问。

'无边的森林全在科米国。'

从童年时代我们就这样认为,世界上根本就没有什么科米国,也没有无边的森林和梅津河,所有这些不过是为了我们这些孩子而存在于故事之中,实际上这些都没有,甚至连梅津河也没有,只有我们的科达河和洛达河。

人们也是这样给我们讲述某个国王格罗霍的某个王国的。

突然有一天发现,原来既有科米国,那里也有无边的森林,船木松林就在河边的第三座山上。

于是我想,既然可以实话实说,而且比讲故事好,那么为什么要把这一切夹杂到故事中呢?于是,从此我就在故事中寻找真理,而且这事进行得挺顺利,人们开始来我这里听我念叨。在给人们讲故事的过程中,我在自己的茶炊里熬干了多少水呀!

有一次,那时我已经开始在森林里打猎,猎人们从远方猎场归来……

就像往常一样,我们整理自己的毛皮,娘们儿已收拾干净利落,把各种食物、酒摆放在桌子上。这时,我的朋友库兹马从自己的袋子里掏出一根小木棒,这是'撑子',我们用它把松鼠皮展平、晾干。'撑子'不是我们做的,库兹马带着它多半是为了哄孩子们玩儿。

当库兹马刚刚掏出'撑子'放在桌子上的时候,一个陌生人敲了敲我们的门，请求在我们这里过夜。

按照北方的风俗，我们让客人进来了，像对自己人一样接待他，甚至不问姓名就让他坐下来吃饭。

过了片刻，他自我介绍说：

'我来自科米。'

孩子们在火炕上动弹起来。我理解他们，因为我自己也久久琢磨：科米存在于童话故事中，传说科米有无边的森林，就连土地测量和人类的敌人也接触不到那些森林。

这些关于人类的敌人——反基督者的故事，是老婆婆们世世代代传下来的。

可是你瞧！竟然从这些故事里才有的无边无际的森林里来了一个活人！

孩子们抬起头，用胳膊肘支撑着，呆住了。

客人岁数不大，留着浅色胡子，有一双明亮的、天蓝色的眼睛。

他的俄语和我们说得一样，不过仍然能听出他不是俄罗斯人，而是那边的人：来自科米。他一直拒绝喝酒，目光一刻不离开猎人从猎场带来的那根小木棒。

看起来客人好像很想询问有关这根木棒的事，或者把它拿在手里，但一直拿不定主意。当他感到不好意思再拒绝喝酒，并且喝干了自己那杯斟满的酒时，胆子就大了。他伸手去拿过小木棒，仔细端详了一番，非常恭敬地、胆怯地问道：

'我可不可以知道，我善良的主人，你们在什么地方捡到这个"撑子"的？'

'这个"撑子"，'我回答，'不是我们做的，只有你们那儿会

做。我们从你们那儿捡来让我们的孩子们瞧瞧。'

这时,客人对自己的猜想深信不疑了,激动起来:

'这是我的"撑子",'他说,'是我亲手削的。请问,你们是在什么地方捡的?'

'我们是在密林里捡到的,'我说,'并且十分惊奇。'

于是我就向客人展示了我们这儿是怎样做'撑子'的。

'我知道你们是怎样做的。'客人说,'我想知道的是,你们在什么密林里捡的?你们知道我们的密林是什么样的吗?'

'知道,'我说,'你们的密林很大。'

'大的确是很大,'客人说,'而且它挺敏感。有时候,人、野兽甚至小鸟经过,它都能感觉得到。我们的密林像大海般一望无际,只要一个人经过,那消息就会传向四面八方。十年前,我在密林里丢失了这个"撑子",你们去到那里,发现了它。现在我可以确切地说出你们是在哪儿捡到我的"撑子":你们是在我们无边的森林中的"乌鸦爪"小路上捡到的。'

这时,连火炕上的孩子们也按捺不住了,都小声地说起来:

'在无边的森林里!'

跟你说,瓦夏,我甚至都害怕了,我习惯性地说道:

'大力保佑!你怎么知道我们是在哪儿捡到你的"撑子"的?'

'乌鸦爪,'客人说,'这是我们祖传的小路。我们是从曾祖父手里得到的,他在那儿到处都砍上了我们的旗号:两道短的砍痕——这是乌鸦爪的两个脚趾,第三个脚趾和腿是一道长的砍痕。你们在自己的小路上刻什么旗号,可以告诉我吗?'

'那有什么不行的,'我们说,'当然可以。我们的旗号是"狼

牙"，是用一个砍痕刻出来的。'

'狼牙，'他说，'我知道，从小就知道。好，现在我就完完全全地都告诉你们，你们是在什么地方捡到我的"撑子"的。'

这时，猎人们全都一声不吭，我理解他们，他们害怕这个陌生人。

'我会把一切都说出来，'客人说，'你们在打猎时发生了什么事情。你们在小路上很不走运：猎物落网了，可是一只熊要抢走它。'

'大力保佑！'我说，'这事你怎么知道？'

'这只熊，'他说，'你们大概用什么办法把它吓跑了，可是接下来比这只熊更令人感到糟糕的是：一只大乌鸦搞得你们心烦气恼。'

'大力保佑！你怎么知道的？'我问道。

他笑着说：

'你干吗老是对我说的事实反复说"大力保佑"呀，我又不是巫师。'

我按照我们的方式画了个十字。

瓦夏，其实我本人并不相信巫师，只不过父辈、祖辈、曾祖辈在森林里是借助这句话来自卫的，继他们之后我也经常习惯说"大力保佑"。这似乎还真起点儿作用。

于是我对这个陌生人说：

'你的名字是基督徒的吗？'

'我的名字，'他说，'叫西多尔。'

'西多尔，'我说，'告诉我，你怎么会对我们在小路上发生的

事一清二楚?'

'等等,玛努依洛,'他回答我,'还有更令你惊奇的呢,以后你就会明白为什么我会知道了。你们把那只熊赶走了之后,因为那只大乌鸦,你们放弃了自己的森林,来到了我们的无边森林。'

'对,'我们说,'完全没错。'

'在你们的森林和我们的无边森林的交界处,有一座被遗忘的古老的小教堂。整个教堂是绿色的,布满了青苔,上面没有十字架,取而代之的是一个椋鸟笼。你们见过这座小教堂吗?'

'见过。'猎人们齐声回答。

'见过,'他说,'那椋鸟是怎样从洞里出来并开始做它的日祷,夸着毛,咕咕低语。——这些都见过吗?'

猎人们笑了,因为这些他们全都见过,而且对那里的椋鸟感到惊奇,所以不住地笑。

'从这座小教堂开始,'西多尔继续说,'你们沿着公共小路走了好久,之后看见公共小路横穿了我的小路"乌鸦爪"。在那儿你们看到:狩猎设施早已废弃,圈套扯断了,猎物早被乌鸦和熊掠走了。在这种情况下,你们就决定在小路"乌鸦爪"上碰碰运气。'

'没错,就是这样,'我说,'我们不想欺负任何人,我们看到一切都废弃了,就占用了小路,向宿营木屋走去。'

'我的宿营木屋还没有坏吧?'客人问。

'那儿一切都完好,'我说,'有小木屋和凉亭:两个原木,一根用来坐一坐,另一个靠靠背。还挖了个小池塘,水挺清亮,四周长满金发藓,水舀子放在亚麻上。'

'这是我自己的水舀子。'客人说。

'池塘底部的小石子每粒都清晰可见,'我说,'石子旁边的两条小鱼紧挨在一起。'

'是泥鳅和鲫鱼吧?'客人问。当我们回答他说亲眼看到的是泥鳅和鲫鱼时,他愉快地对我们说:

'瞧,我的朋友们,你们就是在池塘旁边什么地方见到我的"撑子"的。'

这时我们都笑了起来,都明白了旧主人的小路上曾发生过什么事情,其中没有任何神秘之处。我们立刻像同事和朋友一样,随意地喝起酒、吃起东西来。客人不再不好意思,如同自己人一样。不过很明显,他虽然一直在喝,但一点儿也没醉。

'你隐瞒着什么吧?'最后,一个直爽的猎人对客人说。

客人回答道:'你说得对,我是有什么隐瞒着。'

听到这样的回答,大家立刻清醒过来,客人也完全回过神来,小声问道:

'你们去了洛达河流入地下并且只有科达河流经的那个地方吗?'

'去了。'

'那儿的河岸如高山一样隆起,仿佛一道墙,树木好像被风吹得倒向这道墙;在这道墙之上,离得不远处又竖起第二道墙。你们爬到那儿去了吗?'

'爬上去了。'

'爬上去后走不了多远,就能看到第三道河墙像山一样隆起,比其他墙都高。你们爬到那儿,在那儿看到了什么没有?'

'我们在那儿看到一片密松林,'我说,'那是我们森林中的伟大奇迹：每棵树有四抱粗，一直到顶端都光溜溜的，没有一个枝杈。树挨着树，密密匝匝，砍不了杆子。要是砍了一棵树，那它也不倒，会靠在另一棵树上，依然挺立着。'

'就是呀，我的朋友们，'客人说，'我们隐瞒着的就是无边森林中的这片密松林，我们所有人都隐瞒着。我请求你们不要把这片森林告诉给任何上级：在科米，我们是同这个秘密一起成长的。'

'这事我们听说过。'我答道。

听完这番话，我一切都明白了并高兴起来，给每个人斟上一杯酒。

'你笑什么？'客人问我。

'我没有笑，'我回答，'而是可怜你们。谁想要祈祷，在任何地方都可以，只要他想就能把自己的心神投入进去。为什么还要为此指定森林呢？不管在森林里祈祷多少次，它迟早会因为虫灾或者火灾被毁掉，对人们毫无益处。'

这次猎人们没有再说什么，大家都躺下睡觉了。第二天早晨，在和客人告别时，我问道：

'你是把你的名字留给我们，还是就这样走掉？'

'昨天我就告诉你们了，'客人回答，'我的名字叫西多尔。'

此时，这个人脸上露出和之前不同的表情，有点儿不像他自己。我发现了这一点，说道：

'不，这不是真的，你不叫西多尔。'

他用深沉的目光仔细地看了看我，好像要在我身上发现什么，接着微微一笑。

'玛努依洛,'他说,'你是个开朗的人,我相信你。坦白对你说,我不叫西多尔,我的真实名字叫奥尼西姆。'

于是我问这个人:

'告诉我,奥尼西姆,你为什么要对自己的事情说谎呢?'

'为了真正的真理,'奥尼西姆回答,'一个人往往需要对自己的事情说谎,这你难道不知道吗?在我们的森林里,人常常需要隐藏起来,仅仅是为了保护自己的性命。'

当时,我们就和这个人这样友好地分手了。从那时起,我更加明白,真理本身是笔直的,就像树干一样,而我们自己则像树枝一样,不得已全都长弯曲了。

我说的话也是这样:好像是故事,但所说的是真理。"

或许所有真正的、好的、大家需要的故事都是我们每个人按照自己的意思说出真理、寻找自己的真理语言的一种尝试?

如果是这样那该多好啊!

但无论如何我们的确知道,为了说出某种模糊的但存在的真理,玛努依洛才以自己的方式对大家讲述了这一切。

有时候,当某个人的话触动了其他人的心灵,大家立刻会自由地、开心地、愉快地、一致地理解他的话语和他的故事,那时他就知道:这就是真理,他能够说出真理。

春天到来之前,当河水在沉重的冰被下昏昏欲睡时,有多少像真理的故事,又有多少像故事的真理在战士和猎人之间流传呀!

"这么说来,难道这是真的?"维谢尔金问道,"密松林现在还在你说的那个地方吗?关于这片密林,我从老守林员安吉佩奇那儿听到过完全一样的话。这片密松林里的树有四抱那么粗,这些树木密密匝匝地倒不了吗？"

"在这样的密林中怎么会倒下呢？"

"那儿只有参天大树，而且在大树中都砍不到杆子？"

"只有白色苔藓。"

"难道这也是真的，"维谢尔金问道，"在通往密林的路上有座古老的小教堂，椋鸟在里面嬉戏？"

"亲眼所见。"

"这么多年来，泥鳅和鲫鱼在一洼水里友好相处，这怎么可能呢？或许，它们现在还在那儿吧？"

"它们在那儿会有什么事啊！人们沿着公共小路去那里，池塘旁边有条凳子，大家就在那儿休息。大家早有所闻，就用眼睛寻找泥鳅在哪儿、鲫鱼在哪儿。大家看见了，都很开心。它们会有什么事呢？唉，瓦夏，看来你和大家一样，也想把我的实话当成故事，可我想的只有真理。"

"不！"维谢尔金坚决地答道，"我对你完全信任，只是我对自己还不能很快相信，不知怎的觉得，不会什么事都凑到一起吧：又是密松林，又是椋鸟顶替了助祭，又是泥鳅，又是鲫鱼……"

"什么事都有！"大个子在和自己的朋友告别时，亲切地抚摸着他说道，"现在有，过去也有！什么事发生过，什么事没有发生过，我们旁观者永远也弄不清。只有一件事是肯定的：我们俩，两个这样的怪人，世界上还不曾有过。"

就这样，玛努依洛从病房出发，直接去找加里宁寻求真理。之后，维谢尔金很快也怀着坚定的决心去寻找船木松林。

中士甚至没有想过，在这场必须胜利的战争道路上还会有什么障碍。他一刻也不曾怀疑，隐瞒着船木松林的人们，从第一句话就会对他表示理解，并会把自己的宝藏贡献给拯救祖国的事业。

他相信，只要开诚布公地说出现在多么需要优质面板，大家肯定会追随他的。

他用左手吃力地给家里写了一封信，说到自己根据上级的意见在区里匆忙办理了任命手续，满怀在康复过程中找到的关于向全世界宣告新的语言的伟大理想，全副身心地去完成军人的职责——为苏联服务。

第四部
来自鹤乡的玛努依洛

第十二章

　　维谢尔金家的孩子们就像因为融雪缓慢而滞留在途中的候鸟。鸟儿栖落在积雪的边缘，等待着春汛的到来。孩子们也这样坐着，等待着。最初几条小溪刚一流动，鸟儿就朝筑巢的地方飞去，孩子们也动身去北方寻找父亲。

　　他们望望车窗，接着就睡着了，睡醒了，望望车窗，又睡着了。

　　林区很快出现了，几乎和火车一起向北方绵延。这就弄清楚了，为什么几乎每年夏天佩列斯拉夫尔-扎列斯基市外的马林丛里有熊出没，令我们那些采摘马林果的女人们那么害怕。熊绕过稀稀落落的城镇和乡村中有光亮的地方，经过连绵不断的密林从北方来到这里。这毫不奇怪：熊的道路辽远、宽广、被绿荫覆盖，而它的家——温暖的毛皮——也随它一起行动……

　　孩子们回想着那只可爱的熊，又睡着了；醒来之后，又透过车窗望着辽阔的森林，仿佛把什么心爱的东西遗忘在了那里，现在正急于去寻找……

两个可怜的孩子觉得，似乎他们的亲生父亲也遗失在森林深处什么地方。但是，我们在这些森林里遗失了什么呢？当我们从一个林木丛生的小丘望着青绿色和蔚蓝色的天际，我们有一种强烈的渴望，想去远方寻找什么……

自古以来，我们——斯拉夫人的后裔——就砍伐出道路，从森林来到原野的光明之处，而把这道路留在了莽林里，将其遗弃在那里。为什么我们还如此向往这从未遭受人类锯伐斧砍的原始大自然呢？

再说，还有这样的森林吗？为什么希望它们还存在？而且觉得我们，作为孩子，似乎把自己的亲生父亲遗弃在了那里。

孩子们坐火车总共只走了几昼夜，可是经过了多少森林呀！其中又有多少村镇呀！终于，一天早晨，他们抵达了一座大城市——沃洛格达。

"娜斯嘉，"女列车员说，"把米特拉沙叫醒，你们怎么睡这么久啊？从昨晚我就说，一清早就到沃洛格达。"

接着，女列车员就帮助娜斯嘉收拾起来。

于是他们到站了。米特拉沙走出车厢，身后背着一个大背囊，还有父亲的长枪。金发小姑娘娜斯嘉和男孩儿一起走着，也背着一个背囊和一个卷起来的小帐篷。

两个孩子一走出来，立刻发现了大自然的变化：在佩列斯拉夫尔，白桦树上褐色的嫩芽已经冒出了绿尖儿，而且如此茂密，鸟儿藏在中间都看不见。而在这里，什么尖儿也没有，沃洛格达河边还有雪，河流刚刚摆脱坚冰的禁锢，而河水还没有泛滥开来。

"娜斯嘉，你发现没有，"米特拉沙说道，"这里白桦树的嫩芽还没有绿尖儿。"

"嫩芽怕严寒,"娜斯嘉回答,"或许已经有嫩芽了,但严寒来了,它们又躲藏起来了。"

米特拉沙憨厚地冲着姐姐笑了笑,说道:

"没有这样的事,你在什么地方见过已经绽开的嫩芽又躲藏起来了?你这是拿人做比方——人出现了又躲藏起来,而这些嫩芽却只有一次机会,一旦出世,就再也退回不到嫩芽状态了。不!它们还没有露头呢,因为我们到了北方。你看吧,我们将会碰到多少这种事啊!我们将会看到、见识到的那种事,我们过去、将来也不会碰到的!"

现在该小女孩儿娜斯嘉冲着小男孩儿笑了。她不想说话,暗自思忖:"寻找父亲——这是正事,但追求不曾有过的东西——这是小事,这没有什么好说的。"

于是他们通过站前广场,停了下来。米特拉沙从口袋里掏出弗京给他画的平面图,将它摊开放在膝盖上,思考着该拐向哪条街道。

这时,岗警细心地观察着两个孩子。不知是因为他站得太累,也没有什么别的好看的,还是因为看到背着那样一支大枪的小男孩儿和长得像长腿黑水鸭的小女孩儿而感到惊奇。

"喂,猎人,"他愉快地向米特拉沙使了个眼色,"你有许可证吗?"

米特拉沙对微笑没有回应,而是严肃地、带点儿傲气地说:

"许可证?这是我们的许可证。"

他把一张折叠的、用线绳捆着的报纸递给岗警。报纸里有一个纸包,从纸包里又拿出一张盖有印章的公文。

公文是发给沃洛格达州的扎夫戈罗诺,其中详细描述了两个孤儿的状况，并请求帮助他们到达皮涅加。

岗警对此丝毫不感到奇怪，现在是战争时期，人找人的事还少吗？

"你们是父母双亡的孤儿吗？"岗警本想问，但他错误地问成：

"你们是赤裸裸的孤儿吗？"

"我们怎么是赤裸裸的？"米特拉沙生气地说，"我们穿着衣服，穿着鞋。"

"我问你们，你们也没有母亲，如果既没有父亲也没有母亲，那就是说，你们是父母双亡的孤儿。明白吗？"

"是父母双亡！"米特拉沙重复道，"而你说的是'赤裸裸的'。"

这时小姑娘明白，岗警对他们有用，不要像米特拉沙那样生硬地对待他。

"是呀，叔叔，"你娜斯嘉可怜地说，"人们告诉我们，父亲牺牲了，母亲听到这个消息后也因为悲痛去世了。现在来了信，父亲好像还活着。好心的人们一直帮助我们，叔叔，您也帮帮我们吧。"

警察略微想了想娜斯嘉请求他的事，问道：

"你们带的钱怎么样，有钱吗？"

"有！"米特拉沙本来要说。

但娜斯嘉很快截住了他的话头，回答道：

"很少！"

"如果很少，"警察说道，"那你们何必去找扎夫戈罗诺，为这点儿很容易办到的事去麻烦他呢？在我们这里，所有父母双亡的孤儿都能得到帮助。河流很快就能把你们免费送到目的地。直接去乘坐狗鱼吧！"

娜斯嘉根据声音理解了警察的意思,他是认真地想帮助他们。她本来想问一问,他说的是什么样的狗鱼,但突然,米特拉沙好像从她的控制下挣脱出来,傲慢地迸出一句:

"好吧!我们乘坐狗鱼,那你乘坐鲈鱼在后面跟着我们吧。"

"小毛头!"警察严厉而认真地说,"我亲爱的,我不是开玩笑,你别生气。要知道,我也是来自皮涅加,我本人也是皮涅加人。"

"怎么,你是皮涅加人?"米特拉沙不知所措了。

"亲爱的叔叔,"娜斯嘉抓住话头说,"如果你也来自皮涅加,那就帮帮我们去那儿吧。"

"是呀,孩子们,"警察回答,"我来自皮涅加。狗鱼不是鱼,是我们这儿的一种木排,叫鱼鳞排。剥了皮的树干就堆在岸边,纤夫们把它们相互连接在一起。鱼鳞排有头有尾,中间搭一个亭子,皮涅加人就坐在里面。

我们皮涅加人在北方的各条河流上当纤夫。我们现在就去河边找一只鱼鳞排。河边的所有人我都认识,有的甚至是亲戚。要知道我本人也是……"

警察又自称是皮涅加人。

这时,幸好另一个警察来接班,当他知道是怎么回事后,说道:

"现在河边满是皮涅加人。舒列诺克,你领他们去吧。"

沃洛格达河本就不远,是一条中等大小的河流,就像我们的莫斯科河,春天时水势自然更猛烈些。春天的河水也不过是刚刚接触到岸边剥了皮的圆形木材。但是,一些原木被河水冲走,于是黄色的木头就和一群白鹅一起漂游起来。岸边,人们到处都在搬运木材,准备流送。

警察从上面对他们喊道：

"有皮涅加人吗？"

"怎么啦？"下面的人答道，并且指了指准备出发的鱼鳞排。

"在那儿，"他们说，"刚从鹤乡来的玛努依洛就在亭子里。"

"玛努依洛！"警察高兴起来，"他是我叔叔。"

大个子玛努依洛听到这话，就从亭子里出来，看见警察带着孩子们，说道：

"你好，舒列诺克，你带着孩子们去哪儿呀？"

"找你呀。"舒列诺克回答。

"到我这儿来吧，"玛努依洛说，"咱们一起喝喝茶。"

随后他就回到了亭子里。

喝茶时谈到了皮涅加的一些事情，谈到了人家不想接受玛努依洛和他的小路加入集体农庄，但是他去了莫斯科，见到了米哈依尔·伊万诺维奇·加里宁，现在他可以同自己的小路一起加入集体农庄了。

"怎么会这样呢？"舒列诺克问道，"带着自己的小路加入集体农庄？"

"这一点儿都不奇怪：每个人都应该带着自己的什么东西加入集体农庄，这样的农庄才会是'富人'农庄，而不是像我们直到现在还叫的'贫农'农庄。那里的人们都嘲笑'贫农'农庄，大家都明白：我不是在为自己求情，而是为了公共事业。"

舒列诺克非常惊奇地摇摇头，沉思了一下，说道：

"在我们那儿，你呀，玛努依洛，就像一头熊：首先像就像在，谁都不行，而它可以，只因为它是熊；其次像就像在，春天当它站立起来走出熊窝时，就用后腿站着，在最先看到的云杉上量量身高,并咬上一个记号。你也是这样站起来,并且和整个集体农庄较量。"

"舒列诺克,"玛努依洛回答,"你不是早就带着自己的小路加入民警了吗?你把我们打猎时的记号搞错啦!熊在云杉上咬记号并不是从熊窝里站起来的时候,而是躺着过冬的时候。"

"我是想说,"舒列诺克笑了起来,"熊量身高是在躺着的时候,而玛努依洛你量身高是在站着的时候:你和熊的区别就在这里。"

这时,米特拉沙忍不住了,决定问一问:

"为什么熊躺在窝里时要量身高?"

"这是因为,"玛努依洛仔细观察着米特拉沙,回答道,"熊想看看一冬天长高了多少。"

"这就是说,"米特拉沙说道,"春天时熊还要再量一次。"

"不,"玛努依洛回答,"熊躺上一冬天,它是带着痛苦的心情去测量的;而春天到来时,它就会为自己的自由而高兴,站起身来,就忘记测量了。"

玛努依洛一边说着熊,眼睛却没有离开米特拉沙。他觉得米特拉沙像一个人,但究竟是谁,他记不起来了。

"原来是这么回事!"他突然对舒列诺克说,"你想把孩子们送到哪里去?"

"到咱们那儿,"舒列诺克答道,"到皮涅加,他们负伤的父亲在那边密林里什么地方。"

"父亲!"玛努依洛说道,"父亲怎么啦?"

"孩子们在寻找父亲,他们的母亲死了。"

"母亲死了,"玛努依洛重复道,"那干吗要寻找父亲呀?到时候父亲自己会回来的。"

"不定什么时候他会回来，不定什么时候战争会结束。"舒列诺克回答，"没有父亲，没有母亲，他们独自生活太苦啦，于是说走就走，打定主意去寻找父亲。"

"他是什么地方的人？"

"佩列斯拉夫尔-扎列斯基市。"

"我知道，"玛努依洛说道，"那儿的人很友好，有一个人和我一起住过院——真是个好人！正是这个人让我走上正路的，他说：'玛努依洛，去找加里宁，别害怕，记住，你是带着自己的小路去寻找真理。'结果的确如此，我找到了真理。"

"找到了真理。"舒列诺克重复道。

玛努依洛笑了起来，脸上和唇边的皱纹都开了花。

"你听了这些不会觉得奇怪吗？"玛努依洛说，"你是警察，站在法律一边。"

舒列诺克喝完茶后就离开了。玛努依洛对孩子们说：

"别难过，孩子们，你们决定去找父亲，就一定会找到的。我们的密林很灵。只要你们问问，人们就会告诉你们。我们的密林很灵验，非常灵验：鹿用蹄子一踩，那个地方就会长出另一种小草；而人对大地说一句话，那个地方就会长出一棵白桦树。"

"不可能！"米特拉沙说。

"以前就有过这样的事！"玛努依洛微微一笑，"从前，皇帝有一对驴耳朵，可是谁也不敢对别人说这件事。就有这么一个人按捺不住，俯下身来对大地小声说：'我们的皇帝有一对驴耳朵！'

几年过去了，那个地方长出了一棵小白桦树。

一天，皇帝乘车路过那儿。小白桦树弯下身子，对他小声说：'我们的皇帝有一对驴耳朵！'"

"这是故事！"米特拉沙大叫一声。

"故事中自有真理：故事就是为了探求真理。"玛努依洛答道，"我们的密林很灵验，人在什么地方休息，那儿就会长出一棵小白桦树。你们去你们父亲休息过的地方，小白桦树就会告诉你们，你们的父亲在什么地方。"

有一天晚上，在睡觉前，玛努依洛留心地观察了一下米特拉沙的眼睛。他差点儿就回想起了自己的朋友瓦西里·维谢尔金，他差点儿就明白，这两个孩子是他的。要是这样，玛努依洛该多么高兴啊！就会帮助他们！而且他也不会和他们分开，他要带他们到自己的小路去，带他们去"乌鸦爪"，并把他们送到船木松林，感谢他们的父亲给他出主意去找加里宁。

或许就是这样，我们总是在真相旁边走来走去，并且绕过去，而它就在旁边，触手可及，但我们却被引向什么遥远的密林，在未经开发的野林中向某棵白桦树询问父亲的情况……

孩子们刚躺下就一声不吭地沉沉睡去。夜里，玛努依洛解开缆绳，盘起来放在木排上。他把着舵，让自己的狗鱼头朝前顺水漂流起来。

第十三章

米特拉沙和娜斯嘉在乌索里耶村长大，从来没有去过莫斯科。

现在,他们从佩列斯拉夫尔经过别连杰耶沃车站,从北线又绕过了莫斯科。

战争期间,在乌索里耶村,人们每夜都聚集在高处,向莫斯科方向的天空眺望。天空中一片反光,可怕的火光时而突然腾起,时而熄灭。人们反复说着令人惊恐不安的一句话:

"轰炸!"

可是不久前,那个方向开始出现一些别样的火焰,它们在幽暗的天空高高地升起:蓝色、红色、绿色……像五彩缤纷的喷泉,又纷纷落下。大家看到,这是欢乐的火焰,人们兴奋地反复说着:

"胜利!"

这一切痛苦和欢乐都在莫斯科,而没有见识过的正是莫斯科。

这就是为什么从玛努依洛刚刚说他曾去找过加里宁那几句话起,米特拉沙就怀着尊敬的心情关注着他:玛努依洛去过莫斯科!

要是能从他那儿了解到莫斯科的全部情况该多好啊:莫斯科是什么样?那里的人们是什么样?他们在做些什么?要是能知道玛努依洛是如何在莫斯科把自己的小路搞到手的、自己的小路又是什么、小路是什么样的,那就更好了。

早晨,孩子们刚刚醒来,玛努依洛已经捕了鱼,熬好鱼汤,在篝火旁边等着他们起床后一起喝鱼汤。

喝鱼汤时,米特拉沙就想,先问一问自己的小路是怎么回事,然后再问一问玛努依洛是如何搞到自己的小路的。

"自己的小路是什么?"米特拉沙问道。

"你父亲难道没有小路吗?"玛努依洛问,"你父亲是干什么的?"

"我父亲是护林员。"

"如果他是护林员,"玛努依洛说,"那你怎么会不知道小路是怎么回事呢?"

"在我们家乡没有自己的小路,"米特拉沙说,"玛努依洛叔叔,你告诉我们,自己的小路是什么样的,你是如何在莫斯科搞到自己的小路的,莫斯科又是什么样子?"

"自己的小路,孩子们,"玛努依洛说,"时间可久远了,我们是从父辈、祖辈、曾祖辈那里得到的。

我的小路很长,树上都砍着记号。我的猎人旗号是用一个砍痕刻成的,标志是'狼牙'。

我的小路横穿别人的小路,在岔路口竖着我的旗号'狼牙'。旗号表示这一边是我的,这半日的风也是属于我的。

'狼牙'旗号就表示:他人不得占我的风头,不得踏入我的斧头范围。

另一个人的旗号竖在另一个岔路口,标志是'乌鸦爪',用三个砍痕刻成。

这个人的旗号表示:不得占我的风头,不得踏入我的'乌鸦爪',不得踏入我的斧头范围。

我们的密林里有这样的规矩:他人不得踏入我的斧头范围!"

玛努依洛中断了谈话,若有所思地注视着米特拉沙的眼睛。

以前他就觉得,他从小就听说过这条规矩,只认为这是一种正确的、好的、不可改变的规矩。而现在,他这样谈论着,注视着这双明亮的灰色大眼睛,他觉得有点儿惊讶:他好像在什么地方看到过这双眼睛,好像有人对他说过什么关于这条规矩的话。

现在这个男孩子问他：

"你们那儿令人害怕吗？"

对"害怕什么"的问题，男孩回答说：

"玛努依洛叔叔，你在自己的小路上觉得很好，可别人会觉得害怕。要是不知怎么地，突然不经意间踏入你的斧头范围呢？"

"不经意间可以，"玛努依洛回答，"不过有意就不行。那么，我继续跟你们讲吧。

我在自己的小路上，在一棵树根旁边看到一小块太阳照射的地方，就在这个地方撒上一些沙土，并在光点上布下套索。

不管从什么地方都看不见套索，而光点全都看得见。

一只鸟儿从高处观察着，它看见了下面的光点。

鸟儿在附近飞着，对着光点看来看去：从上面，从下面，从旁边。全都看得清清楚楚。

鸟儿喜欢森林里阳光照射下的沙土，它在上面清理羽毛，跳来跳去，结果落入套索。

这时我走过去，拾取猎物。我父亲行走在同一条小路上，祖父、曾祖父也行走在这条小路上，他们永远只有'狼牙'旗号。如今时光已成过去，他们要求我把自己的小路交给农庄，而指派我到别人的小路上去。

'不，'我回答，'谁也不能掌管我的小路：我有自己的秘密，对谁都不能说。请让我带着自己的小路一起加入集体农庄。'

集体农庄被称为'贫农'农庄，他们都嫉妒我。我只是想给他们带来好处：我不是为自己，大家都可以从我的小路上分得好处。可是他们嫉妒我，他们不接受我带着自己的小路加入农庄。

大力保佑！"

"这是什么意思？"米特拉沙问道。

"没什么意思，"玛努依洛回答，"我们那儿的猎人都这样说，保佑……那我接着说吧：

这一年冬天，我在森林里拉纤时，心里很痛苦。由于痛苦，我昏头昏脑的，结果一棵大树倒在我身上，我被压在下面，倒在了地上。"

这时玛努依洛又回想起来，他清楚地记得，自己曾经和另一个人谈到自己的小路，就是在医院里，和维谢尔金中尉聊过。

现在他还记得那一双眼睛，那时他看到的是像米特拉沙那样的眼睛。他本来想问一问这个孤儿，他负伤的父亲叫什么名字；但此时，一架飞机带着可怕的轰鸣声正好在河流上方低空掠过，打断了玛努依洛头脑中正渐渐加强的对人的关注。

他继续讲自己的小路。

"你晕头转向了！"米特拉沙感到诧异。

"是啊！我走来走去，如坠五里雾中，我没头没脑，什么也听不见、看不见，也无法快速转身躲避。我晕头转向了，结果一棵树倒下，压在我身上。

我心里很痛苦：没有人们我无法生活，没有自己的小路我也无法生活。'再见吧！'我说。

但是，我重新站了起来，在医院里养好了伤。而且有一个人，我在世界上仅仅见过这一位最好的人，他让我去莫斯科寻找真理。"

"可怜的玛努依洛！"娜斯嘉说道，她那乌黑的大眼睛泪光盈盈，好像雨中的浆果闪闪发光。

玛努依洛并没有安慰娜斯嘉，很可能是他要询问米特拉沙关于父亲的事，这样一切都会真相大白。但是玛努依洛看到，小姑娘因为流泪变得多么可爱，就用自己的大手掌抚摸了一下她那金黄色的头发。

"你不必可怜我，我们的农庄并不是无缘无故地被称为'贫农'农庄的。我嘛，孩子，处处都挺好，不管我想什么，总是很走运。我只为一件事感到难过，那就是人们不想获得自己的幸福，反而炫耀自己的贫穷。"

"玛努依洛叔叔，"米特拉沙说道，"不要再说'贫农'集体农庄和小路的事了，给我们讲讲莫斯科是什么样，它是个怎样的城市，它像什么吧。"

"莫斯科什么都不像，"玛努依洛回答，"一座大房子，有很多窗户：十个、二十个，可能有一百个。在这座大房子上面又盖有另一座大房子，也都是窗户、窗户，数也数不清。在这第二座房子上面还有第三座同样的房子，又都是窗户、窗户，上面还有房子。有的房子上面有二十座房子。

这座房子旁边又砌上另一座同样的房子，挨着第二座又砌上第三座，整个街道都是这样。

街道又不是街道，好像河流，可又不是河流。像小河似的几条街道汇入一条大河，河里流动的不是水，而是川流不息的人。

我走啊，走啊，不管走到什么地方，我什么也没有看见，除了人还是人，就像流冰期的冰块。

我走啊，走啊，我什么都听不见，周围到处都是喇叭声、敲击声、嗡嗡声，以及闪耀的灯光——红的、绿的、黄的。

我走啊，走啊，看见前面河上有一座大桥，弯成拱形，悬吊着，桥上人很拥挤，人们在两边行走，中间走汽车，好多汽车，像甲虫，黑的、蓝的，各种颜色。桥下面，轮船在河里行驶，河两岸还是汽车，不过它们在桥上走得并不快，像甲虫在地上爬，而在岸边它们跑得飞快，就像甲虫在空中飞，还嘀嘀直叫。

我在桥上走着，走到那边，望着轮船。我似乎觉得，不是轮船在走，而是我脚底下的桥在走。

头都旋转起来了！

我走着，不再看轮船，我的头也不再旋转了，好像才有了着落。我又一直朝前面看。

那边有座大房子，外面天色已暗，而那座大房子里却灯火通明：一盏、两盏、三盏，一盏接一盏，数不清有多少盏灯！

我不再走了，站在桥上，当天色完全黑了、灯火完全亮起来时，我一直站在那里观看着。

房子里好多灯光都亮了起来，从上到下，透过窗口，什么都看得一清二楚。

那儿，穿一身白衣的母亲让孩子们躺到床上去。

那儿，有人在洗漱。

而那儿，几个人在喝酒。

再往上，两个人就那样坐着。

下面什么都看得见，不过看不清，窗户挂上了窗帘。

一个窗口前，一个小男孩儿坐在桌旁，在写字，读书，用嘴唇翻阅着，给自己帮忙；小男孩儿一头卷发，很漂亮，台灯是绿色的。

我望着绿色台灯下的小男孩儿，竟然忘记了自己的事：我为什么来莫斯科？我要去哪里？我该怎么办？

我背靠铁栏杆站着，望着那边的灯光。我自己看不见，也不知道谁走过去，谁站在附近看着我。

突然，一个样子体面的中年人，在一旁亲切地问我：

'请问，朋友，你是从哪里来的？'

'从皮涅加来的，'我回答，'我是皮涅加人。'

'看得出来，'他说，'是远道而来，好像还没有地方安顿下来吧。你怎么站在这儿看了那么长时间？你看见什么啦？'

'瞧，'我说，'我挺喜欢绿色台灯下的那个小男孩儿：他坐在那儿，写字，读书，用嘴唇给自己帮忙。多么光亮的头发呀！能不能告诉我，这小男孩儿是你们谁家的？'

陌生人听到我这些话不禁笑了起来，说道：

'这小男孩儿是我们这里的，新的普希金诞生了——这毫无疑问。我们期望他说出真理，让大家都理解这真理，让全世界都跟随我们的真理前进。我们就是这样的人！我们的男孩子是多么棒啊！你听说过普希金吗？'

'没有，'我回答，'我是北方人，是个纤夫和猎人，我自己也讲故事。关于普希金或许听说过，但他是干什么的不清楚。劳驾，请讲讲吧！'

'普希金是个伟大的人，'他说，'他只讲真理。我们一直期待着他再次诞生：瞧，这个小男孩儿或许就是新的普希金呢。'

这时我明白了，他这是开玩笑：一个人不可能诞生两次。但是我喜欢他说的话，我也想在自己的故事里讲真理。

'我亲爱的朋友,'我感到很高兴,就邀请他说:'让我们找个地方坐一坐,聊一聊。'

我给他指了指一个窗口,有两个人坐在那儿,一个多小时就那样坐着,什么都不干,彼此悄悄地交谈着。

'可以啊!'我的朋友回答我。

于是他带着我往回走,又经过那座桥。

我们就这样来到了另一座大房子,大家坐在那儿吃东西,喝酒。我们俩在一张小桌旁坐下。他请我吃饭,他自己也吃了点儿,然后就询问并记录起来。当我对他讲,我来莫斯科是请求让我带着自己的小路加入集体农庄时,他对这些非常感兴趣。

'你是个幸运的人!'他说。

'这我知道。'我说。

'不,'他说,'你之所以幸运,就在于你遇到了我!'

于是他把自己的稿纸折叠起来,付了钱,并叫来汽车。

我们坐上汽车,开得飞快,满城灯火的莫斯科落在后面追赶不上我们。

'莫斯科真好啊!'我说。

可他对我说:

'你也挺好呀!'

我们就这样来到一处公共宿舍。他嘱咐我在那里安心住下来,等待召唤。分开时,朋友再次对我说:

'幸运的是你遇到了我。'

他叫伊万·伊戈雷奇。

好吧!第二天清晨,我在洁白的床上醒来,周围所有的人都在睡觉。我听见下面什么地方有人在喧嚷,不时喊叫几声,汽车在嘀嘀叫,还有吱吱声、沙沙声。

'这是怎么回事?'

我周围的人一个挨着一个在洁白的床上睡觉。

我看见一只猫蹲在窗台上,也像我一样谛听着,有些惊慌不安:这是怎么回事?

整个窗户呈现出蔚蓝色,全都明亮起来。猫似乎明白了,于是它蹲着,举起前爪,开始逐一地对着结满霜花的玻璃擦起来。

它擦呀擦呀,开始看得见外面了。

猫看到寒鸦在飞,很多寒鸦在飞,它把脸转向寒鸦那边。

寒鸦照直飞,猫就照直看;寒鸦往一旁飞,猫就往一旁看;寒鸦往右往左,它们往哪里飞,猫就往哪里看。

我走到窗前。大力保佑!

满街都是人,都拿着铲子。汽车来来往往,来时是空车,走时装满雪。

大家在干活儿,把街道清扫干净,把雪堆到一起。

我觉得自己什么地方有点儿不对劲。我悄悄地穿上衣服,从楼梯走下来,问人们:

'你们在干什么?'

他们愉快地回答我:

'我们在创造春天!'

我觉得自己什么地方有点儿不对劲。于是我也抄起一把铲子……

在莫斯科是这样:大多数人在夜里努力工作,早晨睡的时间却很长。

但有些人天没亮就开始干活儿,像我们在皮涅加那样。于是我就和他们一样每天天没亮就开始干活儿,天黑时才结束。

这样,我们很快有了成果:创造了莫斯科的春天。

我们出色地创造了春天,没留下任何白色斑点。雪没有了,太阳该干什么呢?晒干街道。太阳晒干街道,阳光下,彩色头巾轻轻飘扬。好看极了!

住在公共宿舍的头几天,人们问我:

'你在干什么?'

我回答:

'我在创造春天!'

他们对我说:

'你是不是受雇当看院人或者受雇于清洁公司呀?'

我回答他们:

'不,我在莫斯科可不是白吃饭的。'

从此他们就疏远了我。

后来,突然来了一辆汽车,对我说:

'跟我们走!'

于是就把我带去见加里宁。"

第五部
夜狩野鸭

第十四章

有时，在针叶林中，从一棵金棕色松树的洁净树干上掉下一根树枝。过了两年，一只红胸鸲发现了这个深洞，小鸟的颜色恰好像松树的金棕色树皮。这只小鸟把羽毛、干草、绒毛、细树枝弄进空树枝，在里面给自己做了一个温暖的巢，然后跳上树枝，歌唱起来。

小鸟就这样开始迎接春天。

经过一段时间，猎人就跟随小鸟径直来到这里，站在这棵树旁边，等待着晚霞出现。

一只善鸣的鸫鸟从小丘高处首先看到了晚霞的征兆，鸣叫起自己的信号。红胸鸲响应这一信号，从空树枝中飞出来，从一根树枝跳到另一根树枝，越跳越高，站在高处，从那儿也看到了晚霞，随即以自己的信号回应善鸣的鸫鸟的信号。

猎人自然听到了鸫鸟发出的信号，看到红胸鸲根据信号飞了出来。他甚至发现红胸鸲张开了嘴，但它叫些什么他听不见，小鸟的声音传不到地面。

鸟儿们为晚霞唱起了赞歌,而人在下面看不见晚霞。

但当时候一到,整个森林上空霞光升起,猎人看到,在高高的树枝上,小鸟的嘴时而张开,时而闭上。

这是红胸鸲在歌唱,在为晚霞唱赞歌。但是人听不到它的歌声。

猎人按照自己的理解,认为红胸鸲在赞美晚霞,可为什么听不到它的歌声呢?这是因为,红胸鸲是为赞美晚霞而歌唱,而不是为了在人面前赞美自己。

于是我们认为,人应当赞美霞光,而不是以霞光赞美自己。人只要一想到这一点,心里就会感到舒畅,那么人类的春天就开始了。

我们所有真正爱好狩猎的人——从最微小、普通的人物到最伟大的人物——表现出的就是这种精神:为春天唱赞歌,而不是以春天赞美自己。

世界上有多少这样的好人啊!他们这些人中谁都不知道自己是如此,所有人都习惯了他这样,以至于谁都没有意识到他是好人,他活在世上仅仅是为了赞美霞光,并以自己的行动开启人类如此美好的春天。

在我们沃洛格达河边就有这样一个木匠费奥多尔·西雷奇。同所有其他木匠一样,他总是默默地工作,不论对他讲什么事情他都很乐意听,甚至也不说对错,而只是微笑,并尽可能不去看斧头和刨子,不时用理解的目光看一看你。他自己总觉得,跟人聊天好像对自己有好处,所以很快在你们之间就出现了像小山似的一大堆芬芳的刨花。

当你离开他的时候总会想：自己是不是也去当木匠，是不是也去成为一个细木工呢？

当西雷奇年纪已经很大，搬动原木实在力不从心的时候，他转而去干细木工的活儿。在这项工作中，他为自己建造了一个不引人注目的小窝，就像红胸鸲在空树枝里筑的巢那样。西雷奇在自己的事业上干得很出色，沃洛格达的每一个猎人想起他来时都称赞不已。

有时候，西雷奇正在干活儿，道路已经化冻，白雪上露出棕色。一个猎人开始心绪不宁，想到什么地方去，于是说道：

"西雷奇！道路化冻了……"

他微微一笑，时而看看道路，时而看看你。

"你知道吧，西雷奇！"你对他说，"猎人的生活是从离别开始的，咱们在森林和沼泽中失去的东西，现在应当去找回来。"

他报以微笑。

每年春天我们就这样开始，最后过了三十来年，或许甚至四十年，西雷奇一听说要离别，就丢下平时的工作，开始干别的活儿，长时间变得像另一个人，听任何话都心不在焉。

这个淳朴的人对离别的想法，以及要把分离的城市里的人们与大自然连接起来的坚定决心，由此便诞生了我们极好的沃洛格达小舢板。

当然，我知道世界很大，或许有的地方用来打猎的小舢板做得比我们的好，但是西雷奇的小舢板那么令人满意，大家似乎觉得世界上没有比西雷奇的舢板更好的了，也没有什么更好的东西了。

多少人根本就没有拿过枪，但一看到西雷奇的小舢板就要订购；刚刚乘着它漂行了一段，就弄到一支枪，并且因为有了自己的小舢板，就开始像小鸟似的从空树枝中出来赞美霞光了……

这只极好的小船用双层胶合板制成，因此非常轻巧，一个人能轻易把它从一条河拖到另一条河。船上还有甲板，天气不好时可以钻进去，随手关好舱口。不论刮风、下雨还是严寒，都像在自己家里一样。

不仅如此！如果想呼吸新鲜空气，或者刮风下雨时煮茶，或者用煤油炉烧肥鹅，就可以用特制的小帐篷将小舱口盖上。小舢板的船舷上有很密的插孔，在孔里插上树枝，小舢板就变成了浮动的窝棚。

可以划桨，可以接近鸭、鹅、天鹅，近距离开枪。如果顺风，有桅杆插座便可以竖起帆来，乘着轻舟，像鸟儿一样乘风疾飞。

风儿顺水向前吹送，河水无边无尽。在水上飞驰吧，驶向北德维纳河，驶向白海，驶向北冰洋……

再见吧，家人们，我要向大洋疾驰！

风儿带着你疾驰回家，也很好啊！

你们好，我亲爱的人们，我热爱的工作！

人们对于成年人甚至老年人在小舢板上度过自己的闲暇时光而感到奇怪和可笑。他们讥笑，而且不理解这正是新人使自己重获古老的大自然之力。

于是就有了这样的结果：因为人与大自然离别的谈话，我们的西雷奇改行了。他在自己漫长的一生中，打造了驾驶舢板的一整个猎人船队……

如今这些猎人身在何处？一些人夜里正在某地的水坝工地上用自己的身躯拦截冰流的冲击，为的是让自己的部队渡到对岸；另一些人在用自己的身体堵住机枪的射击；还有一些人很幸运，正坐在灯下给妻子写信，让她保管好板棚里的那只舢板，要是能从司机那儿弄到一些废油，有机会把整个舢板刷一遍油就更好了。

如今所有健康的猎人都在打仗，西雷奇的整个船队都被妻子们严密保管着，剩下的猎人是那些不能上战场的：他们和其他人一样，都是好人，只是对打仗来说没有什么用，所以他们被称为"不中用的人"。

这些不中用的人中有两个猎人——彼得和巴维尔，不用说这当然是兄弟俩，两个人长得一模一样。兄弟俩彼此那么相像，只有当他们站在一起时，才能准确地认出谁是彼得，谁是巴维尔。但好在从来不会看到他俩分开独自一人。彼得一生下来就完全耳聋，巴维尔则是盲人。但是，聋人彼得却有着非常敏锐的视力，大家都说他能看得比普通人远两倍，而盲人巴维尔的听力则是普通人的两倍。

这就是为什么总有这种情况：当盲人巴维尔听到远处普通人听不到的东西时，聋人彼得觉察出兄弟的动作，就把头转向那边，看到了普通人完全看不见的东西。

在沃洛格达，兄弟俩还有特别优秀的，也是人人皆知的一点，那就是他们只说真话，一辈子一次也没有欺骗过任何人。

我们那儿有些差劲的人如此不相信真话，以至于在沃洛格达对各种谎言都习惯于这样回答：世界上根本就没有真话，只有彼得和巴维尔才说真话。

还有这样一些人，据我们看完全是一些不中用的人，他们对真话不相信到如此程度，甚至对彼得和巴维尔都觉得惊奇。他们说，这两人之所以说真话，是因为盲人和聋人彼此间无法商量来进行欺骗。

兄弟俩一同在铁路上当炊事员，就因为他们做的馅儿饼、烤野禽和配菜，使得沃洛格达的小卖部在整个北方铁路线上声名远扬。火车到达时，人们——就连那些已经吃饱的人——都要出来尝尝有名的馅儿饼。这时，人们总是对这两个不由得结合为一个炊事员的公民感到惊奇。

令人惊诧的是，这两个因天生不幸而结为一体的人，看起来比两个没有结合的正常人工作得还要好。有些人说道：

"大家都这样该多好啊！"

但是人们痛苦地想到，巴维尔是盲人，彼得是聋人，他们肯定都希望看见和听见。

大家吃过馅儿饼，就带着这样的故事离去了，但是很少有人知道兄弟俩最令人惊奇的、只有我们非常亲密的沃洛格达猎人才知道的事情：兄弟俩是我们市最出色的猎人，他们打到的松鸡总是比视力和听觉完好的猎人多得多。

原因就在于：松鸡叫声很小，要想捕猎成功，多半取决于看谁比其他人更早听见松鸡的叫声。盲人巴维尔自然比其他人先听到森林里松鸡的叫声。一听见叫声，他就抓住兄弟的手，和他一起一蹦一跳地向松鸡跑去。

这种狩猎成功的第二个原因是：谁能在黎明的黑暗中最先看清树枝中的鸟儿。在这方面，聋人彼得是高手，当谁都还没有发现时,他已经远远地看见了松鸡。他让巴维尔站住,时而看看松鸡,时而看看兄弟。当松鸡开始鸣叫时,盲人巴维尔就按照约定摸摸彼得的左肩,彼得就朝着叫声开枪射击。

因此,在沃洛格达大家笑着说,只有彼得和巴维尔知道真理:工作上,兄弟俩做出了非常好吃的馅儿饼;打猎时,他们打的鸟儿总比别人多。晚秋时节,如果有人想品尝一番长肥的野鸭,就只能抱着这一愿望去兄弟俩的舢板上。他们总能让人们吃个够:有时是鸭,有时是鹅,有时甚至是天鹅。

所有这些猎人——西雷奇本人、兄弟俩和其他一些人——尽管因战争留下来的并不多,每年当玛努依洛乘着鱼鳞排出发时,他们也习惯于从这一天开始休假,乘坐上自己的小舢板。

这年春天,西雷奇已经老了,无论如何也不想在自己九十多岁时仍像往常那样在水上迎接这个春天了。就连他那只引诱野鸭用的母鸭玛鲁西卡也已经十七岁多了。他也不指望这只母鸭能活下去了。不管谁看到猎人和这只母鸭,都不会相信他们俩还能在水上迎接这个春天。

但是,玛鲁西卡已感受到春天的气息,就叫了起来。西雷奇听到母鸭的叫声,就强忍着自己的风湿病,决定跟随玛努依洛去漂流。

同一天晚上,兄弟俩也决定跟随西雷奇出行。

我们不用一一讲述沃洛格达所有不中用的人的情况,但是决不能忘记"仙鹤"。

我们知道,当他还住在沼泽的干燥低地里自己那间小土坯房的时候,他曾经因为年轻相信过仅靠打猎生活这样的理想。

干燥低地里的野禽数量庞大,所以他打算干脆就在蚊子丛生的沼泽地里安顿下来，甚至还引诱了一个沃洛格达城的姑娘来过这种特殊的生活。

很快，妻子被这种沼泽地里的生活吓怕了，又逃回了沃洛格达。是什么把她吓跑了呢？

难道是苏霍纳、列扎、沃洛格达的鱼太少了？鸭子出生得少了？大雁和天鹅飞走了？可是每到春天，针叶林里的野禽就提高了嗓门，就好像周围整个天地都滔滔不绝地说了起来。

不，"仙鹤"的妻子在干燥低地当然不会饿肚子。他的想法错就错在，他打猎不仅是为了猎杀——这是最次要的，他打猎纯属业余爱好，这在某种程度上根本无法保证温饱，何况城市姑娘还寻求社交活动，而丈夫却只给她吃黑琴鸡和鸭子。

于是她离他而去。

妻子走后，猎人又在土坯房里住了很久，我们大家都认识他。

经常有大群的鹤飞到干燥低地，在春天里喧哗着、吵闹着、鸣叫着，分散成对，双双对对地隐藏在沼泽地的灌木丛中。每年春天都有一只孤独的鹤出现在河滩地，它并不隐藏，而是从早到晚在草地上走来走去，也不像其他鹤那样大声啼鸣，而是啾啾叫。

"它为什么啾啾叫？"当地过路人问道。

"大概是自己找不到伴儿吧。"人们回答。

人们指着河滩地上那个独身猎人的土坯房，这样说道：

"瞧，那儿也住着一个人，自从妻子把他丢下以后，他就大声喊叫，现在也在叫……"

当寒冷的季节来临，就连那只孤独的鹤也在灌木丛中躲藏起来时，人们的谈话往往是另一种样子。人们问道：

"是谁住在沼泽地的小土坯房里?"

"一个孤身的人,"大家回答,"外号叫'仙鹤'。"

"他为什么叫'仙鹤'?"

对这个问题,当地人很乐意讲述那只孤独的鹤。当其他鹤都在为春天的胜利而大声鸣叫时,它却不大声叫,而只是啾啾啼鸣。

不过,最后的结果还算幸运:那个老太婆——"仙鹤"的丈母娘死了,妻子让他从沼泽地回到沃洛格达自己的住所。最后"仙鹤"成了皮具匠,自己也置备了打猎的小舢板。

另一个猎人外号叫"长筒袜",也曾经想把打猎当作一项事业,但是一看到"仙鹤"的命运,就在新经济政策时期购置了织袜机。

一天,沃洛格达的村庄着火了,大家急忙从家里跑出来抢救东西。织袜工也带着自己的机器和大家一起跑出来,他身后拖拉着的没有剪断的长袜像肠子似的穿过整个街道。

这时大家才发现,好多人才第一次明白,原来袜子起头时是单只,好像是只为人的一只脚制作的。这让大家感到如此惊奇,从这时起织袜工就被叫作"长筒袜"了。不过,他很快就把自己的织袜机扔下不管,又回到心爱的打猎上来,但是那个外号就像长袜一样在他身后拖拉着。

"长筒袜"是个不错的猎人,当他那猎人的嗅觉一感知到野鸭飞过,就乘上自己的舢板出发了。另外还有几个从集材场来的、有留用证的猎人,几个卫国战争中的新残疾军人。

玛努依洛比大家要早启航,但是没有船桨的帮助,他的鱼鳞排无法像轻舢板那样快速航行。因此,西雷奇半夜里就追赶上了鱼鳞排。即便夜里河水微微泛着反光，西雷奇在黑暗中也能辨认出舵旁边玛努依洛那高大的身躯。

"你好，皮涅加人，"他说，"你这是乘鱼鳞排去什么地方呀？"

玛努依洛正在舵旁边打瞌睡，没有立刻认出西雷奇，况且他们好久没见面了。玛努依洛以为老头儿早已活在另一个世界了。当他仔细一瞧，如梦方醒，认出对方后惊讶地大声说道：

"大力保佑！原来是你呀，西雷奇！"

他让西雷奇爬到自己的鱼鳞排上。

由于这该死的脊背，西雷奇很费力地爬到了鱼鳞排上，玛努依洛又把他那像火柴盒似的小舢板从水中弄到排上。

"老爷子，真是好样的！"玛努依洛兴奋地对老猎人说，"一直活着，没有毛病。西雷奇，你一卢布花掉了多少戈比？"

就像渔夫了解渔夫一样，猎人立刻就明白了猎人的意思。

"一卢布，"他答道，"我还剩七戈比。"

这就是说，西雷奇现在九十三岁。

"你这老伴多少岁啦？"玛努依洛看了看他的母鸭问道。

"玛鲁西卡，"西雷奇回答，"十七岁多了。"

其他猎人在超越鱼鳞排时认出了西雷奇，他们自然也恳求到排上来。

"大力保佑！"玛努依洛又说了一句，同时帮助他们爬上鱼鳞排。

这样，在天亮之前，我们最优秀的猎人们——西雷奇老人、两兄弟、"仙鹤"和"长筒袜"就愉快地和玛努依洛在鱼鳞排上会合了。

玛努依洛提醒大家，他要送两个孩子，他们现在正在睡觉。

猎人们尽量不嚷不笑，不惊动他们，就蜷缩着身子，一声不响，凑合着一直躺到天亮。

我们知道，他们的心情是多么舒畅：他们自己年轻时可曾有不少次航行啊。

第十五章

沃洛格达河流入苏霍纳河，而另一边，差不多在对岸流入苏霍纳河的是列扎河。干燥低地不远处是从未被春汛淹没过的维戈尔小丘，从那儿望去，我们的三条河流历历在目。

维戈尔是春天打野鸭的地方。

这一年春天，所有这些河流的水位都很低，因此只能将最靠近河水的原木单独流送。现在这稀稀拉拉的散放原木顺着苏霍纳河向北德维纳河方向漂流，偶尔撞击一下小拖轮的船舷。

整个冬天人们都在干活儿，将砍伐下来的、剥了皮的木材滚到河岸边。但是，只有很少的这种圆形木材能被第一次春汛冲走。森林里还满地是雪，那种适于流送的春天——对北德维纳河流域来说真正的水之春天——还未到来。

但这时已非常接近春汛，就像动物嗅到沼泽的气息一样，猎人们也感受到了冬天最后时刻的临近，见面时共享着这种喜悦，互相交谈着：

"很快就都过去了！"

此时猎人们心中的紧张情绪如此强烈，他们连看都不看旁边，只是惬意地感受着这水之春天的伟大开端的到来。

我们说着说着就回想起，年轻时在政治犯的单身牢房，有一次和"邻居"也这样闻到了一股沼泽的气息。这是多么美妙的气息呀！

然后闭上眼睛，脑海中清晰地展现出一片沼泽地，上面有几个已在阳光下融化的小草丘。单独囚禁时这样的幻象经常出现。在这种幻象中，每个小草丘周围都有一层薄薄的小"镜片"，一只笨重的野鸭翻来滚去，在不坚固的冰面上胆怯地从一个小草丘挪到另一个小草丘。

我不知道，世界上还有什么比监狱中的这种沼泽幻象更美妙的生活诱惑了！

突然，一位囚禁在相邻牢房的同志——也是一个酷爱打猎的人——敲击墙壁传话：

"现在冬天很快就要过去了！"

原来他也闻到了春天沼泽的气息，他也回忆起了自己那只在小草丘之间薄薄冰面上的野鸭。

在监狱里不能敲击太多，狱吏不时地往小孔里张望，只要一说"一切很快就要过去"，他就会大骂一通。

我们相信，之所以沼泽在监狱里清晰显现并显得如此美妙，是因为我们在狱中饱受折磨。日后一旦出狱，一切就必然像梦一样消逝了。

不！从窝棚里看沼泽会更好看，而且永远都是如此。

有多少次，我们从窝棚里亲眼看到，野鸭也会时常犯错：有时会打滑，有时会跌倒。于是大家一起笑上一阵，真有意思。这些可爱的人们——猎人们——会在窝棚里嘲笑一只野鸭!

当玛努依洛驾驶自己的鱼鳞排驶向苏霍纳河时,在沼泽干燥低地里恰好就出现了这样一幕。小草丘周围有一层薄薄的冰镜。后来,太阳让冰层消融了,突然间,每个小草丘上都落下了一只长着一双大大的黑眼睛和长嘴的、略有所思的鸟儿。

真是美妙的景象!看来,不仅是人们所熟悉的鸟儿,沼泽也苏醒了,也在按照自己思想在思考。于是沼泽使你渐渐地陷入沉思。这时你会觉得,在沼泽中完全没有时间观念,时间不知怎的从心中消失了,连数数也忘记了。

你没有猛然清醒,而是稍稍定了定神,才开始按照自己的想法分辨这一切。

这儿落着几只大鹬鸟:最大的是杓鹬,靠近森林的地方落着几只比杓鹬体型小一半的丘鹬,比丘鹬体型小一半的是中沙锥,比中沙锥体型再小一半的是田鹬。

而比田鹬还要小的、体型和麻雀差不多的是姬鹬,确实比麻雀小,而嘴却很长。在黑夜沉思的目光中隐含着力图回忆起什么的尝试,这是所有沼泽共同的、永恒且徒劳的尝试。

你瞧,这力图回忆起什么的尝试永无休止地重复着,从一个小草丘传到另一个小草丘,从一只鸟儿传到另一只鸟儿:

"永远是这样,永远是这样,永远是这样……"

不知为何突然忧郁起来,甚至可怜起它们来,对它们所说的"永远是这样",你懊丧地回答说:

"总是这样、这样,但是,哪怕你说一句:它到底是怎样呢?"

突然一切都明白了:所有这些鸟儿和沼泽小草丘仍同以前一

样，还是过去的老样子，而我从童年起就离开了它们，急切地去追寻未知的事物。

春天，它们向前飞翔，飞到它们筑巢的地方。我毕竟是人，在我面前是未知的世界！

玛努依洛的工作就是驾驶鱼鳞排顺流驶到三条河流——苏霍纳河、列扎河和沃洛格达河——的交汇处，在列扎河集材场那里等候拖船，并和拖船一起沿苏霍纳河逆流而上，把鱼鳞排送到库别纳湖边著名的"雄鹰"工厂。

用鱼鳞排把木材连接起来，就是为了让木材较为容易地逆流而上。

幸运的是，拖船已经在列扎河上等候着鱼鳞排了，玛努依洛立刻把鱼鳞排交了出去。他的工作完事了，就和猎人们、孩子们一起来到维戈尔。

现在猎人和孩子之间出现了这种情况，就像我们过去在大家庭里做客一样：大人们看了你一会儿就把你忘在了脑后，而你立刻在别人家就像在自己家里一样自由随便了，

玛努依洛和两个孩子的心情都特别愉快。他和孩子们彼此熟悉了，他信口开河地对他们说了很多话，就好像播种下了什么东西，并把播种的东西留了下来，并附言道："自己快乐成长吧！"

夜间狩猎的时刻临近了，所有年老和年轻的猎人们都急忙给自己搭建窝棚。

可以说，干燥低地正是为猎人和野鸭会面、为此时在某些地方已罕见的那些中沙锥求偶而形成的。猎人们得知求偶地点后，天还亮时就把点燃的灯笼摆放在那里。天黑时，中沙锥向求偶地

点聚集,并总是往灯笼跟前挤,于是猎人就朝灯光开枪。

未被水淹没的维戈尔小山丘与干涸的谷地特别搭配。在谷地的赤杨树丛里,既有小云杉——可以折云杉树枝来搭窝棚,也有柔韧的柳树、稠李。年复一年,那些树枝自然全被折光了,因此在最低洼的地方剩下很多搭干草垛的杆子,那些小谷垛上还有不少干草,可以铺在窝棚里舒舒服服地睡觉。

多年以来,每个猎人在维戈尔所喜欢的位置自然都固定下来,西雷奇在同一地点搭建自己的捕鸭窝棚已有四十多年了。

无须多迈一步,也无须多伸次手,这位老人就有足够的力气在这一年春天顺利地为自己安排好一切,并且像年轻时那样猎获他的春季公鸭。

一把老骨头哪儿能没有什么病痛呢:酸痛、隐痛、各种突然的阵痛、钻心的腰痛。但是,长期的生活对这些病痛还是有所防备的。况且,西雷奇怕的不是病痛,而是没有病痛时发生的那种情况。

傍晚时分,盼望的时刻像往常一样到来了。此时,在清澈的水面上,仿佛在大地的明亮洁净的眼睛里,一只公鸭正在游着,交尾期的羽毛光彩缤纷。西雷奇悄悄地从窝棚的小孔里伸出自己那杆"克林卡"枪的枪管,对准了这只公鸭。

什么是"克林卡"枪呢?

这是一种罕见的猎枪,是很早以前由克里米亚公司的军用燧石火枪改造而成。现在这种猎枪已经剩下很少了,但是,只要谁拥有这种枪支,大家就会深信,世界上没有任何枪支会像"克林卡"打起来那么厉害、响亮。

在我们区只保留下来一支这种枪,它的声音人所共知。晚霞出现时只要响起这种枪声,大家就会在自己的窝棚里高兴地说:

"这是西雷奇用'克林卡'打的!"

现在我们就说说西雷奇的倒霉事。往往是当西雷奇把火药撒到火药池里,把长枪管从窝棚的小孔中伸出去,那只五彩斑斓的公鸭正从光辉耀眼的水面浮上来。只剩下扣动扳机了。可是,这色彩鲜明的画面突然消失了,眼前变得漆黑一片。

西雷奇唯一担心的正是这种事,这不可避免的祸事叫夜盲症。

然而,并不是每次都会发生这种事情,不幸也不总是出现在瞄准的那一瞬间。

但也绝不能说,在西雷奇的宽广胸怀中对夜盲症没有令人安慰的防备:夜盲症是在短时间内发生的,眼睛一睁开——另一只公鸭正游过来。而先前那只公鸭还活着,甚至兴奋地踩到他的母鸭玛鲁西卡身上。你想想,这可不是什么坏事。

玛鲁西卡本来也需要从为了主人利益的长年引诱工作中休息一下,而且它已经老了,如今已经十七岁多了,也需要给西雷奇留下一只自己和野公鸭生的继任者了。

西雷奇慢慢地、不慌不忙地弄来杆子、树条、干草,搭好了窝棚。之后他又弄来一根不错的长木棍,把一头削尖,以便很容易地插到底,而在另一头用钉子钉上一个从家里带来的圆木板。老人穿着高筒靴,拿着这个钉在长杆子上的小圆桌,淌着汛水来到最近射程内,把木棍插到底,让小圆桌桌面正好贴近水面。

就在西雷奇为他那圆滚滚的母鸭在水面上安置圆木桌忙碌时,玛鲁西卡在舢板上窝棚旁边敞开的小筐里一直用它那圆圆的、又黑又亮的小眼睛盯着他。在和西雷奇的十七年生活中，它很好地领会了打猎时它的一切行动次序。现在它正等待着老人结束所有工作之后的召唤，邀它去占据圆桌上的干燥位置。

西雷奇忙活完后，就用公鸭一样的声音召唤它，玛鲁西卡毫不迟疑地展开翅膀，落到圆桌上。

西雷奇从来没有剪掉引诱野鸭用的母鸭的翅膀，也没有把它的翅膀捆起来，甚至连它的小筐也不盖上：在他那儿母鸭是完全自由的。

现在正值早春时节，所有的野鸭开始从南方飞往北方筑巢的地方。西雷奇唯一担心的是玛鲁西卡离他太远，于是他小心地、温柔地拽出它的鸭腿，缠上圆皮条记号，又在皮条上系上绳子，绳子的一头拴在水下的木棍上。母鸭要是想下水，就可以在绳子的长度范围内浮游，要是想休息，可以在小圆桌上休息，但是腿上系着绳子，它无法飞走。

巴维尔和彼得兄弟俩也这样在自己地点的窝棚里安顿下来。视力好的彼得透过小孔注视着引诱野鸭的母鸭，而盲人巴维尔谛听着，一旦听到什么声音，就迅速地、悄悄地推一推彼得的胳膊肘。

巴维尔的听力可真好，他比引诱野鸭用的母鸭更早听到公鸭的飞行声和叫声！

一感觉到胳膊肘被推动，彼得就做好准备，注视着母鸭，等待着它张嘴鸣叫。然后，他就等待着空中公鸭的临近。

如果公鸭听到母鸭的呼叫，落到水中彼得看不见的地方，巴维尔就用手掌拍拍彼得的肩膀，这表示他已听到水的拍溅声，公鸭就落在不远的地方。

不仅如此！盲人能听出公鸭游水的声音，要是公鸭因为什么原因好长时间不见踪影，他还能听出母鸭轻轻地搔痒声。

这就是为什么两个合为一体的人的狩猎，其结果要远远胜于两个优秀的但因为个人微不足道的意愿而相互疏远的猎人的狩猎。这就是为什么彼得和巴维尔永远是诚实可信的：因为他们总是在一起，他们没有个人的意愿。

"仙鹤"把自己的引诱野鸭的母鸭在圆木板上放好之后，也和大家一样待着。他的窝棚离之前那间土坯房不远，他曾试图在那儿打野鸭、中沙锥和黑琴鸡，把打猎作为自己的人生事业。他在妻子那儿什么没有忍受过呀！许多人因为他试图不按照自古以来人们设定的模式生活而嘲笑他，而他只不过是想以自己想要的方式生活。

最糟糕的是，说实在的，他在这种经历中什么都没有学会。对生存来说，野禽和鱼类就足够了。他并不缺少在水中和森林里获取食物的本领。那为什么仍然有这样的结果：无法仅依靠对自己事业的热爱而生活呢？

为什么一个住在野禽极其丰富地区的出色猎人无法和亲爱的妻子一起生活呢？

这个问题对"仙鹤"来说始终没有解决，因为这个高尚的猎人不想把所有的不幸转嫁给妻子。

整个人生事业没有解决的问题在"仙鹤"心中——像每个人一样——造成了打猎时强烈的不安情绪，而这种情绪也像每个打野鸭的猎人一样又传染给了母鸭。

这样神经紧张的母鸭不仅向着公鸭叫，甚至向着每只乌鸦叫。

水面上已出现影子，空中传来叫声和翅膀的扑棱声。

傍晚时飞来的乌鸦和寒鸦当然比公鸭多，所以母鸭不停地叫唤，而每只乌鸦都会让猎人哆嗦一下。

但是织袜工的母鸭却那么镇静，你就是把织袜机搬到窝棚里，它也毫不在意。它一叫，你就勇敢地拿起猎枪；公鸭游了过来，它安安静静，那你就坐下来，哪怕把机器搬到这里，继续织着长筒袜。

当然，这不过是随口说说罢了。实际上，织袜工现在对世界上的一切都不在意，他不再需要什么了，只要公鸭在天空或水中什么地方轻轻一拍打翅膀，母鸭就对着拍打声一跃而起，并用自己的方式冲着四周叫起来：

"嘎！嘎！嘎！"

第十六章

很多人无法理解：怎么能在热爱大自然的同时，又一心一意地猎杀动物呢？对很多人来说最不能容忍的是，一些爱好打猎的人，天生的诗人，可以在黑夜里把猎枪对准交尾时鸣叫的鸟儿，然后互相吹嘘，说自己打死的鸟儿比其他人多，甚至袋子都装满了。

从旁人看来，这确实无法理解，但是我们应该设身处地地分析分析诗人兼猎人的天性。我们认为，每个爱好打猎的人都具有强烈且丰富的、神秘莫测的天然情感。对他来说，一个神奇的世界在村外附近直接开始了。他的心就像一个醉汉的心，在恍惚之中不知飞向何方。他像醉汉一样，想抓住什么东西，以免摔倒。他像醉汉一样，也在寻找朋友，好向他诉说一切。他需要战利品来证明神奇世界的存在：就在不远处，从村外就直接开始了。

真正的诗人通过和谐的合唱来表达自己对神奇世界的看法和自己真正的真理。诗人的朋友们也加入这一合唱。于是，诗人的真理在人们中间得到证实：神奇世界就在村外。有时，一位野性的诗人兼猎人，手里拿着松鸡来到村庄，全村人聚集在猎人周围，都感到惊奇。这样，新的真理就在青年人中间得到证实：神奇世界确实是从村外开始的。

永远都是由此开始：对自然的炽热情感要求人们捕获奔跑的野兽，以准确的射击让飞翔的鸟儿停下来。然后，自己亲手捡起来，举起来……

对这位野性的诗人来说，激情就此结束，但还剩下极大的满足感，即把自己的战利品展示给亲近的人看，让他相信，让他惊奇：如此神奇的世界就在附近，从村外就直接开始了。

"我的朋友！"他说，"跟我走，我全都让你看看，来，拿起我的猎枪！"

对这些话，另一个人回答：

"亲爱的朋友！我不需要枪，没有枪我也相信你：神奇世界是存在的，就在我们村外，奇迹就直接开始了。"

或许自古以来，一种事物就和另一种事物和谐地安排在一起，因此在大自然和人的生活中，自然而然地就产生了民间故事以及婚礼或葬礼上的歌曲。这样，有人在某个时刻就理解了作为自然法则的诗歌。

"怎么样,"他说,"如果我自己写的诗歌也像那诗歌一样好呢?"

于是他尝试写了诗歌,并且唱了起来。真正的诗人就这样在世界上诞生了。

玛努依洛的情况也如此。他从小就是个靠打猎为生的人,对他来说,捕捉野兽或者让鸟停止飞翔就是他的工作。他和爱好打猎的人交往——按他自己所想——是因为友谊,他们追随他则是因为他了解大自然中的一切。他只要发现踪迹,就算没有狗也能把野兽驱赶到猎人身边。最主要的是,玛努依洛在打猎之后讲的话要胜于猎人的所有猎物,让大家相信,神奇世界就从我们村外开始。

因此,人们对玛努依洛形成这样的看法:他打猎既不需要猎枪,也不需要引诱野鸭的母鸭和狗。是的,好像打猎无须有什么好处,他就可以怀着心中对打猎的这份"真情"坚持下来,就像他讲述自己的故事那样。

这一次,他完全不考虑是要打野鸭,故意把自己的窝棚搭在维戈尔的最高处,以便从这里更好地观察傍晚时鸟儿的活动,而且在高处也可以防备突然而至的春汛:直到现在,春汛还未曾淹到维戈尔的顶点。

我们彼此间常说:"喂,说实话。"有时也这样说:"说实在的……"如此频繁地提到"实话",从旁人看来好像我们本就在互相隐瞒着什么。每个人都觉得是这样,行为举止也是这样。但是玛努依洛认为,大自然中的一切却建立在真理之上。他说,这就像用深水桶汲水,把真理从水井深处提取到阳光下。

关于你喜欢的各种动物，关于各种花草、树木、鸟儿——只要在它们身上寄托着你自己的一部分——的难以名状的语言多么美妙动听呀！此时，鸭子、白桦树以及干燥低地上的这座维戈尔小丘，都在大自然的完全和谐统一之中按照人的方式活跃起来。

玛努依洛从自己的高处窝棚可以安心地观察所有猎人和所有飞过的鸟儿。随着心情的逐渐平静，他豁然开朗，于是奇迹发生了。

一对鸭子飞了过来：前面是一只灰色的母野鸭，一只有着交尾期华丽羽毛的公鸭紧随其后。另一对野鸭不知从什么地方突然出现在它们面前。两对野鸭刚一相遇就飞开了，一对转向猎人这边，另一对则向另一边飞去。突然，一只鹞鹰向第二对野鸭中的母鸭扑去，于是一切都乱了套。

没有猎枪的猎人的心都要跳出来了，不过幸好，这一次鹞鹰扑空了。

被鹞鹰爪子抓过而吓坏了的母鸭俯冲直下，在河滩的灌木丛中隐藏起来。

这只鹞鹰因为失败而大吃一惊：这算什么，四只鸭子它一只都没有抓住！它缓慢地在蓝色云彩下翱翔起来。

被打散的那对野鸭中的公鸭回过神来，开始寻找自己的母鸭，转了一小圈，哪儿也没有它的伴侣。在不远处，第一对野鸭仍继续走着自己的路。

突然，那只孤独的公鸭展开长长的翅膀，伸出长长的脖子，箭一般地去追赶那对野鸭。这时，被霞光吸引的玛努依洛忍不住了。

"你知道吗,米特拉沙,"他说,"它干吗这样飞跑?"

"不知道。"米特拉沙答道。

"我告诉你,它以为是另一只公鸭拐走了它的母鸭,要离开它一起溜掉,于是它就立刻飞跑起来。"

惊慌失措的母鸭从鹞鹰的攻击下清醒过来,它从灌木丛中游到深水区,开始叫起来。

"它这是在呼唤自己丢失的公鸭吧?"米特拉沙问道。

"可能是它自己那只,"玛努依洛回答,"也可能是别的。它们的时间过得很快,它伤心一阵子就过去了。"

突然,一只新的独身野公鸭出现在黄色的晚霞中,它听到两种不同的叫声:那只失去自己公鸭的野母鸭和猎人"仙鹤"的那只引诱用的母鸭都在召唤它。

一场声音争斗在两只母鸭——野母鸭和引诱用的母鸭——之间展开了。"仙鹤"的母鸭的叫声断断续续,而野母鸭总是胜过它。于是公鸭选择了野母鸭,和它交尾了。

"它们在飞,在飞。"玛努依洛说道。

"在哪儿?在哪儿?"米特拉沙问。

他自己也看到了。

第一对野鸭转了一大圈飞了回来,在它们后面紧追不舍的是因为鹞鹰的出现而失去自己伴侣的那只公鸭。看来,它就像人们常有的那种情况,追赶着那只假想的母鸭,把它误认为是被别的公鸭拐走的自己的伴侣。

它那只真正的母鸭现在正心满意足地在深水处清洗羽毛,给羽毛抹油,一直一声不响……

但是,猎人"仙鹤"的那只引诱用的母鸭现在孑然一身,没有情敌,就开始追求野公鸭。

野公鸭听见它的叫声,就把那只假想的母鸭丢下了。

"你说,"米特拉沙说道,"它本来在追赶自己的母鸭。怎么又会这样呢?"

"很简单,"玛努依洛回答,"它们的时间过得很快:在它们看来,时机已过,还能追得上吗?而且,有足够的力量夺回来吗?别的母鸭一叫,关系也就中断了。"

公鸭如此急速地扑向引诱用的母鸭,"仙鹤"来不及开枪,它就和母鸭交尾了。之后,幸运的公鸭开始转圈子——公鸭通常以此表示谢意。"仙鹤"本来可以镇静地瞄准,可是他回想起了自己热情的青年时代,那时他爱上了自己的姑娘,甚至想把大自然据为己有,并把自己的土坯屋建在了河滩地。他觉得这河滩地的整个世界就如同他心爱的人。

猎人回想起自己,就没有射杀公鸭,随之它就飞走了。

"为什么他没有射杀它?"米特拉沙问。

玛努依洛答道:

"经常会这样。"

米特拉沙几乎生气了。

"怎么会经常这样?"

"很简单,"玛努依洛平静地回答,"猎人一整天疲惫不堪,睡着了。"

第十七章

浅黄色的晚霞还在闪耀，优秀的射手还能捕捉到大鸟掠过的影子，但夜间的小鸟已经看不到了，只能听到它们的叫声。当然，专业知识丰富的人熟悉并了解沼泽地里的所有叫声。但是普通猎人一辈子也认不出来，对于每个猎人，甚至最好的猎人来说，这些声音始终是每年春天夜里能听到并且非常熟悉的声音，但究竟是什么声音，是什么东西在啼叫，就不知道了，也说不出来。

临近傍晚，已看不见小鸟的时候，米特拉沙听到了这种声音。这熟悉的叫声不知道是什么东西，甚至可能不是鸟，像是小神马在凝固的空气中飞奔，它的小蹄子不停地踏击着发出密集而响亮的咚咚声。

米特拉沙曾经问过父亲，当时父亲仔细听了听，并等待着这种声音重新出现，可是那时再也没有出现。现在又清晰地听到了：马在奔驰，蹄子踏击得咚咚响。

米特拉沙听到后推了一下玛努依洛，小声问道：

"这是什么东西？"

这时，玛努依洛像父亲一样，把脸转向那个方向，开始等待着。很快，马蹄又踏击得咚咚响，米特拉沙又推了一下玛努依洛，小声说：

"听！"

玛努依洛又默默地追随着这神秘的声音，又有一只不知是什么鸟兜了一圈飞了回来。

"现在听到了吗？"米特拉沙又推了一下。

"听到了！"玛努依洛回答。

米特拉沙对这声"听到了"是这样理解的，好像玛努依洛最后直接说道：

"孩子，听倒是听到了，可是我不知道我们是否需要知道这是什么声音。世界上这种声音还少吗？我们最好根本就不知道。"

天色越来越晚，成对的野鸭不时飞过，而引诱用的母鸭要在家里待上一冬天，等待着春天来临，以至于它们甚至对着已经配对的公鸭大叫不止。独身的公鸭刚出现，一听到某个引诱用的母鸭的叫声，立刻就会受骗上当，落入猎人手中。

但是有一只公鸭没有上当，多半是去年春天它就知道了这种骗局。每年春天到处必定有这样一只公鸭——折磨猎人的家伙，不知为什么他们管它叫"教授"。

天完全黑了，只有在水的背景下才能勉强对准准星。所有的猎人，除了西雷奇以外，都对猎获感到满意，而可怜的老头儿这次一切都不顺手：有时是老枪的燧石靠不住，有时是他自己滑倒，吵吵嚷嚷，有时是鬼在跟他捣乱……

所有的母鸭一个劲儿地大声叫着，竭力吸引"教授"，但这位有经验的老"教授"兜着圈子，对这些叫声毫不在意。

所有的母鸭异口同声地叫着：

"嘎——嘎——嘎！"

但是玛鲁西卡不知为什么突然按照自己的意思叫了一声：

"哈——哈——哈！"

"教授"喜欢这种叫声,它朝下伸出箭杆般的长脖子,倾斜着翅膀,飞落在水面上,就那么悄悄地叫了一声,连西雷奇也听到了,并做好了准备。

玛鲁西卡扯着嗓子叫得可真欢!我们旁观者甚至觉得就像鹞鹰袭来一样。所有的母鸭大概听到了玛鲁西卡这不同寻常的呼号,突然间都一声不响了,只听见玛鲁西卡的叫声:

"哈——哈——哈!"

黑暗中也看不清楚是什么树枝把"教授"和西雷奇遮挡开来。老头儿开始琢磨,他没有把"教授"惊飞吧?或许"教授"自己已猜到玛鲁西卡的背叛,于是就隐藏起来,等待着天完全黑下来,那时就是在水面上也看不清了。

晚霞正在消逝。

突然,就在旁边,听到"教授"那边传来叫声:

"嘎!"

在晚霞余晖的照耀下,水面变得黄澄澄的,黑色的、仿佛雕刻出来的"教授"径直出现在黄色的水面上。

上了年纪的西雷奇带着一身病痛,用填药塞把自己那支大枪"克林卡"塞满,扣动扳机——老态龙钟的样子一下子消失得无影无踪。

这时,在晚霞的寂静中,不仅所有在干燥低地的猎人,而且远在集材场、在列扎河那边的人们也都清楚,每个人都会说:

"原来是这样,是西雷奇在放'克林卡'!"

于是幸运降临。按照我们猎人的习惯,在这种情况下一定要向左肩吐口唾沫。我们对此已非常习惯,一些人甚至转用到天气上：当出现空前的好天气，就不要表现出特别高兴，最好是保持镇静，如果心中存放了太多欣喜，马上朝左肩吐口唾沫……

西雷奇在心中存放了多少欣喜呀！他多半就没有吐唾沫……

当烟消散后，西雷奇清楚地看到，公鸭"教授"像一个扁平的黑点一动不动地躺在浅黄色水面上的两个黑色小草丘之间。他完全没有意识到自己的年纪，像一个少年一样活蹦乱跳地从窝棚里跳出来，进入水里；突然，夜盲症就像黑夜一样刹那间把他包围了。

应该说，并不是所有失明都一样。有些人失明了，像所有盲人一样，对外界什么也看不见，但他自己闭上眼睛能看见美妙的画面：有时是火的画面，有时是水的画面。而像西雷奇常常发生的这种夜盲症则在人的心里什么都没有留下。这并不奇怪，西雷奇的失明不仅遮蔽了黑色小草丘之间的那只公鸭，而且掩盖了他的整个内心世界。

这种黑暗在此时遮蔽了他这位猎人：当所有对春天的漫长等待，所有的冲动、向往、尝试，都汇集在实现的这一共同时刻，美妙的瞬间却中断了。

不仅如此！西雷奇确实把自己的病痛都装进了枪管，这些病痛都跑光了。眼下他和其他猎人一样，只需去拿自己捕获的猎物了。

当猎人只需去拿打死的猎物时，狩猎中的这一时刻是令人惊奇的。甚至可以这样说，当手里提着一些打死的猎物，在把它们放进袋子里之前用深沉的目光瞧上一眼，这就是狩猎中最重要、最奥妙的时刻。把猎物放进袋子里之后，猎人就仿佛和什么东西告别了……

有些猎人甚至喜欢赶紧把猎物送给别人,别人则称赞说:他们就像猎犬一样,不吃自己的猎物。

看来,拿起自己的猎物确实是最重要的时刻,但显然也有某种特殊情况:有时因为某种缘故无法拿到打死的猎物。比如在黑暗中,支架不见了,鸭子潜入水中,在树叶下隐藏起来,山羊从山上跌入无法到达的深谷……是的,无法拿到打死的猎物——这就是最糟糕的事了。

西雷奇就遭遇了这种事情。当然,突然失明并没有阻碍他走向被打死的公鸭:他本来看见它了,现在似乎是径直朝那个方向走去。但他搞错了,他不是往那里走,而且他觉得水越来越深。

还好,玛努依洛从山上全都看见了,立刻明白这是因为夜盲症:老头儿淌着水去了一边,而公鸭却在另一边。

玛努依洛从山上快速跑下来,就在水开始灌进他的靴子时,他制止了老头儿。他把他领到岸边,米特拉沙把公鸭捡回来交给了他。

好在这种事已发生过,一点儿也没有令西雷奇难过:就让它黑暗吧,反正公鸭已拿到手!他还清楚地知道,再过几个小时他的失明就会像梦一样消失了,甚至今夜还来得及赶到松鸡发情求偶的聚集地。

临睡前,他在窝棚里安顿下来,说道:

"不管怎样,也要尽力走到红鬃岗。"

感谢过玛努依洛之后,他就入睡了。

第六部
红鬃岗

第十八章

　　春汛之初,当水面上已看不到野鸭,松鸡在第二天朝霞前的一片黑暗之中开始啼叫时,猎人们还有一段时间小睡一会儿。

　　他们已决定去红鬃岗——松鸡发情时的最大聚集地,在此之前还有几个小时可以好好睡上一觉。

　　看着玛努依洛在窝棚里安顿好自己朋友的两个孩子,每个人都感到佩服和愉快。并不是每个人都有这种同志般的父亲,就像玛努依洛在这些完全陌生的孩子面前所表现的那样。或许有些人是所有孩子们的父亲吧?我们知道,狗能在草丛中发现它们看不见的猎物,我们把这种能力称之为嗅觉。但是,人们猜测另一个人心中最主要的、对他来说最不可或缺的东西的这种能力叫什么呢?大家把这种能力称之为注意力,但是在这美好的词语中总缺少点儿什么,不足以表现最宝贵的、最伟大的情感。难道说是爱情?就算是吧,可随之人们会问:什么是爱情?

　　大概人们还无法用一个词来称呼他们借以立足于世的那种最

宝贵的、最伟大的东西。

为了避免错误地、白白地浪费宝贵的词语，人们也把像狗那样识别看不见的东西的能力称为嗅觉，把那些最优秀的人称为敏感的人。

以前我们这儿就有这样一位神奇的老爷爷——一个伟大的猎人和所有孩子们的热情朋友。有一次，发生了这样一件事：自然界的决定性时刻——狩猎的时刻，恰好与学校的决定性时刻重合了。考试来临了。

这时，米沙丢开自己最讨厌的事情，谁也没有告诉就悄悄地离开考场，从城里跑到爷爷那里去了。老人家看到孙子非常高兴，什么都没有问，就带领他去森林和湖边打猎去了。

他们就这样幸福地生活了大约两个星期。

而在学校里，所有注意力都集中在考试这件大事上。米沙不在，大家以为他去父母那儿了，被春汛阻隔了。而父母则以为他在城里，因为春汛和他们断绝了联系。

因为爷爷的缘故，因为他喜欢孩子们和打猎，而没有注意到米沙就是米沙，而不是什么萨沙，后来出了多少倒霉事呀！

玛努依洛也是这样，他是所有孩子们的伙伴和朋友，就和父亲一样，只不过不像亲生父亲那样关怀备至。尽管他很有生活乐趣，甚至对孩子们很关心、很喜欢，但或许欠缺亲生父亲的那种敏感，即能够立刻明白并捕捉到他们为了什么而来到世间的那种最重要的东西。

打猎时他甚至几乎把这一点也忘记了……

当大家都躺下来，入睡前在干草上舒舒服服地暖和过来，想要聊聊天时，米特拉沙问道：

"这红鬃岗是什么？"

玛努依洛绕着弯子说起了红鬃岗的事。

"有时候，"他说，"你在幽暗的森林里从早到晚走啊走啊，宿营，又走，又宿营，又一直走啊走啊……

我们的森林就是这样！

你就这样在金发藓和针叶林中走了三天，什么都没有发现，什么都没有听见：既没有松鸡，没有红嘴松鸡，也没有花尾榛鸡。

你没有去过这样的森林，你不禁要问，所有的鸟儿都在哪里呢？

我告诉你，所有的松鸡都飞往了发情时的聚集地，最大的聚集地就在红鬃岗。

红鬃岗就是这样的聚集地，那里的鸟儿足够所有猎人捕猎。

傍晚，松鸡从四面八方飞来。红鬃岗很大，松鸡成群地聚集在各个地方：这边多些，那边少些。

早在春天下雪时，每个打松鸡的猎人就在雪面冰层上滑着雪橇去寻找鸟儿发情的聚集地。

每天早晨松鸡都会啼叫。随着每天早晨黎明来临，松鸡啼叫的时间越来越长，脖子也膨胀得越来越大。

时候一到，松鸡就伸长脖子，唱得悦耳动听，歌唱的力量都集中在脖子上。当松鸡伸长脖子唱起来的时候，它不会从聚集地飞走，而是从树上降落到雪地上，在雪地上行走，留下足迹。

猎人乘着雪橇去有足迹的地方，循着足迹来到早晨松鸡在上面啼叫的那棵树。

猎人沿着足迹径直奔向一窝善叫的鸟儿。"

"孩子们，还睡吗？"

"咳，算了吧！"米特拉沙回答。

"你们是想睡觉，还是想听？"

"想听，想听，玛努依洛！"米特拉沙说道。

"松鸡在什么地方睡觉呀？"娜斯嘉问道。

"聪明！"玛努依洛说，"它们睡得可稀奇古怪啦。"

"傍晚，天还没有黑，它们飞到发情时的聚集地，分别落在树上。有时候，它们在傍晚时提前飞过来，天还没黑时碰上了你。你该怎么办？

你紧靠在树上，而它们就直接落在你头顶上方。你该怎么办？"

"要是悄悄地走开呢？"娜斯嘉问道。

"不行，美丽的姑娘，就是咳嗽一声也不行：发情的松鸡就全都飞散了！"

"那可怎么办呢？"米特拉沙问道。

"只能站着，"玛努依洛回答，"在它们入睡以前，只能站着，等待着。"

"怎么知道它们入睡了呢？"

"必须仔细聆听。站着，等待着，森林里变得越来越听得清楚。水滴从树上滴下形成了一洼水，滴滴答答地响起来。水滴落在水洼上四面八方地响起来的时候，鸟儿就开始轻轻地打起鼾来。"

"咳，这是故事！"

"以前我也不相信，后来明白了，它们打鼾简直就像人打鼾一样。它们把头藏在翅膀下睡觉，呼吸。空气吹动羽毛，因此我们觉得好像鸟儿在打鼾。听了松鸡打鼾之后，我开始在家里听母鸡，母鸡也常常打鼾。所有的鸟儿睡觉时都打鼾。

当你听到处松鸡都在睡觉、打鼾，更远一些地方也能够听到鼾声的时候，你就悄悄地离开自己那棵树。别惊动它们！用脚后跟走路，就这样一直走，直到听不见它们的声音。你就这样走开，在自己的篝火旁过夜。"

"睡觉吧，孩子们！"玛努依洛中断了话头。

米特拉沙和娜斯嘉异口同声地说道：

"想听，想听，玛努依洛。"

"接下来就没有什么啦，"玛努依洛回答，"这下你们知道了，松鸡叫唤时该怎么接近它。"

"是啊，"米特拉沙说，"松鸡的叫声到处都一样。"

"当然，"玛努依洛回答，"就算一样吧，那么，你们家的鸭子是怎么样，黑的、白的、花的，也是同样的叫声吗？"

"鸭子都一样，"米特拉沙回答，"不过我们家没有那么多鸭子。"

"公鸭也那样拍打翅膀吗？"

"就像你们家的鸭子一样。"

"野鸭要是呼唤呢？"

"嘎嘎叫。"

"你也能像红嘴松鸡那样啾啾叫吗？"

"我也会啾啾叫，也会发出喃喃声，也会像黑琴鸡那样咯咯叫。"

"也会像水牛那样哞哞叫？"

"那还用说！"

"呼唤狼呢？"

"当然会啦！我一呼唤，所有的狼就回应我，我点点它们的数目，我甚至还亲自打死了一只呢。有一只狼非常厉害，我们叫它'灰地主'。"

"这些是谁教你的？"

"我对你说过，我父亲是守林员。"

"对，我记得，"玛努依洛回答，"他在皮涅加什么地方失踪了。我父亲也是打猎的。那你的那位爷爷是谁呢？"

"我的那位爷爷安吉佩奇也是守林员，据说他知道真正的真理。"

"你说什么？"

"不是我说的，是人们说的。好像他死的时候，把真正的真理告诉了自己的狗特拉夫卡，后来，这只狗把我从沼泽里拖了出来。"

"这样的事常有，"玛努依洛回答，"狗是人类真正的朋友。"

这时，玛努依洛清楚地记起了自己在医院里和朋友关于真理的谈话，他边回忆，边很快猜想到并自问：自己的朋友是不是孩子们正在寻找的那位父亲？这是怎么回事呀？！

米特拉沙的思绪围绕着最主要的事情兜圈子，而娜斯嘉以其聪慧的心灵已预感到了什么。玛努依洛身上有着美好的品格，仿佛他也是他们的父亲，只不过不是亲生的，而是某种共同的父亲——所有孩子们的父亲。

玛努依洛睡觉时总有这样的感觉：最近他所经历的事情就好像馅儿饼一样放在慢慢转动的圆台上。有什么事情好像就要发生，还不清晰、不成熟的想法就像馅儿饼一样，他用手指戳一下馅儿饼，说道：

"继续转，你还没熟呢！"

于是台子慢慢转动，把这个馅儿饼带走，又把另一个馅儿饼转到他面前。

玛努依洛从不勉强自己过度思考。他让自己摆脱每个新的想法，就像把种子撒进地里之后，播种者对种子就不再操心了。

现在，就好像在医院时他开窍了一样，台上那个夹着真理的馅儿饼滚到了他面前。

"熟了！"玛努依洛本想大喊一声。

但是，台子突然停止了转动，玛努依洛随之睡着了。

这正是你们、我、你，我亲爱的朋友，以及所有生活在世界上的、内心深处怀着远大真理的人们。的确，真理往往就在你身旁，只要一伸手，人就会得救。

现在，玛努依洛如此接近真理，再有短暂的瞬间，他心里就会把父亲和孩子们联系起来，他甚至已经想问米特拉沙，他的父亲叫什么名字，这样通往他的路立刻就会出现，玛努依洛定会亲自把他们送到梅津附近、皮涅加那边的船木松林。

每个人一生中都有这样短暂的瞬间，当它靠近时，必须抓住它；当你错过了这一瞬间并醒悟的时候，就会痛苦地对一切不再关心，随遇而安吧……只剩下一线光明，唯一的希望就是期盼神奇的一刻有朝一日再次来临，而且会更多、更好。每个人都会关注其他人，并领悟自己最重要的、心中深藏的东西。

第十九章

天气常常是一天百变，在干燥低地也是如此。白天眼看着似乎一切都猝然停止，紧接着洪水涌来，沼泽地里的所有小草丘都淹没在水中。不断涌来的春水就这样一直持续到黄昏。浅黄色的晚霞尚未消失，大家在打松鸡前已经入睡。睡觉前，大家盘算两三个小时之后渡水到红鬃岗去。

猎人们睡熟后，天空突然露出了月亮，而地上不知从什么地方来了一股寒流，整个河滩地很快就冻结了，而且冻得可真结实，人在上面踩也垮不了。

一般人认为，春天来的已不是严寒本身，而是它的孙子。威力强大的严寒爷爷如今已离去，来的是他软弱无力的孙子。假设这是真正的严寒，那么这种变化将保持不变。但是夜里突然一切又变了：风从西南方吹来，大雪纷飞，遮蔽天空。仅仅一小时，整个河滩地就结了冰，宛如一块宽阔的白色台布。

突如其来的新雪甚至让我们的西雷奇老人都产生了错觉。他从窝棚里出来，朝四下打量一番，用脚在冰上使劲踩了踩，这才完全相信。

他觉得这样悄悄地走到鸟儿发情的聚集地，比在黑暗中划着小舢板费力地在小草丘之间航行更有利。

他因为严寒而高兴，开心地说：

"孙子跟着爷爷来了！"

他在周围摸索了一阵，把什么东西拽到身边，把什么地方捆好，又把什么东西塞进口袋里，扣上扣子，束好腰带，背上"克林卡"，在小草丘之间稳稳地踏着冰面，向松鸡发情的聚集地——红鬃岗走去。

继西雷奇之后醒来的是我们沃洛格达首屈一指的专打松鸡的

猎人兄弟，他们也像老人一样被严寒蒙骗了。这的确挺有诱惑性：与其划着舢板渡水，不如把舢板丢在森林里，趁着严寒，从窝棚直接徒步走到红鬃岗。

他俩打定主意之后又想了想，别忘记了什么东西。于是盲人和聋人——两个打松鸡的顶呱呱的猎人，带上两人如同一人使用的唯一一杆猎枪，就出发了。

盲人的手放在聋人的皮腰带后面，一有什么事，盲人巴维尔就拽住聋人彼得的腰带，并拦住他。

"你干什么？"眼尖的彼得两眼注视着远方，小声问道。

"哗啦哗啦响！"

他们就这样等待着，一个靠耳朵，一个靠眼睛。经常有这种情况，这大概是麋鹿经过河滩地，薄冰散落四方，它脚下发出哗啦哗啦的声响。之后，麋鹿越过河滩地，钻进森林，声音就沉寂下来。巴维尔说：

"走吧，我再也听不到什么声音了。"

这时，盲人又紧紧地抓住聋人的腰带。他们就这样走着。

或许在整个北方都没有比玛努依洛更棒的猎人了，然而这一次，他像孩子一样被天气欺骗了。他同样觉得，严寒要持续一段时间，可以趁着严寒走到森林里鸟儿发情的聚集地，然后回到维戈尔自己的窝棚。

如此有经验的猎人怎么也没有想到：洪水就要来临，整个森林王国随时都可能被隔断，早晨整个河滩地就会变成一片汪洋！

如果弄清这一点，那就应该明白，无论多么大胆的人也会按照规律走向生命的终点，并且相信规律。而如果会出现任何非自身造成的、偶然的、不合乎规律的事，那么干吗还要害怕偶然性呢？我们俄罗斯人已经看到了一切，我们哪里没有去过呀。

玛努依洛就像公鸡一样，没有钟表也知道时间。他捅了捅米特拉沙，对他小声说道：

"你自己起身，不要惊动小姑娘，让她睡吧。"

"她可不是那样的女孩儿，"米特拉沙回答，"你阻止不了她。娜斯嘉，起来，打松鸡去！"

"走吧。"娜斯嘉边起身边回答说。

于是三个人走出了窝棚。

沼泽散发着首次春汛的好闻气味，但是最后一场雪所散发的气味也不难闻。

这雪的芬芳有着巨大的欢乐力量，这欢乐在黑夜里将孩子们带到一处神秘的地方，那些有如北方森林精灵的奇特鸟儿从四面八方飞往那里。

但是，在夜间行进中，玛努依洛有他特别的担心。不久前他从莫斯科回来时在路上听人说，好像从这一年冬天开始要开发红鬃岗。这是谁说的？在什么地方说的？现在玛努依洛已回想不起来了。他开始琢磨自己是不是被骗了？这是不是他在梦中的错觉？

孩子们就这样在黑暗中走着，相信脚，听从脚，就像白天听从眼睛一样。走在地上是另一种感觉：这儿还是深雪，现在已冻成了雪面冰层。他们走在雪面冰层上，就像走在平地上，甚至感觉还要好：雪面冰层没有塌陷，但似乎有一点儿弹性，所以走起来挺开心。

在路上，玛努依洛想起红鬃岗松鸡发情聚集地的采伐场，果断地说道：

"错啦！"

他刚一说这句话，脚下就向他传达出较之富有弹性的雪面冰层有些不同的感觉。

玛努依洛用双脚朝不同方向探索道路，很快弄明白，他脚下有一辆覆盖着一层新雪的冰橇，这冰封的道路是冬天时为把原木运送到河边而建的。

"我们的事完蛋了！"他说。

米特拉沙问道，为什么事情完蛋了？

玛努依洛向米特拉沙指了指冰橇。

他沉默片刻，忧郁地说：

"孩子们，我们和红鬃岗告别吧！"

米特拉沙明白了，这一年冬天，松鸡发情聚集地红鬃岗被砍伐了，并且为了把木材流送到岸边而被碾压过。

"往回走？"

"干吗往回走？"玛努依洛回答，"聚集地离这儿不远，我们去瞧瞧，现在松鸡打算怎么办。"

西雷奇是从旁边去聚集地的，没有走到冰橇这儿。他知道一条通往聚集地的直路，每年都直接冲着松鸡的叫声奔去。现在他摸索着一直走啊走啊，最后他觉得不对劲，于是就停了下来。

森林里非常黑暗。

他知道，黎明前的时刻往往最黑暗。

周围没有一棵高大的树木，都是些灌木、小树，根本就没有真正像样的树木。

但是，在夜晚的森林里，不管你觉得什么奇怪都不算什么。西雷奇凭感觉知道，眼下是最黑暗的时刻，他就开始谛听、等待起来……

兄弟俩辨认出鸟儿发情聚集地之后，也在黑暗中隐藏起来。

正是此时，那一时刻悄悄地来到人们身边：春天迅速来临，并且好像用全部春水冲击着人的事业。

正是此时，猎人热烈期盼的那一时刻——自然界转瞬即逝的时刻——也恰好来临。睡美人正在醒来，说道："哎呀，我睡了多么长时间啊！"

这情景是在某处的一棵树上，在一根细细的、冬天时光秃秃的树枝上开始的。在那儿，湿气凝结成两滴水——一滴高些，另一滴低些。

湿气在增加，一滴水变重，滴到另一滴水上。

这样，一滴水追赶上了另一滴水上，两滴水合二为一，重量增加了，掉落下来。

水之春天由此拉开序幕。

沉重的水滴滴落着，轻轻地敲打着什么东西，从而在森林里形成了一种类似"啾啾"的特殊声音。

这恰恰是松鸡开始歌唱时"啾啾"叫的那种声音。

在当时所处的那种距离，任何猎人都无法听清春天第一滴水发出的这种声音。

然而盲人巴维尔却清晰地听到了，并认为这是松鸡在黑暗中的第一声啼叫。

他扯了扯彼得的腰带。

而此时彼得在黑暗中和巴维尔一样,也是两眼一抹黑。

"什么都看不见!"他说。

"在叫!"巴维尔用手指指了指声音传来的地方,说道。

彼得使劲看,甚至嘴都微微张开了。

"看不见。"他说。

作为回答,巴维尔往前迈了一步,向彼得伸出手,稍微挪动了一下。当你听到这种像松鸡叫似的滴水声时,那就真的不能动弹了。但是巴维尔如此相信自己的听觉,一旦听见了,总是让自己挪动几步。

兄弟俩就这样挪动了一下。

"不行,"彼得小声说,"我看不见。"

"不对,"巴维尔答道,"这不是松鸡,这是水滴从树枝上滴落的声音,你看到了吗?"

他又指了指。

眼下,一个猎人的心思用在了期待松鸡啼叫上,他完全没有料到这是在滴水,现在他从森林里走不出去了。眼下他全神贯注的只有一件事:从水滴声中听出松鸡的叫声。

突然,一只谁都不知道的小鸟在蒙眬之中叫了起来,就像人常有的那样,想伸伸懒腰,似乎要说什么。朋友问他:

"你说什么?"

"不,"它醒来后答道,"我就是这样……"

这只谁都不知道的小鸟也似醒非醒地吱吱叫了几声,就不作声了。

但这毕竟不同寻常。就在这一时刻,天空开始呈现出猎人所说的"月白"。

这时，巴维尔明显地听到松鸡叫了起来。

"在叫！"

兄弟俩就像做一切事情一样，开始一蹦一跳地跑起来：松鸡在叫，可是听不清，两个猎人跳跃着跑到松鸡跟前，它就不叫了，猎人也在同一时刻愣住了。

兄弟俩在松鸡的叫声中跳跃着奔跑，和我们大家单独奔跑不完全一样。由于天空已微微发亮，可以看得见一点儿什么东西，所以脑袋不会撞到树上。我们也可以绕过明显发亮的水洼，但即便我们调动全部听觉和嗅觉，总会碰到看不见的东西上。同样，如果你深陷在沼泽地的泥浆中，而松鸡在这一刻停止啼叫；不论你是盲人、聋人或者健康的人，一旦"有幸"陷入其中，那就在泥浆里等着松鸡再次啼叫吧。

兄弟俩牵着手并排跑着，直到那个视力好的人看不见那只啼叫的鸟儿。巴维尔总是比大家早听到，而彼得总是比大家先看见。这个小小的"比大家早一点儿"就决定了合二为一的两个人的所有成绩，他们打的松鸡总比单干的猎人要多。

当兄弟俩好像惊呆了似的突然停止奔跑并站住的时候，天色还一片漆黑，几乎什么都看不见……

玛努依洛也是一样，西雷奇也是刚刚开始行动就突然停住了。

所有猎人都停住并不是因为松鸡不叫了，而必须等着它再叫并趁着沉寂的短暂时间再往前跑五六步。

猎人们停住是因为他们遇到了从未有过的情况：不是一只，而是很多只松鸡在叫。弄不清这许多声音中究竟是哪只松鸡在唱过歌后清楚地听到了猎人的脚步声，于是惊惶不安地偶尔"啾啾"一声；又是哪只松鸡现在只顾唱自己的歌，而对一切都充耳不闻。

这就好比人们在森林里把一只煎锅烧得滚烫，油在烧热的菜上沸腾，爆溅，咝咝作响。

离得这么近！就好像如果再靠近这沸腾的煎锅，你的眼睛就会被灼伤。

当猎人们发现是一大群鸟如此近距离地、不同寻常地聚集在一起，都惊呆了。

天空变得越来越白，周围越来越明亮，好像有什么东西突然闪烁了一下，于是一切都展现在眼前。

原来四周没有森林，只剩下砍伐后留下的矮林、各种灌木和长得很差劲的树木。在以前红鬃岗所在的地方，在宽广的空地上只有大树留下的树墩，松鸡落在树墩上，正在树墩上歌唱呢！

在这大"煎锅"里，一群松鸡挨得那么近，每个人都可以轻而易举地抓到自己的松鸡。但是，哪个猎人会把手伸向这样的松鸡呀！

每个猎人现在都能理解鸟儿的处境，就好像自己舒适的、心爱的房子着火了，出席完婚礼回来后，看到的仅剩些烧焦的木头。在这种可怕的情况下，人想起了一句话："想死——就把黑麦砍掉！"[①]

而松鸡的情况就是这样，和人的情况极其相似：它们以前隐藏在某棵树顶浓密的树叶之中啼叫，现在却无依无靠地落在那棵

---

① 即饿死之意。

树的树墩上啼叫。这只松鸡现在正唱着留给人的那句真理："想死——就把黑麦砍掉！"

猎人们不可能长时间思考了：春雨倾注，给窗前的人们留下熟悉的春天欢乐的泪水，这泪水本身平淡无奇，然而我们却觉得它是那么美好！

松鸡立刻都沉寂无声：有些从树墩上跳下，湿漉漉地跑到什么地方去了；有些展开翅膀，不知要飞往何方。这时，猎人们睁开眼睛，环顾四周，大家立刻看清了彼此：这儿站着玛努依洛和米特拉沙、娜斯嘉；那儿兄弟俩拿着一杆猎枪互相依偎在一起；另一边站着西雷奇，用手掌小心翼翼地护着自己那杆"克林卡"燧石猎枪的火药池，以免被雨淋湿。

他们都感到惊诧，不敢向在树墩上鸣叫、眼下无处栖身的松鸡开枪射击。

森林里每次进行大规模采伐之后，必定会留下伐木工人的小木屋，冬天时他们在里面取暖和煮食物。红鬃岗就有这样的小木屋。我们那些倒霉的猎人们都在里面避雨。他们跑了一整夜，都已疲惫不堪，很快就进入梦乡。

第七部
春　汛

第二十章

　　裹挟着雪尘的风，在和任何一棵树相遇之前，不是把雪尘直接抛向树木，抛向它的树干，而是绕着树转上一圈，因此，树木周围就会形成一个雪坑，一直到春天还明显可见。

　　有些人说，好像是由于水顺着树干流到雪地上才形成了春天树木周围的这种"大碗"。当然，这种情况也是常有的。但是我们也亲眼看到，风夹带着低吹雪转圈，因此树木周围就形成了一个雪坑。我们也多次看到，春天雾蒙蒙的解冻天气时，树枝那么热心地接受空中的湿气，仿佛故意而为之，为的是让所有的树枝从四面八方接收空中的雾气，并将其变成水。每根树枝上的雾气变浓时，水就淌下来，许多小水流流向树干，如小溪般沿着树干往下流到树干周围的"大碗"里。

　　即便是早春时节也常有这种情况，各种候鸟落在树上休息，看到树干周围"大碗"里最早形成的一洼水，就在里面洗浴起来。我们经常有机会看到，在阳光明媚的日子里，鸟儿洗浴时弄得小水珠在空中四溅，"大碗"上空瞬息间形成一道小小的彩虹。一切都这样结束：水从树周围的一个"大碗"里流到另一个"大碗"里，将其充满，于是，森林深处的第一条小溪就这样形成了。

每年春天都是如此：从森林深处某地流出第一条小溪。

早春时节，几条河流在低矮的地平线上流过，在深处长满小松林的沼泽地和低洼湿地里出现的正是那种春汛：此时所有树干周围的"大碗"被冲毁，所有临时堤坝都决口，森林里的洪水形成小溪、河流、瀑布以及各种临时的激流和支流，一齐涌向真正的、奔腾不息的河流，并从岸边卷起冬天准备好流送的圆木，随同自己一齐冲走。

春汛是渐渐地、慢慢地形成的，常常持续好长时间、很多天，然而很快就都结束了。

这一年春天也是如此，当猎人们在松鸡发情聚集地睡觉时，干燥低地很快形成一片汪洋，位于其中的红鬃岗宛如一座小岛。

玛努依洛首先醒来，他朝窗外瞥了一眼，立刻决定不要惊动其他人。天生的纤夫不怕水，如果要让某一处河绠免于崩溃，就要站在一根原木上，在激流中手持掌握平衡的钩杆，在飞溅的浪花中修补断裂之处。

现在他已来到水边，在那儿选中两根没有被大水冲走的原木，把它们捆在一起，又砍了一根木杆，用它往浅水底一撑，就站着朝什么地方疾驰而去，消失在雾霭之中。

可想而知，他这是去为孩子们和正在熟睡的伙伴们寻找船只。

事情自然就是如此，当大家醒来并想起玛努依洛的时候，也都这样认为。

大家等了一会儿，就向雾蒙蒙的远方张望起来，彼此间什么都没有说。

等啊，等啊，可是玛努依洛始终不见踪影。

由于无事可做，有所储备的兄弟俩就升起火，烧开水，拿出茶和糖。西雷奇摆上自己储存的面包。于是大家就坐着喝起茶来。玛努依洛仍不见归来。

大家谈论了伐林树墩上那些发情松鸡的好多事，对鸟儿如此眷恋自己的地点、自己的树木觉得非常奇怪。还讨论了这样一个问题：为什么松鸡叫的时候就会失去听觉？

大家还聊到并想弄清楚一个问题：松鸡啼叫是因为痛苦还是因为快乐？西雷奇坚持认为，松鸡啼叫是因为痛苦，因此它叫的时候每支羽毛都在颤抖。彼得对此回答说，要知道，鸟儿的每支羽毛也会因为快乐而颤抖的。

自作聪明的人这样解答问题什么也解决不了，因为他们都想根据自己的意思去理解松鸡，而松鸡的感受如何——他们谁都不知道。

大家几乎聊完了所有话题。谈话间茶壶也凉了，而玛努依洛仍不见踪影……

西雷奇首先担心起来，开始仔细察看木排用的材料；米特拉沙和娜斯嘉采来编结木排用的柔韧树条；兄弟俩不分开，时而帮助孩子们，时而帮助西雷奇。大家从小就对编结木排的活儿很熟悉，所以木排很快就做好了。猎人们登上木排，站立着，用杆子往水里一撑就走了起来。

刚一越过被海洋般的汛水遮掩住面目的鬃岗，维戈尔小丘就遥遥在望，仿佛大海中的小岛。一望见小岛，甚至西雷奇那颗衰老的心都抽紧了：低矮窝棚一点儿痕迹都没有了，小舢板也不见了，看来玛鲁西卡也和舢板一起漂到什么地方去了。

兄弟俩在水上看到整个维戈尔现在只剩下一小块空地，也伤心起来。

木排缓缓前行，眼睛看着看着就渐渐习惯了辨认前面的东西。于是认出了维戈尔上面玛努依洛的窝棚：它像以前一样，现在依然原封不动地支在那里。然后又看清了被拖到窝棚旁边的小舢板。再靠近些时，玛鲁西卡的脖子就从西雷奇的小舢板的筐子里伸了出来，它的脑袋也露了出来。

在近距离内，西雷奇忍不住了，像公鸭似的"嘎嘎"叫了一声，玛鲁西卡立刻展开翅膀，直接飞落到站在木排上的西雷奇的手上。

一切都被抢救了出来，一切都在应该在的地方，并被妥善地归拢到一起——食物、茶壶、小锅，所有东西都搬到了这里，可就是不见玛努依洛本人。

玛努依洛失踪了，该如何理解呢？任何人脑中都不会出现这样的纤夫会淹死的想法。如果玛努依洛对大家那么关心备至，把所有的东西都拖到高处自己的窝棚里，又怎么能说是偶然呢？他连孩子们都没有忘记，把所有的食物归拢到一起，搬过来放在一个地方，所有锅碗瓢盆都已洗干净，甚至还用破布盖了起来。于是大家认定，多半是突然而至的大水使他不得不在纤夫工作中做出某种决定：可能是某个地方的河坝崩溃了，拖船把这位有名的纤夫接走了……

西雷奇爷爷说话时一直凝神注视着孩子们，最后说道：

"你们和我回沃洛格达吧……"

娜斯嘉看了看米特拉沙，而小男孩儿没有考虑多久，说道：

"玛努依洛不会扔下我们的，我们就在这儿等他。我们要去皮涅加，不会返回去。我们会等到他的！"

"谁知道呢！"西雷奇说，"你坚定地认为，一定会等到的！可结果跟我们想的不一样。大约有七十条河流注入北德维纳河，小河则不计其数，还有很多河流夏天时不要紧，只是一些湿地，可如今这里也能流送原木了。你们还不明白，眼下什么事情在森林里闹开了锅！"

当然并不是说抛弃孤儿，而是要考虑到，我们这儿每个人都怜惜孤儿，每个人都会帮助他们，况且他们现在并没有受委屈：食品足够他们吃一星期。但是也必须知道，在这种事情上自己不可任意为之：别人就这样把你截住，带到另一个地方去，你会心甘情愿吗？

"玛努依洛是不得已把你们丢下，"西雷奇说，"不是他自己愿意，而是情况所迫。你们还要一直等他吗？你们最好坐到我的舢板上来！"

"谢谢爷爷！"娜斯嘉答道，"我们还是在这儿等着玛努依洛吧，如果他不能帮助我们，其他好心人也不会丢下我们不管的。"

"随你们的便吧！"西雷奇一边把打死的公鸭放进玛鲁西卡的那个筐子里，一边回答道，"也可以这样说：要不是为了寻找父亲，干吗要撇下亲爱的家呢？走吧，孩子们，去寻找吧，世界上并不仅有玛努依洛一个好人，每个人都会帮助你们的，再见吧！

数着太阳，再过五天我会来看你们的。如果玛努依洛不行，那么西雷奇会把你们送到皮涅加的。"

西雷奇这样和孩子们告别后，朝兄弟俩点点头，他们就坐到舢板上：盲人巴维尔抓住桨，而聋人彼得坐在了舵旁。

大家划行起来。

他们在汛水中的小岛之间漂流得越来越远。在未被淹没的每一块小空地上，所有动物都会迎接他们并为他们送行：有很多野兔、水田鼠，有时是狼，有时是狐狸，蹲着，望着，也不怕人。

就像我们经常遇到的情况那样，在我们周围有一些人，虽然我们根本不认识，但他们是那么善良，那么诚恳；更主要的是，我们是那么需要他们，那么急需。可是，瞧，他们要离开了，全都走了，看不见了……

剩下的只有我们！只有我们在被淹没的小岛上孤独万分。森林里到处都是水，出现在水面上的不是人，而是正向我们这儿游来的饥饿的、受惊的老鼠和水田鼠。

起初因为孤单，孩子们有些惊惶不安，默默地站着，每个人都依照自己的心思观察着游动的动物。米特拉沙选择了一只水田鼠作为观察对象，它看上去已经疲惫不堪。这只水田鼠刚刚游到岸边，立刻就侧身躺下了。

"大老鼠死了！"他说。

"可我在看一只小老鼠，"娜斯嘉回答，"所有的老鼠刚一上岸就往四面八方跑开了，可是这一只，刚一着地就蹲下了。它大概生病了吧？"

"那还用说！"米特拉沙答道。

他扫了一眼小老鼠,接着就转回到自己那只水田鼠身上。不对!原来它只是累了,并没有死。它休息了一会儿就站起来,沿着一棵日常编筐用的柳树的树干向着树杈攀爬起来。爬上去之后,就在那树杈上安顿下来。它感觉良好,蹲在那个像马鞍似的树杈上挺舒服。在它的一旁有一棵小树正在向上生长;另一旁的树枝不知什么时候被砍断,现在从它上面长出一小簇细细的枝条。

米特拉沙对那只水田鼠的命运那么感兴趣,他一步一步地向前挪动,小心翼翼地走近它,站在离它十分近的地方,甚至连它的眼睛都看见了。

他觉得,它的眼睛显得那么聪明!

疲惫的水田鼠对他毫不在意。

米特拉沙觉得,水田鼠的眼睛好像在闪闪放光。

这可能是眼睛映射出的阳光吧?

当然有可能。但为什么有什么东西在眼睛里刚一闪动,水田鼠就全身哆嗦起来了呢?

这是为什么?

水田鼠的位置靠近柳树上那一小簇细嫩枝条,有一次它的下巴颏动了一下就把一根细枝条咬断了,全吃光了。

这又是为什么?

"啮齿动物!"米特拉沙回想起自己的中学课本,自我回答道。

他特别注意到,枝条的断面是斜的,并且是一次咬断的。

水田鼠就这样吃了三根枝条,当它咬断第四根时,就不吃了,而是把它弄到自己跟前,拖着枝条一起沿着柳树爬下来。水田鼠没有放下枝条,带着它一起跳入水中游了起来。当水田鼠往水里跳时，米特拉沙又看到它的眼睛里亮光一闪，于是他再次问自己："这又是为什么？"

他感到惊奇的是，水田鼠在每次做决定之前，眼睛里总是闪闪发光，但他并没有搞清楚为什么，只是觉得奇怪。所以每当他感到诧异时，就问这是为什么，那又是为什么。

他的惊奇从水田鼠身上扩大到一切事情上。当然，最主要的是水田鼠拖着那根枝条游了起来。它带走枝条是为了储备，对米特拉沙来说这是毫无疑问的，万一它累了，在岸上可没有啥吃的。

可见，那亮光闪烁不是平白无故的。但这到底是为什么呢？

水田鼠拖着枝条越游越远，而米特拉沙也和我们当年的情况一样。那时我们觉得，如果能向任何一个最有学问、最聪明的人询问并了解清楚世界上所有事情为什么会这样，那么世界上的所有事情都会搞清楚，都会弄明白，那时大家生活得多么愉快呀！

米特拉沙眼下陷入自己得不到解答的问题之中。现在他觉得，一个人发问，另一个人解答这种事情不会发生在他们这里，而是发生在真正美好的生活中。如果自己的问题没有答案，那么这种生活就不是真正的生活。

在家里他就有这样的疑问，但这疑问总因失去父亲的悲痛而终止。

他的父亲什么都知道，可是他没有父亲，因此他的生活不是真正的生活！……

就在米特拉沙关注水田鼠，目送它很远，直到眼睛还可忍受的时候，娜斯嘉一直注视着自己那只小老鼠。有一次，她甚至试着把米特拉沙的注意力吸引到它身边。她扯了扯他的衣袖，指了指。

"你要小老鼠干什么?"米特拉沙问道。

他的思绪又回到正在浮水的水田鼠上来,就像我们以前某个时候所坚持的那样,他依然抱定自己的问题——"为什么?"

娜斯嘉则有另外的兴趣,其强烈程度并不亚于米特拉沙的"为什么"。她观察了一会儿以同样姿势蹲着的小老鼠,就走到它跟前。这时她看到,它很漂亮,在用善意的、可爱的眼睛盯着她。小老鼠是那么可爱,以至于她敢用两个手指头抓住它,把它放在自己的手掌上。小老鼠并不害怕,也没有试图逃跑,它似乎觉得挺舒服。

这时,娜斯嘉直接问小老鼠,就像问小孩子一样:

"你究竟是谁?"

她这样问就好像小老鼠真是亲人似的。她对这个问题有点儿感兴趣,摆弄着小老鼠,慢慢地将它从一只手里放到另一只手上,并一直在问:

"你说呀,你到底是谁?"

看得出,小老鼠高兴起来。

她按照自己的理解,认为小老鼠高兴了,就把它拿进窝棚,找了一块脂油,切成小块儿拿给它,它就吃了起来。

然后娜斯嘉想到,下面还有多少老鼠呀,要不要帮助它们呢?她在窝棚里摸索了一阵,找到一个土豆,就涂上植物油放在盘子里,拿到下面,给老鼠摆放好。她刚一离开,那些老鼠就扑向盘子,大吃起来。

娜斯嘉回到窝棚时,小老鼠看来已经吃饱,现在蹲在那里,满怀希望地等待着:或许自己还能得到什么东西。娜斯嘉又把它放在手掌里，问道："你究竟是谁？你这么小，这么漂亮，人们为什么怕你？要是之前小木屋的地板上有一只小老鼠跑过，我为什么会大叫着扑向凳子或桌子？为什么人们说：小老鼠，你真叫人厌恶！"

小老鼠对小姑娘的问话无言以对，但如果可能的话，对于为什么它那么漂亮而人们却认为它讨厌这一问题，它会这样回答：

"可爱的小姑娘，人们更喜欢能吃的东西，而我不能吃！"

当然，小老鼠自己不能这样说，但的确看得出来，它似乎就是对娜斯嘉这样说的，于是她又对它说：

"你多么聪明啊！"

聪明的水田鼠从米特拉沙眼前消失后，他大概考虑了许多事情。他也一直问自己那个"为什么"的问题，并且因得不到回答而苦恼。那时他还不可能知道，对这一问题的答案都已收集了起来，只需学会去查阅这些答案、去何处寻找罢了。

如果这样的问题出现了但却还没有答案，这就说明他自己还需要去生活、工作和领悟。

眼下到处都是汛水，一些猝不及防而被困住的动物——大的、小的，兔子、狐狸、狼、麋鹿——都蹲在各种小土丘上、灌木上、被淹树木的树枝上。一些小兽则常常栖身在另外的枝条上，从远处看去就好像是一串串黑葡萄。

现在，它们已经离开了所有生活区域，它们全部真正的生活都转向未来，转化为唯一的一个问题：

"现在接下来该怎么办？"

当前整个干燥低地都在思考这个问题，连孩子们也加入到这一共同的思考之中。

米特拉沙担忧地问道：

"这一切是为什么呀？"

娜斯嘉平静地微笑着，对每个动物问道：

"你们究竟是谁呀？"

她好好地观察了一番，明白了一些，又说道：

"你多么聪明啊！"

第二十一章

春天打猎时，我们经常会遇到这种情况：河水泛滥，到处有光秃秃的树梢露出水面，这些树枝上聚集了那么多各种黑乎乎的小兽，从远处看上去就像一串串黑葡萄。一些小兽停留在树枝上、小岛上，一群群地拥挤着；其他一些小兽在往什么地方漂游；而更多的野兽，如麋鹿、熊、狼，它们在浮水，其状况有如惊慌失措的小孩子。

你看到，最凶恶的敌人林貂在和松鼠并排游泳，猛兽林貂连想都不曾想要抓住属于自己的松鼠。所有这些野兽，不论大小，都有一种共同的想法和情感，仿佛它们每个都强调说：

"离开我！"

它们仅仅意识到这一点，因此，在这种灾难中从来不互咬。

如果在春天发大水时打猎，我们也经常会有同样的情况：同伴把你带到一个生长着灌木丛的小岛上，你在那儿把灌木连接成窝棚的样子,以便在里面隐藏并安顿下来。你们商量好:打完猎后,他就去接你。

当然,你要独自一人留在黑暗中。洪水泛滥时,只有鸟儿和猎人是幸运的。不仅仅是大型动物在浮水,无数的跳蚤、虱子也在漂流。而在各个小岛的岸上,伶俐的鹡鸰若无其事地跑来跑去,不时碰到客人们——各种甲虫和跳蚤。

这些昆虫真倒霉,而鹡鸰又多么开心:瞧,它们吃了个饱,对它们来说,这可是世上真正的盛宴!

春天里,各种各样的水鸟——鸭、鹅、天鹅多么逍遥自在!你坐在窝棚里,眼看着自己那只引诱野鸭用的母鸭由灰色变成黑色:这是因为大量的甲虫、跳蚤、虱子在浮水,把鸟儿当成了救命的小岛,于是就爬到了它身上。

就在野兽和昆虫遭受最大灾难的时候,鸟儿的爱情和自由之火却熊熊地燃烧起来,或许正因如此,我们才萌生了对有翼生物的犹如对天使般的敬意:它们多么幸福啊!

或许本就该明白,在我们人类的天性中有某种隐形的翅膀,因此每个人都想飞翔,有时甚至觉得肩膀那里装上了一对翅膀,好像那儿在发痒。有时我们在睡梦中也会明显地感到在飞翔。

我们这些猎人天生充满的热情难道不正是出自这种自由奔放的感情吗?猎人的这种如此明显的快乐情感又从何而来呢?

夜里,你就这样驾着小船在潮湿的空气中航行,有时甚至觉得冷得发抖,但背后翅膀上的每根羽毛都快乐地颤动着。在自己的小岛上,你手持猎枪迎接黎明。

然而天气变暖了,水迅速涨起来。黎明时分,你觉察到,夜里窝棚周围还是一大圈黑黢黢的土地,而现在这整片土地只剩下一小块空地。当然,你非常不愿意舍弃快乐的翅膀,你认为同伴自然也在小岛上附近什么地方安顿下来,他心里明白,水涨时他会来接你的。

你可以用各种想法来安慰自己,然而水是无情的、无法逃避的。水按照自己的意愿,按照自己的规则一直悄悄地上涨,眼看着你的那块小空地消失了,水漫过靴子,自由奔放生活的莫大快乐只剩下唯一令人安慰的事:靴子毕竟是橡胶的,而且是高筒的!

情况渐渐发展成眼睛必须一直盯着水面。这时你开始理解那些向你游来的老鼠、爬到你的窝棚的树枝上的水田鼠,它们似乎都在对无情的大水小声说:

"离开我!"

突然,引诱野鸭用的母家鸭出现了,浑身色彩艳丽的公野鸭扑通一声跳入水中,你背后的自由翅膀也扇动起来……

但就在你为此而高兴的时候,水又上涨了。现在,水田鼠站在树枝上与你为邻了。而你的同伴认为,那只公野鸭入水之后,如果有猎人开枪,那说明一切都好。

要不要喊一声?

这时,一阵风刚好从要冲那边喊叫的方向吹来。

各种野兽在浮水,水面上升得越来越高,引诱野鸭用的母家鸭因为爬到自己身上的昆虫而变得越来越黑。

虽然羞于开口,但事实无可否认:要是人也和所有动物一起脱口而出:"离开我!"这就不应该了。

现在感到如此羞愧,就是因为暂时失去了理智,也像被水围困的各种野兽一样向命运屈服了：

"离开我！"

当小狼崽被灵缇追赶的时候，它就会仰面朝天躺下。它也只剩下这一招：

"离开我！"

据说熊也常常如此。当一个人在它面前小声地说："离开我！"同时装死，躺着一动不动。这句"离开"有时会有用，于是熊就走开了……

我就有过这种事：听到划桨的拍水声，远方出现了一只小船，于是肩膀后面——猎人们有时觉得自己长了翅膀的地方又痒痒起来。

所幸，干燥低地上的维戈尔小丘那么高，从未被水淹过，况且玛努依洛从来不会干这种事：把孩子们丢下，任其在水中听天由命。很快，一个纤夫划着小船在原木中间穿过。他从集材场来，并说玛努依洛从上托依玛打来电话：他要在那儿守护河坝，孩子们可以在船停泊处等候；要是他们不害怕，就扎一个木筏子，慢慢地漂流到他那儿去。大水似乎正好能把他们带到上托依玛。

米特拉沙没有多想，就决定尽快漂流到玛努依洛那儿。于是傍晚前，纤夫就用漂浮的原木帮他们扎了一个牢固的木筏。

他们刚刚干完活儿，纤夫看了看孩子们，迟疑起来，久久地思量着什么。

"要不这样，"他最后说道，"我把自己的小船给你们，我自己乘木筏，反正总能到家的。我知道玛努依洛叔叔以后会报答我的好意的。"

"嗯，那你怎么认为，"米特拉沙问道，"如果我们乘木筏漂流,也没有什么不好吧?"

"你们要是不害怕也没有什么:我们这儿乘木筏漂流的也不少。木筏上可以煮东西,可以在篝火旁烤火。可是乘小船呢,不管你怎么坐着,反正都会摇晃的!"

"娜斯嘉,我们乘木筏漂流吧!"米特拉沙决定了。

纤夫高兴起来,可他还一直反复说:

"喂,要是想乘小船就拿去,好吧,玛努依洛叔叔不是外人,拿去吧!"

"谢谢,谢谢!"米特拉沙和娜斯嘉反复说着。

纤夫一直很开心,他上了船,离岸的时候还一直重复道:

"对我来说算不了什么,就是乘木筏我也能渡过去。要是需要,就把小船拿去吧!"

他就这样乘船离开了。他走之后,傍晚的河滩地上响起了一片声音。有很多声音,而且所有的声音都重复着同样的话——纤夫最后说的话:

"拿去吧,拿去吧!"

有时当你非常认真地思考某个问题,公鸡也会在附近什么地方叫起来。就好像它从你思考的问题中捕捉到了你最后的话,于是就对全世界大声叫起来。这真令人奇怪,真令人诧异!

这时米特拉沙感到:整个河滩地、沼泽地中无数的鸟儿随着一句话叫了起来,都以自己的调门重复着:

"拿去吧,拿去吧!"

不得不说,当你开始用自己的语言去理解鸟儿的叫声时,这种情况并不是无缘无故的。有时候当一个人产生了某种新的猜测、新的想法，就会有这种情况。

我们也常常有这种情况：会突然萌生了某种新的想法，或者突然猜想到什么，领悟了什么。这时，不知为何，你会觉得世界上的每个人都在为你感到高兴，甚至从公鸡的叫声中都能听出你的这种新想法挺合它的心意。

晚霞中，米特拉沙在窝棚里就是如此：他突然猜想到……

在温暖的干草中入睡之前，米特拉沙完全就是这种状态。他已经听到河滩地上的一切声音——熟悉的、不熟悉的，他可爱的小神马的蹄子哒哒响着，在凝固的空气中跑过。整个苍穹周围的地平线上响起了黑琴鸡的喃喃低语，那是对全世界唱的摇篮曲。

就是在入睡前的最后时刻，米特拉沙的脑海里涌现出一种猜想，照亮了他的心扉。

你觉得似乎自己早就捕捉到了这种猜想，它不止一次地叩击着你的心灵之门，但是不知为什么你没有放它进来。有时你甚至想楸自己的头发，责怪自己竟没有猜到。最后你觉得，不是它姗姗来迟，而是自己的过错：没有猜到。

在没有结果之前，这想法好像自己在寻找你，发现你。时候一到，它一定会找到你，你躲也躲不掉。

米特拉沙的这一想法是有关他们的父亲前往的那片船木松林。现在这个十分清晰、成熟的想法突然在米特拉沙入睡时把他撞击了一下。它如此巨大，自身简直都容纳不下。就好像融雪滴水时，有时水桶会因为容量不足而装不下水。

"娜斯嘉，"他说，"你没有睡着吧？你知道我在想什么吗？"

"不，不知道，"娜斯嘉回答，"你在想什么？"

"是这样！咱父亲就是对玛努依洛谈论真正的真理的那个人。"

"就是和他一起住院的那个人？"娜斯嘉从床上站起来，大声说道，然后又坐下说：

"我早就想过这件事，只是有点儿不敢说……"

"我也一直在想，不知为什么也不敢对自己说出来：一切都有点儿像故事中发生的……"

"当然，现在我明白了，事情就是这样：父亲一只胳膊负伤住院了；一棵树倒下压在玛努依洛身上，人们把他送到了那所医院。他们在那儿相识了，谈到了真正的真理。"

"还有呢！船木松林就是父亲去的那片密林！他是去干某件重要的事情！这整条道路上沿途有'狼牙'，有'乌鸦爪'，这些都在去父亲那里的路上。"

"你记得那条河叫什么吗？"

"好像叫科达吧。"

"是两条姊妹河：科达和洛达。"

"记得吧，那条路上有一座废旧的小教堂，一只椋鸟在那儿当助祭。"

"而且好像玛努依洛的小路就是从宿营木屋附近开始的。那儿有个小池塘，里面有条泥鳅？"

"两条鱼：泥鳅和鲫鱼。"

"记得吧，他还说……"

"不，关键是他那么善良和聪明，为什么就没有猜到我们是他那位朋友的孩子呢？"

"我觉得，"米特拉沙说，"他每时每刻都在猜测，他那么长时间一会儿盯着我，一会儿盯着你。后来他多半是猜到了。"

"我也这么想，"娜斯嘉说，"他每时每刻都在猜测，可我们显然打扰了他。现在，他和我们一样肯定也猜到了。"

"但愿他猜到了！"

两个孩子就这样在交谈中接近了某个重要的、最简单的，但他们却无力解决的事情，以至于他们突然默不作声了。

一种关于人们逐步相互理解的真理的伟大思想，一种对人们相互理解的真理的猜测，此时正悬于空中，无法进入这些孩子们的头脑。

这种猜测多半是关于一种人们相互理解的伟大真理：这真理就是，假如稍加注意，他们现在与玛努依洛相处就如同与亲生父亲一样，他自然会带领他们去寻找父亲。假如事事如此，那么世界上的一切就都属于我们，我们所有人就如同一人！

全世界的这一共同思想是否正在成熟、变化、逐渐发展起来？或许，孩子们此刻正在从全世界通行的某种语言旁经过，可是对这语言又说不清道不明……这是什么语言呢？

然而，孩子们所想的远非现在想说这件事：他们被远方某个未知的世界所吸引，在那里，一切问题似乎都能迎刃而解，而不是在这里，在自己身边，在亲密之人的简单相互理解之中。

"你听到了吗，娜斯嘉，"米特拉沙小声说，"我觉得好像小神马在空中奔跑，马蹄哒哒响……"

"听到了，像珠子撒落一地，"娜斯嘉回答，"这是什么？"

"这连父亲也不知道，"米特拉沙说，"有没有这样一个人，他什么都知道？"他想了想补充道。

娜斯嘉喜欢森林里的声音中有神马的声音,而且对这声音谁也不知晓。她沉默片刻,说道:

"需要什么都知道吗?"

"怎么不需要?"米特拉沙不满地答道。

有时天空中好像有什么东西飞过,又高又远,像人一样说道:

"啊?"

米特拉沙仔细听了听,说道:

"咱们出去吧!"

他们走出窝棚,径直来到春汛洪水之上的星空下。

有多少声音在作响,又有多少奥秘在飘荡。而在这一切之上,有什么东西时而重复着,询问着:

"啊?"

米特拉沙试图猜测时愣住了,但突然明白,这声音是在沿着某种看不见的踪迹从南方向北方掠过时不断地重复着。当他发现从南方飞往北方的鸟儿的踪迹时,他回想起了打猎时的父亲,于是对娜斯嘉说:

"这是一只鹭在飞往筑巢的地方,飞往北方!"

他想到了父亲。

而娜斯嘉对是什么东西在飞、是谁在问全然不关心。她一心想念的只是父亲:很遗憾他们错过了玛努依洛,但现在他们发现了可靠的线索,只要父亲还活着,只要他不生病,那么就一定会找到他。

第八部
深深大插垛

第二十二章

当两个孩子还在沉睡时,太阳悄悄地在天边换上了新的晨装。北方的太阳向来如此,不像在南方,从春汛开始太阳就不再落下,而是晚霞换成朝霞,穿上新衣就升起来了。

这天早晨也是如此,孩子们刚刚睡醒,太阳已经升了起来。这天早晨,在太阳的目光看来,绿色的森林已经变样了。以前,在一片绿色中流淌的河流是蓝色的,而现在,因为汛水裹挟着剥去树皮的木材,河水变成了黄色。一条小溪——原先的蓝色血脉——从森林中流出,注入这黄色河流。但这不是小溪,而是顺着冬季为让伐倒并剥皮的原木流入河里而修建的冰道流淌的临时溪流。现在,一头被洪水惊扰的熊为逃避春汛,从深雪中跑上这条冬季冰道。

熊沿着这条冰道,在深处它就浮水,在浅处它就奔跑。正当熊沿着冰道飞速滑行时,一头湿漉漉的、长长的、干瘦的、疲惫不堪的麋鹿紧随其后,从深雪中挣脱出来。早在它还无法在雪面冰层上奔跑时，猎人们就开始追捕它，它的腿被雪面冰层划破了。但是天气突然暖和起来，雪面冰层变软，即使在深雪中麋鹿也感到轻松些了，于是它加快速度，当那只熊在冰道上滑行时，它也跑到了冰道上。

麋鹿非常怕人，但对熊却毫不介意，好像熊是自己人似的。当这对林中兄弟刚刚抵达漂浮着木材的黄色河流边时，熊若有所思地在岸边停下来，麋鹿在距离熊一段距离的地方也停了下来，仿佛有所迟疑。

突然听到后面那些无望追赶上麋鹿的猎人们的疑惑的嘈杂声和叫喊声，熊径直冲入漂流着的拥挤的原木之中。麋鹿也照着自己的林中兄弟的样子冲了进去。

熊在与河中漂流的原木相遇时，通过有力的撞击将其推开。那力量竟使一些木头深深地沉了下去，而另一些木头似乎还没来得及从撞击中清醒过来，霎时间就停止不前了。因此，在黄色河面上短暂形成了一条蓝色的水中小路。麋鹿就急于利用这条水中小路，趁原木还没有合拢起来，紧紧跟随着熊。

熊终于艰难地渡过了河，淌着汛水到达岸边。麋鹿随后也爬了上来，可不知为何它没有一下子上岸：它先是伸出前腿，接着又稍微停了停才迈出后腿。它已十分疲惫，似乎在等待着林中兄弟助它一臂之力；然而熊对麋鹿毫不理会，刚刚爬上岸，就懒洋洋地伸开后腿，弯下身子，在那儿一个劲儿地舔起什么来。

麋鹿不得不费好大力气，它那湿漉漉的、长长的、干瘦而又奇怪的样子很像一辆吊车。就如同童年时读过的《堂吉诃德》中的那个"愁容骑士"。

在野兽上方陡峭的小山岗上,在被水淹的维戈尔小丘顶部有一个窝棚,透过覆盖在杆子上的干草间的缝隙,一双人的眼睛在注视着野兽。"我们怎么办?"娜斯嘉小声问。

"没关系,"米特拉沙平静地回答,"它们不会伤害我们的,它们几乎站都站不住。瞧,原木直撞麋鹿的脖子。"

"别说话!"娜斯嘉小声说,"它们好像要躺下了。"

"那是麋鹿,"米特拉沙说,"可是熊,瞧,它又想上路了。"

确实如此。熊看上去有点儿不怀好意,它的小眼睛盯着窝棚,突然冲进水里。麋鹿也马上缓过劲来,跟着熊冲进水里。林中兄弟朝着水天之间生长着灰毛刷似的一片森林游去。

米特拉沙和娜斯嘉没有长时间考虑。他们吃了点儿东西,也没有生火,把储备的食物搬到木筏上,把昨天准备好的木筏上的床铺和窝棚稍加整理,储备了生篝火用的木柴,把自己安顿好,然后解开缆绳,就把木筏和自己的命运托付给了河流中黄色圆木的共同运动。

第二十三章

人们常有这种情况:有人在自己木筏上的篝火旁过夜,没有错过第一缕阳光与篝火相遇的最初瞬间。太阳似乎惊奇地注视着这小小的但却那么顽强地在自己的位置上燃烧的火焰。

"你来自何方?"太阳惊奇地问道。

而火焰只管自己燃烧着，燃烧着，对惊奇的太阳毫不在意。

这就好像伟大的、光荣的父亲遇到了自己的小儿子。不！黎明时分，在这些红色的余烬中，甚至有某种连太阳都不依赖的人类自主的思想。

黄色河面上的火光——这是木筏上的北方篝火在闪耀。篝火中，干枯的粗木头在中间燃烧，而小男孩儿米特拉沙在打盹。他必须不时醒来，把中间烧尽的木头的末端挪动挪动。

北方篝火是以渔猎为生的人普遍使用的炉火，他们在随手搭建的小棚子里过夜，在我们看来那简直就是露宿：篝火架在林中空地上，如果是在河边，也总是架在木筏上，下面编成木筏的木头泡在水里，不会因为篝火而燃烧起来。

眼下，米特拉沙坐在靠近舵把的篝火这边，而另一边，娜斯嘉在云杉树枝下睡觉。小姑娘哈出的热气从云杉树枝中间冒出来，一冷却，树枝上就留下一层晶莹的白霜，聚积起来越来越厚，仿佛睡觉的小姑娘盖着一条白头巾。

感觉上睡觉的人似乎很冷，但其实在篝火旁边躺在厚厚的树枝下面的干草上很暖和。一夜未眠的米特拉沙自然很想赶快躺在这些干草上。

木筏的舵手不仅要时不时动一动快要燃尽的木柴末端，他最主要的事情是把木筏控制在航道上，那儿的水流最快，黄色原木也比河流其他地方上少些竞争：在快速流动的水上，原木漂流起来很通畅。

从远处看来，黄色河面上好像一切都很平静。假如站得高些，从岸边观察这一切，那么你会看到河面上的情景和流冰期时相同：

每块冰都在和另一块冰搏斗，以便趁还没有融化前能完整地漂流到汪洋大海。

我们很理解这些冰块为何如此匆忙，为何硬要坚持，为何要互相争斗：它们是为了尽快来到大海。但是这些原木为什么要竞争呢？难道是为了最先漂流到指定地点，被送上锯木机，变成没有特点的木板和规定尺寸的薄板？

我们觉得这些原木似乎也和人一样，有意或无意地漂流着，为争取更好的条件而互相斗争，按照自己的意愿，守规则或不守规则地奋力前行。

一个人——特别是活泼的男孩儿米特拉沙——如果一连几小时、几天地坐着，则肯定会通过这些圆形木材、这些黄色原木的运行对我们人的行动有所了解。

情况非常清楚：大量原木和木筏一起在航道中按照规则整齐地漂流着，但如果靠近岸边就会出现激烈的争斗。一切将这样结束：守规则的原木把不守规则的原木挤到岸边。其力量如此之大，使得那些原木只好躺在那里，干枯，直到妇女拿着钩竿过来，把它们重新滚到水里。

河岸边是高岩河岸和被河水冲成的河岸洼地；原木不会被挤到陡峭的河岸上，而河岸洼地则由于堆满了不守规则的原木而变成了黄色。

靠近河流中央的原木自然较为整齐，因此它们之间比较容易协调一致，一起顺着急速流动的河水漂流。米特拉沙立刻就明白了，他的主要工作就是要把木筏控制在急流之中。

但不论那些木头如何相似，也不论它们如何聚集在一起，其中总有一些混进来的木头，它们无论如何也不想平稳漂流，不时停顿、旋转，忽上忽下，妨碍大家，直到自己被驱逐出航道，卷入那些毫不相似的、为争取领先地位而互相争斗的沿岸原木的无序混乱之中。

米特拉沙用钩竿似的长杆推开硬挤过来的原木，这一推动力同时能帮助木筏前进。

一切就这样顺着黄色河流运行着：大部分主要的原木在航道的急流中严格按照整个河水运行的规则漂流着，这规则是所有原木按照彼此相似的标准而选择的规则。所有彼此不相似、有所区别的原木则按照不同的规则漂流，它们试图通过混乱的、令人不解的相互争斗来确立自己的某种规则，即按照差异运行的规则。

我们人驾驶的木筏行进在航道上，既不偏向高岩河岸，也不偏向低岸洼地。这个由孩子驾驶的、生着篝火的木筏漂流着，它不服从唯一不变的运行规则：既不像浮冰那样流向海洋，也不像原木那样流向工厂，而是按照人的心智的规则漂流着。按照所有人都适用的规则，两个孤儿向着未知的远方航行，去寻找自己的亲生父亲。

当第一缕阳光与木筏上人的篝火相遇时，太阳怎么能不感到惊奇呢：火诞生于太阳，诞生于我们这轮共同的太阳，但篝火是由人的手点燃的，甚至向着未知方向的太阳前行。

前行吧，前行吧，我们人类的真理之火，我们为爱而艰苦奋斗之火！

第二十四章

太阳正在升起，越来越暖和。此前，篝火也烧得暖洋洋的，被太阳和人的篝火爱抚着的米特拉沙能够睡上一觉该多好啊，就让自己的木筏顺着奔向北德维纳大河的河水自由漂流吧。

陶醉于两种爱抚之中，米特拉沙本来已经把胳膊肘放在膝盖上，用两只拳头支撑着下巴，只要一闭眼，眼睛就不由得眯缝起来。他刚要合眼，突然发现原木当中有一根不同一般，有些异样。它不像其他木头那样是黄色的，而是黄、白、黑、灰等多种颜色混杂在一起。原木的顶端没入水中，它挂扯着其他木头，像潜水艇一样，忽而潜入水中，忽而浮出水面。

米特拉沙即使迷迷糊糊心里也明白，这根可怕的原木自然有可能钻到木筏底下，从下面挂住木筏，不知会把它带到什么地方；而木筏的另一端一时会没入水中，寒冷的波浪会冲向干草和在上面睡觉的娜斯嘉。谁知道呢，或许这波浪会把他们所有的粮食、食物和生活用具从木筏上一股脑卷走。

也有可能，这根沉底木的一头会在什么地方抵住河底，而另一头则会把他们的木筏弄断裂、解体，把他们抛入水中。

米特拉沙已经十分疲惫，他觉得，这根像蛇一样的杂色的粗大原木就是一个肆意妄为的家伙，它不承认世上任何规则：不论是太阳的规则，还是人类的规则。

那些平静的原木并排漂流着：一根原木上面栖落着一只非常

漂亮的小鸟，秀丽、机灵、可爱，全身瓦灰色，身上有一条黑色裙边。这是一只古埃及人的神鸟，可在我们这儿不被赏识，简单地被称为鹡鸰。现在这只令人惊奇的小鸟就在这根原木上漂流着，歌唱着！

这个埃及神圣太阳使者不嫌弃原木，只管自己漂流着、歌唱着，用自己的歌声赞美神圣的太阳，赞美它栖落的漂流的原木。

突然，那个像蛇一样的沉底木从下面撞上了一根静静漂流的原木，使它直立起来，然后潜入水中，直接冲上木筏。

而那只埃及神鸟振翅一飞，落在另一根原木上，仿佛一切与它毫不相干，又在上面歌唱起来。

米特拉沙对眼前的景象感到很惊奇：一些蜘蛛站在水面上，就像我们站在地上一样，正前往未知的世界；每只蜘蛛用自己节状的长脚站在水面上，就像我们站在地铁的自动升降电梯上，起起落落。它们就这样被带走了。蜘蛛数量庞大，它们似乎要一起移居到某处新的天地。

其中有很多蜘蛛相比站在水面上而更喜欢爬到原木上。不知为什么，它们对其中一根原木尤为中意，觉得它特别舒适，于是一只挨着一只，密密麻麻地站在上面航行着。

显然，就是那个地方最舒适，而那根蛇一样的沉底木则可恶地捣乱起来。

饱受失眠折磨的米特拉沙如此惊诧，好像这根沉底木故意瞄准那个舒适的地方。瞧，它对准蜘蛛喜欢的那根原木狠狠地撞去，弄得所有蜘蛛纷纷落水，又重新赤脚站在寒冷的水面升降机上。

所有在航道上整齐漂流的原木无法与这根孤独的原木抗争。那些善良的原木刚一挤压那根沉底木，它那垂入水中的顶端就沉下去，随便挂扯住一根原木，将其甩到一边，而它自己则占据其位置，再把新的打击对准某个目标。

沉底木就这样悄悄地靠近了米特拉沙。所幸，男孩并没有打盹，他使尽全力用胸部抵住长杆冲击敌人，奋力将木筏向前推进，那根尖削的杂色原木就沉入另一组顺水漂流的、结成木筏的原木底下。

就在此时，米特拉沙遭遇了胜利者经常遇到的，而且几乎显示为一种定律的情况：一次胜利往往比保持胜利显得更容易。

现在，米特拉沙心想，面对温暖的篝火，为什么不把胳膊肘搁在膝盖上，让脊背朝向和煦的太阳呢？

于是他就睡着了。

突然，什么东西猛地撞了一下木筏。米特拉沙差点儿栽到水里，但他控制住了。他跳起来，看见前面有半截像毒蛇般的硕大原木，而前半截已经潜入木筏底下，顶端恰好撞到娜斯嘉睡觉的地方。

撞击十分厉害，娜斯嘉跳起来，掀掉身上因呼吸而蒙上一层霜雪的云杉树枝，急忙去帮助米特拉沙。他们用两根长杆，用力一撑，使木筏摆脱了原木。

娜斯嘉瞥了一眼米特拉沙那张疲惫不堪的脸，对他说：

"你去我那里睡觉吧，现在我来控制木筏。我们也该熬粥了，等做熟了我叫你。"

第二十五章

生活中，我们不止一次不得不与冰凌、招致灾害的春汛、原始森林里的蚊蚋、地上的各种吸血小飞虫做斗争。每次事故之后，你突然醒悟，认为这一切灾祸都是自己的过错：要么应该当心这熟悉的诡诈的水患，要么应该想到，对付北方的冰凌应有破冰船，防避森林里的吸血小飞虫应有特制的密网。总之得有什么东西来防范一切。如果你没有先见之明，既没有储备食物，也没有准备什么防蚊网，甚至连等待和忍耐——这在旅行中是必需的——都没有学会，那么之后你就只能怪自己了！

可是，如何能预见到潜藏水下、冲向自己那条满载人类善意的小船底部的一根沉底木呢？

我们确实有那样一根熟悉的沉底木，不是那根冲向正朝着父亲漂流的孩子们的原木，但却又与它相似，就像所有沉底木都彼此相似一样。

在注入北德维纳河的托依玛河岸边耸立着高岩河岸。一条细细的小溪从高岩河岸流入河流。

每个人都想到岸边看一看，并想弄明白，在北方，那些雄伟壮阔的河流是从何处又是如何发源的。

有一次，我们来到岸边，看到河岸上有很多大树，盘根错节，形成了巨大的沼泽堤坝。一条小溪从这道堤坝中涌出，从高岩河岸高处注入上托依玛河。

但是，这并不是小溪的源头。

在岸边堤坝后面要么有一片长而宽阔的幽暗的小松林沼泽地，要么是生长着稀稀拉拉、弯曲多节的云杉的沼泽地。

这幽暗的小松林沼泽地也不是小溪的第一源头。

幽暗的小松林沼泽地后面开始出现一片明亮的沼泽——长满矮小的白桦树的沼泽地。

然而这明亮的沼泽地也不是小溪的最初起源。

远一些，再远一些，穿过所有这些长满沼泽松的低洼湿地，我们看到一座在阳光下闪烁的小丘，整个小丘布满了闪闪发光的泉水。

就在那里，在山上，在长满沼泽松的低洼湿地高处，有一棵落叶松——一种秋天时针叶掉落的树木。

在通往这棵落叶松的道路上，我们看到无数针叶树木——云杉、松树，但是留在记忆中的只有这棵生长在布满闪闪发光的泉水的小丘上的高大落叶松。

正是这些永远生长在北方、在德维纳河各处的高大、孤独、有着悦目绿荫的树木，永远留在我们的记忆中，并向我们展现出一幅河流、森林、湖泊交融的辽阔画面。

北方的每个猎人、每个手艺人都会感谢这些帮助自己记住途经的道路，并向自己展现前方道路的树木。

灯塔般高大的树木是人类真正的朋友。但是有时，这种树木也会变成人类的敌人，我们这儿把它们称叫沉底木。

当我们长时间地行走在北方森林中时，你的头脑无所事事，肯定会胡思乱想，如果你想到森林，想到它的命运，就会转而想到人的命运。对人思考累了，就又回到树木上。于是人与树木的命运又一次多少有些联系了。

在高高的河岸上，曾经生长着一棵幼小、娇柔的落叶松，它的命运本来应一切顺遂如意，会成为一座灯塔在森林中为人类指路。

但是发生了一件事：一只松鸡看中了这棵还处于幼年的娇嫩的小树，用嘴一啄，就把顶部娇嫩多汁的梢尖从小树上完全撕扯下来。

由于这不幸的一刻，小落叶松的整个命运就改变了！人们有时也是如此，有些原本友好善良的人却变成了人们的敌人，整个一生过得像恶魔。

我们这棵从小受到伤害的树木一年年向上生长，树冠水分充足，形成了尖削的形态。当树木被砍伐时，所有的原木都是圆柱形，而我们那棵落叶松却是圆锥形。如此一来，水分充足那端在水中就往下沉，而另一端则直立起来。

如果船长没有注意到这根浅处的沉底木，那么有的船只就要倒霉了。有时船底抵在沉底木的上端，同时又被树木的另一端卡住，那么船就会被穿个窟窿。

这样，这棵本该成为灯塔的落叶松，却因为一次微小的意外而成了沉底木！

在散放的流送河流上，这些沉底木发生过多少事情呀！这些沉底木从下往上逐渐变细，就像在消失一样，而有的河流也被称为流送河流，意味着从春天到夏天逐渐流送。

譬如说上托依玛河吧，春天这条河会发生春汛，我们不止一次看到汹涌的河水携带着无数被剥去皮的黄色木材流入北德维纳河；而到了秋天，汽车、马车甚至鸡都可以在它上面如同在陆地上自由穿行。

在德维纳河，不仅仅有上托依玛河这样的散放河流，这样的散放河流很多。假如任由所有散放木材从所有河流汇入德维纳河，那么春天时一艘轮船都无法通过，那时也未必能够完全控制流送并发往工厂。这时，大概所有的散放木材都冲到北海，一部分甚至可能漂到大洋去了。

经常会有部分木材挣脱人的控制。为什么会挣脱呢？

只因为树木不同，像人一样，它们彼此之间在进行斗争。

为什么树木会不同呢？这是因为，人们是用手把这些树木砍伐倒，锯断，滚动，剥皮。因为树木不同，人们对它们的加工也就完全不同。

很快就会用另一种方法来处理这些木材了，但眼下还都按照旧方法来做。距离上托依玛河注入德维纳河的地方不远处，一条从彼此紧密相连的树木中延伸出的小路，从一条河的岸边蜿蜒到另一条河的岸边。人可以在这条小路上自由行走，但是从高岩河岸上我们就会看到，有一道蜘蛛网似的隔离河水的拦木浮栅，很难相信这样的蜘蛛网能够抵御大量的、连绵数公里的散放木材的冲击。

这些蛛网——引导用的拦木浮栅在德维纳河上有很多，从高岩河岸上看去，人如果为了什么事在上面行走，那就像走在水面上一样。

把散放木材按等级分类的拦木浮栅有很多，但是这种阻止散放木材流入德维纳河的拦木浮栅叫作河绠①。

在河绠上某处的小亭子里会坐着一个最有经验且最勇敢的纤夫。他在那里等待着时机以便打开河绠上的闸门,并按等级把木材放行,将其流放到引导用的拦木浮栅控制的德维纳河的各个方向。

不同等级的原木分别集中在河绠的各个格栅里,马上就被编结成木筏,发往阿尔汉格尔斯克附近的工厂。

河绠——这种蜘蛛网——对于所有挤压它的大批散放木材来说显然是障碍。当然,这只是对于漂流在上面的木材而言。每批新到的木材会成为后续到来的木材的河绠。

因此就出现了这样的现象:仿佛用原木连接成的细细的蜘蛛网竟阻挡住了数公里长的、挤压它的散放木材。

但结果往往不是某根树冠含水量高的、特殊的流送木材——沉底木,而是最普通、最笨拙的木头在巨大的压力下潜入这水上"顶棚"的下方,并试图在水下漂流。

潜入水下倒是随意,但如果它比水轻,就会被拖到水面上来,那它怎么能在水下漂流呢?如果其他木头也想沉入水中,并且从下面排挤它,那它怎么能漂流呢?第三根、第五根、第十根木头也想沉入水中,一根在另一根下面潜下去,直到最深处,结果,大量的黄色木头从水面到河底塞满了整条河流,形成一个深深的大插垛。

我们亲眼看到,密集的木头在这深深的大插垛中移动着,就

---

① 河面上用原木连接成的浮栅,用来拦截流送的木材。

好像一只巨大的老熊通过大插垛渡过上托依玛河。

在深深的大插垛中常有这样的情况：上层木头在下层木头的挤压下开始到处竖起，结果全都直立起来，仿佛刺猬身上的刺。

北方白夜时分，当深深的大插垛中的木头开始竖起时，迷信的人会非常恐惧，即使不迷信的人也往往会害怕地注视着。在北方皎洁、寂静的白夜里，当这些粗大的木头，这些林木死尸开始一个接一个地站立起来时，果戈理作品中第聂伯河畔的那片可怕的墓地就会浮现在脑海中：半夜里，那儿的死人也是这样从自己的坟墓中站立起来[①]……

北方的深深的大插垛就是这样可怕！

假如沉底木是在靠近河绠的前几列木排中漂流，自然就不会受到后面漂流的木排对自己的冲击，它就会用自己下沉的、水分含量高的树冠轻易地推开前几列木排，潜入到河绠下面。

它就这样流入德维纳河，并遇到为区分规格而把各类木材分开的网状拦木浮栅。如果它能对付河绠，对付深深的大插垛，那么它就能在这里轻易地沉入用于分类和引导的拦木浮栅下面，突入到德维纳河自由的水域，想漂流到哪儿就漂流到哪儿，漂到大海，甚至大洋。

当然，更常见的情况是，沉底木通常不在前几排漂流，这时，就连树冠粗大的普通木头也想沉入水中。于是，沉底木就不得不长时间等待，直到河绠在深深的大插垛的压力下崩溃，树木撕裂引导用的拦木浮栅。

[①] 见果戈理的短篇小说《可怕的复仇》(1832)。

233

当河绠依次将各种规格的木材分散到德维纳河上已设置好的栅格中时,则不易被冲毁。这时,负责分类负责木材的纤夫就可以明白那个恣意妄为的木头的诡秘意图,让它去该去的地方。

但有时纤夫也会看错,有一次我们就见到过这种情况。现在我们可以在一座无人岛上结束我们那棵树冠被损坏的落叶松的故事了。

这事发生在北冰洋。

在浮冰的压迫下,我们的船只几乎迷航。我们偏离了去新地岛的航线。雾霭中出现了一片陆地,起初我们以为这就是新地岛。

但是,当我们驶近这片陆地时,立刻就明白了:这不是老的新地岛,而是一个新的岛屿,是人尚未涉足过的一片新陆地。

我们只看到一条窄窄的曙光光带,上面浮现出拥挤地站在岩礁上的大雁的密密麻麻的头的影子。长着人一样胡须的海豹从岸上跳进水里,避开了我们。

岛屿不大,我们绕着它转了一圈,希望发现一些人的痕迹。

极地小岛上一片荒无人烟的空寂,我们由衷地渴望找到哪怕任何一点儿人的痕迹。

远处,一头白熊在浮冰上漂游,这似乎带来一点儿人气:它妄自尊大、若有所思地蹲在雪地上,仿佛人坐在柔软的沙发上。

我们一声不响,用那种航海人的目光看了看它。当人们注视着什么地方,并默默地思考着那片芬芳土地的美妙和栖居其上的人的乐趣时,就会显露这样的目光。

就在这时,我们注意到了岸边那根剥了皮的原木,它仍十分新鲜,保持着像蛇一样的五颜六色。

这是一根被北冰洋的波浪抛出来的沉底木。

这是那个因为偶然受伤而成为人的敌人的恶魔。

但是现在，这让我们如何是好？这个处于石头、冰凌、大雁和熊之间的人的敌人仿佛在恳求我们承认它也是人……

我们从四周仔细地看了看这根木头，把它翻到另一面，于是那一面向我们展示出人的语言。

这荒无人烟的小岛是那么的可怕和空寂，就连简单的业务用语也让我们感到高兴和幸福：这根木头上仅有一个标记——"北方林业"。

第二十六章

当原木在流送河流的河口被河缆阻拦，在上层漂流木材的挤压下开始往下沉，并把河流一直到深处完全堵塞时，这部分被木材堵塞的河流就被纤夫们称为"塞子"。

火枪上用毡子做的塞子本来是紧紧地塞在火药上的：火枪上的塞子是用毡子做的，而河流上的"塞子"则是原木造成的。

有的"塞子"从河口向前有时长达几公里，深度直到河底。也就是说，上面每根木头要经受来自下面的巨大压力。这就是为什么在下面木头的强烈挤压下，上面的木头像密匝匝的鬃毛似的向上竖起。

自然，在这样的压力下，整个河缆不可能长久地维持下去。在这种情况下，纤夫们或许会齐心协力干起来，打开河缆的闸门，一面将木材分成不同的等级，一面按照拦木浮栅的引导将木材流送到德维纳河，这样河流堵塞就解除了。如果纤夫们漫不经心，这些"半死不活的人"拔锚而去，河绠就会崩溃，"塞子"从河口肆意地奔向德维纳河，就像发射之后真正的塞子从火枪里飞出去一样。

仅仅一条像上托依玛河那样的散放河流失控还好，如果木材从所有散放河流一下子同时倾泻而出，注入德维纳河，那该如何是好？

因此，整个北方的纤夫们都非常惧怕迅速来临的春天。

有多少惶恐，有多少焦虑，有多少逃避工作的多余人因为堵塞问题和好奇径直来到流送办事处。又有多少多余的话从这些好奇之人的口中冒出来，他们又出了多少各种各样的主意。而在这些人的内心深处，由于空虚无聊，时常像发生火灾时那样：这些无所事事的人暗中又希望火越烧越旺。

这是为什么呢？

在老人们的记忆中，上托依玛河还不曾有过那一年春天在河口形成的那样的堵塞。那时战争已经结束，两个孩子——姐姐和弟弟——在寻找父亲时曾出现在各地人们中间。

如今回过头看，好像当时人们谈论的只是孩子们如何和在何处流浪，甚至有些人坚决要求检查他们的证件，如果他们执意要漂流和在森林里穿行，那就拦住他们，让他们回家。

还有这样的传闻，说一个失去一只手的战士曾来到皮涅加那边的船木松林。这一传闻像海浪一样在人人间相传，或许不止一次又回到了最先从某某人那里听到、接着又告诉了某某人的那个人那里。

于是，这些传闻也在那些听到河绠有崩溃的危险、为了堵塞问题过河来到流送办事处的人们中间传开来。

办事处在每年初会点燃树脂，很多人来这里只是为了取暖，却假装是热情参与拯救河绠的工作。

这时，有一个不认识的外来人，好像是加拿大的制材指导，他比任何人都爱夸夸其谈。他与我们所认识的人的区别在于：我们通常不对外人讲一切重要的事情，而他却装出一副样子，似乎我们所有的秘密他全都知道，而且可以对一切做出结论，并且总能把大家引导到什么事情上。

他把一切都归结为：我们对林业一无所知。

加拿大，加拿大，有关木材的所有真理只有加拿大知晓。

我们这位来自拉依佐的会计员，一位世界上最谦逊的公民，一直久久地听着加拿大人说话，并且好像害羞似的带着温和的笑容低着头。但是显然，如此谦逊、腼腆的伊万·纳扎雷奇已无法再听加拿大人的话了。

"我亲爱的！"他说，"你总说加拿大的真理，可是在伐林这件事上有什么真理呀？如果在这件事上有真理，我们大家都按加拿大的方法伐林，那么谁又来植树和护林呢？"

"干吗植树呀？"加拿大人回答，"我们很快就转而利用煤了。"

伊万·纳扎雷奇慌神了，说：

"原来这样！"

他张口结舌，无言以对。

"原来这样！"加拿大人重复道，"你以为煤够人类用好久吗？能用的时间很短！不过那时也没有什么糟糕的。"

这时伊万·纳扎雷奇忍不住了。

"要知道,"他说,"煤也像森林一样,会耗尽的,会烧完的。那时又怎么样呢?"

"没有什么糟糕的,那时会转用原子能,这在自然界有非常多,以后的人们会嘲笑我们:为什么那么长时间地保护自己的森林而不砍伐。"

"原来这样!"伊万·纳扎雷奇还没有来得及从煤的问题上回过神来,又说道。

"就是呀,"加拿大人继续说,"因为胆小的人才抓住森林不放,森林成了一切落后的、各种因循守旧思想的存储器,它像老婆婆一样保守,我们越快消灭这种绿色废物,我们的生活就越自由、越好。"

"这不是办法!"伊万·纳扎雷奇说。

他突然发火了。人的这种情况就像森林里的熊一样:它正在浆果的根部挖着、刨着,突然感到有敌人,立刻直立起来。

"你说要伐林,"他说,"你这是在做梦还是由于过分聪明才这样说的?伐林可不是我们能干的事,这是我们的灾难。你,不对!你不是由于聪明才说这种话的。你应该明白:我们的力量存在于森林之中。我们整个地区的美景——船木松林——就在皮涅加河那边的森林里。在科米共和国,它已经被保护了三百多年。森林里的树木长得那么稠密,一棵挨着一棵,你砍倒一棵,它也不会倒向地面,而是倚靠在另外一棵树上,依然挺立。"

"你说应该伐林,"他问道,"你这是在做梦还是由于过分聪明才说的呢?"

加拿大人因为突然受到攻击而有点儿尴尬，惊慌失措地问道："为什么是做梦？"

"之所以是做梦，"伊万·纳扎雷奇答道，"是因为有些像你一样的人，随心所欲地说这样的话，抓住一点儿什么东西就直接放进口袋里。很多人放进口袋里并且信以为真，而之后却显示为梦。这样的话是谁说的？——这是做梦的人说的。"

"这怎么是做梦的人呢？"加拿大人问道，他还弄不清楚，对他的攻击又将来自何方。

"就是这样——做梦，"伊万·纳扎雷奇回答，"如果你把人类的灾难对我们说成是真理，并且吹嘘什么加拿大正在急于尽快消灭森林而开始利用煤，这怎么不是做梦？"

"你干吗发犟脾气呀？"加拿大人鼓起勇气问道，"你怎么回事？"

"我怎么能不为森林担心呀？"纳扎雷奇回答，"我们的力量存在于森林中。这你明白吗？"

"不明白。"加拿大人回答。

"我现在给你讲个故事你就明白了。在我们梅津河旁边的科米国中有一片船木松林，它是那么的强盛而美丽！每棵树都一模一样，树挨着树如此紧密，一棵树本该倒下，可是倒不了，它倚靠着另一棵树，巍然屹立，仿佛还活着。人们喜欢这片森林，决心保护它。老一辈人将自己保护船木松林的遗训传给年轻一代，这片森林的力量得以保存，真理得以卫护。三百年来，人们保护这片密林免遭斧锯砍伐。"

"这是迷信和保守！"加拿大人鼓起勇气说道。

"不是迷信，而是真理的力量，"纳扎雷奇回答，"我现在就给你说说。三百年来，人们保护着船木松林，这时从战场上来了一个失去一只手的陌生战士，他说：'论出身我是一个林业工作者，我对森林的珍惜不亚于你们。我是一个为苏联服务的战士，我知道，列宁说过并且嘱咐我们要说出真理，那么我们就应该将这真理对全世界说明，我们有这样的语言，对全世界说出真理的语言。'

这个普通的战士这样说着，人们思考着。他不是像我们这样对他们说，他的话不是梦话。

普通的战士善于言辞，人们思考后就决定把自己神圣的森林交出去。人们维护了三百年，但一听到关于真理的话，就在自身找到了舍弃的力量。

明白吗？强迫砍伐森林是我们的灾难，在这种情况下没有什么可高兴的。森林应该培育和维护，在森林里，人民的力量在成长，一旦时机到来，我们什么都不吝惜。"

伊万·纳扎雷奇这样说道，有人问他关于船木松林和包扎着一只胳膊的战士的事，但是他坐在自己的座位上，微笑着回应大家："我没有说什么多余的话吧？"

而人们关于船木松林和失去一只手的战士以及他的真理的话的议论，犹如大海的波涛，继续不断地翻腾着。

从州里来了一道命令：要守住上托依玛河河口的河缆，直到为了纪念北方光荣的游击队员贝斯特罗夫而命名的轮船抵达。命令很坚决："'贝斯特罗夫号'抵达之前，无论如何都不得打开河缆。"

既然州里的命令如此坚决，那么现在就谈一谈打开河缆的必要性。如果不听从州里的指示，只按照当地可见和不可见的自然规律行事，谁会为此承担责任呢？

州里做出如此坚决的命令，原因很清楚："贝斯特罗夫号"受命携带粮食到那些春汛时仅有一次机会能乘船到达的偏远地区，如果"贝斯特罗夫号"未能及时到达，那么在这些地区从事狩猎的人们整个季节就都没有面粉吃。

因此，"贝斯特罗夫号"无论如何都必须通过。

反对这一合理命令的只有一个人，他好像是纤夫的首领，负责管理上托依玛河的河缆。他要求立即打开河缆，并对引导拦木浮栅进行布置，让"贝斯特罗夫号"能够在浮栅中间自由通过，驶向上游。

当然，纤夫是对的，工作人员在办事处无论如何也看不到那些清楚表明自然灾祸正在临近的征兆，而纤夫预感到了这种灾祸，却无法用语言清楚地对那些人说明：因为较之生活的直接指示，那些人更善于理解命令。

掌管河缆的纤夫开始强烈地要求打开河缆，办事处则坚决决定按"原则"执行。

谁都可以，但伊万·纳扎雷奇无论如何都不会与州里的命令较劲：他什么都明白，可暂时一直保持沉默。大家也如此，一个看着一个，表面上大家似乎都赞成命令，可是都默不作声，唯独那个做梦的人发了言。

这样，通过那个多嘴多舌的加拿大人，办事处按"原则"执行了，虽然暗地里谁都没有真正的原则。在我们看来，只有管理河缆的纤夫有真正的原则。

此人是谁，竟敢和州里的命令较劲？

大家知道，这不是一个普通的人。

春汛中的流送河流是疯狂的河流，它奔腾着，要把所有森林里的水彻底排入德维纳河。这样的河流如同瀑布，森林中的骑手——纤夫有时会站在一根原木上顺着这样的瀑布飞驰，犹如草原居民骑马驰骋。流送木材上的纤夫真是好样的，就像在自己坐骑上的草原骑手一样。

当河绠彻底崩溃，散放木材被冲入德维纳河时，一群勇敢的纤夫在自己首领的指挥下，有的乘独木舟，有的站在原木上，将所有散放木材包围起来，一夜之间就全都捆扎好，用拦木浮栅围起来。

这样能干的首领就是河绠管理者。找到这样的人不容易，眼下要驾驭他也不容易。现在，站在他背后的是所有纤夫。这会儿他又打电话说：

"你们能长时间挡住河水吗？"

电话旁边的人什么都无法回答。

"他问什么？"加拿大人问。

"他问：你们能长时间挡住河水吗？"

"告诉他：'我们很快就放水。'如果他问：'很快是多快？'就告诉他：'很快就是马上。'"

电话沉寂了一会儿，但又响了起来。

"没有出息的男人！"制材指导说。

他马上对自己的话解释道：

"他们皮涅加人都这样没出息：保住河绠不会得到奖励，他根本就不明白自己为什么得到奖励；而一放水，河绠就被冲垮——不，惩罚这样的人又觉得可怜……他又在打电话，问问他要干什么。"

电话中说：

"打开河绠——这是最后警告：木头都竖起来了！"

大家冲到窗前，有几个人甚至跑出办事处。大家看到，在整个堵塞的黄色河面到处都是木头，确切地说，是木头支架。这时大家看到，这些木头突然无缘无故地急速竖起来，微微摇晃了一会儿就站稳了。

"木头竖起来了！"目睹这罕见的奇怪现象的人重复道。

人们迷信地悄声议论着河绠管理者：

"他好像懂得一些东西。"

这是实情：玛努依洛确实懂得一些东西。

现在，他正从电话亭的窗口注视着岸边小鸟用爪子写的字，注视着自己在沙地上做的记号，注视着漂浮着的蜘蛛，思考着，琢磨着。的确，老纤夫通晓一些东西。

他知道，一批批新到的木头对"塞子"施加压力的这最后一夜正在来临：这一夜，河绠再也坚持不住了。

什么事情让他觉得特别困难？为什么他心里感到如此沉重？因为他知道，他无法告诉人们并使他们相信。假如他用自己的话指出各种迹象，比如说鸟儿的字，大家只会嘲笑他，以为玛努依洛又在编造什么关于小鸟识字的新故事。

更让他感到压力的是，人们不想知道，他作为一个首领般的重要纤夫、河绠的管理者，也像办事处里的他们一样希望"贝斯特罗夫号"通过，而且他比他们更清楚，那些猎户多么需要粮食。他头脑里甚至形成了一个计划：如何做到既可以流送木材，又能让轮船通过。对他们来说，一切仅在于执行命令，而玛努依洛不想听从命令。

他不想听从命令不是为了自己，为了自己的什么利益，也不是为了他们平安无事。

他突然回想起他和那个中士一起住院时的情景。

"他叫什么？"玛努依洛回忆着。

想起来了——他叫瓦夏，他和他谈到了真正真理的问题。

"这才是我应该关注的，"他自语道，"这才是我应该为之服务的人。"

当与瓦夏的谈话转到现在与上司的争论的时候，他突然一切都明白了：他要听从而不是违抗命令，但他要有所准备，以防河缆今夜被冲毁。他马上吩咐纤夫们做好准备，这一夜要不眨眼地守在小船旁；情况虽危急但也曾遇到过——要把德维纳河里所有的散放木材用拦木浮栅圈起来，封锁住。

做好决定之后，他开心地从自己的窗口观察起留有鸟儿文字的陡峭沙岸来。

他看到蜘蛛迈开腿从水面爬到岸边，看到各种小昆虫漂游到救命岛上，一些微小的跳蚤和虱子漂浮着、跳跃着、爬行着，各展其技。

迎接这些生物的是一只美丽无比的小鸟，全身灰蓝色，胸前有一条黑领带，它纤巧、秀丽，尾巴长长的，脚细细的；它一直跑啊跑啊，在河边跑前跑后，直到必须停下来的时候；即便在一个地方站住了，但身体仍然在动，在细腿的支撑下晃动着，尾巴摇摆着。突然，一啄！用喙啄了一个来客。一啄！又一个。一啄! 第三个……它吃了很多,也捉了很多,既对自己有益,也对那些大量的昆虫无损。接着它又开始在岸边前前后后地跑起来。

显然,那些客人对此毫无办法,而所有这些小生物如此繁殖,就是为了供其他生物啄食,并且足够食用……

几只苍头燕雀也飞到这里,啄食起来,但是沙地上没有留下任何鸟儿的整齐脚印:根据这样的足迹——如同根据鹬鸰的足迹一样——就能够弄清楚德维纳河水涨水落的变化情况。

一只鹬鸰从早到晚一直在河边沙地上跑来跑去。一个脚印接着一个脚印,河边鸟儿的爪子就形成了一行真实的脚印。

涨水时,留下的脚印就被淹没了;鸟儿跑着又留下新的脚印,而新的脚印又被淹没:这说明河水在上涨。

淹没得很快,小鸟跑得也很快,这说明河水上涨得非常厉害。

要是河边没有鸟儿,看着脚印或多或少、或快或慢地从水里消失,那么由此可看出河水在或多或少地上涨。

鸟儿不知道有多少大大小小的河流注入德维纳河,它的工作只是迎接那些客人,并且从它们那里夺取自己的一份食物。鸟儿觉得,它仅仅是为自己工作,仅仅是为了自己啄食,结果它却是为大家工作。如果一条小河的水位升高了,德维纳河就会觉察到;如果降低了,它也能觉察到。所有这些都会通过奔走忙碌的小鸟的爪子在沙地上显示出来。

玛努依洛已近老年,但他总对一切感到新奇,并总是极力想弄明白:这是为什么?是出于什么目的?而一旦他弄明白了,就会把这件事当成真理,并且想说明这件事是有益的。而像加拿大人的那些人不想知道这些真理,他们只听从各种命令,而把他的真理当成故事，当成鸟的文字。

这一天结束得有点儿奇怪，比平时这个时候更加黑暗，比这个季节黑得更多。脚印甚至直接从小鸟的爪子下隐没了。

突然，玛努依洛明白了一切。

这是维切格达大河一下子完全涌入了德维纳河，现在河堰势必会在这一夜崩溃。眼看着就连鸟儿也不再跑来跑去，全飞走了。他必须跑去准备应对灾难，而且自己也要准备好：很少有不出人命就能拯救森林的情况。

这时，玛努依洛霎时间回想起自己曾给两个孩子送去一张字条，一直在等着他们，可不知为什么一直没有他们的音信。

所以当他离开去纤夫那儿工作时，他想着猎人们多半已经把孩子们带走了，并把他们送回了沃洛格达。

黑夜来临之前，他已有好长时间不再注视德维纳河了，而恰好在这段时间，或许就在这两个小时里，在德维纳河上发生了什么：一只闪烁着火光的木筏正在驶来。

第二十七章

北方高高的河岸叫高岩河岸。河水拍击着高岩河岸，自然也冲刷着它，将细小的微粒转移到另一侧低矮的河岸。

那处新淤积的河岸叫河岸洼地，那儿往往有令人心旷神怡的、鲜明夺目的茂密小草。早春时节，熊径直从熊窝里出来，喜欢在河边绿油油的草地上翻寻。

春天，我们不止一次地在高岩河岸上观望：小熊如何在另一侧的河岸洼地上徘徊游荡，长时间在那儿翻寻。我们周围的人们总在猜测：熊这么早在干什么？经过长时间的穴居生活之后，它能否给自己找到甜根当食物，或者用青草治病和清洗自己的胃？

上托依玛河的高岩河岸比周围的一切都高，况且上面还长着一棵十分高大的落叶松。很早以前，从这棵落叶松旁的地里长出一块巨石，而在这块石头旁边又延伸出一条通往下托依玛河的日常通行的小路。

这高处视野辽阔。每个过路人从肩上卸下背囊，在石头上坐下，高高兴兴地休息休息，望着泛滥的德维纳河，琢磨着自己的心思。

现在，在高岩河岸下面和另一侧的河岸洼地上，都有插进地里的拴着锚的锚桩，它们上面缚着绳索，以此固定在上托依玛河河口架起的河缆。河缆将流送木材的汹涌河水与宽阔的、貌似平静的德维纳河分隔开来。

世界上有不少大河，水量充足，水面宽阔，这自然而然使它们成为美丽的河流。但德维纳河之美在于森林之美。

啊，白夜！

透过白夜的朦胧夜幕看着这些森林，不知为何你会被远方的这些森林深深吸引，仿佛很久以前你曾经从那里走出来，可是怎么也想不起来，什么时候竟然把自己如此宝贵的东西忘怀了……

我们每个人的种种怪癖足够多了，难道还要把自己的这些怪癖例数一番吗？但是，请听，人们从高岩河岸沉思地凝望着德维纳河的林海，在互相议论着。

"你为什么老是望着那儿呀，"一个正在休息的过路人问道，"你在那儿丢了什么东西吗？"

"你猜着了，"被问的人回答，"我现在觉得，我好像把什么东西留在那儿了，把我最宝贵的东西忘在那儿了。"

人们彼此谈论着，因为人类之间的这些大战，德维纳河那边的森林正在遭受严重砍伐。不过还好，我们了解这种情况，并怜惜这些森林。全世界的人们都认为应该把森林砍完，但当把到处都砍光，把所有森林挥霍殆尽时，然后又醒悟了，就又开始栽种起来。

"我明白，"一个人说，"森林可以栽种和恢复，只是有的东西终究无法恢复。"

"你猜对了，我就是这样觉得。我好像把自己最宝贵的东西忘在那里了，现在很担心，千万不要再砍伐森林了，不要再毁灭我最宝贵的、永远无法恢复的东西了。你明白吗？"

"我明白，朋友，应该保护我们的森林。"

北德维纳河泛滥时，在白夜的静谧之中，你有时会觉得好像这不是自己行走在小路上，而是什么东西经过走了过去，而你自己还在这里，自己还活着，现在完全回想起了它们，于是它们出现了，但不是它们原来的样子，而仅仅是它们的幻影。

就这样，在北德维纳河的白夜，一切似乎都是虚幻的。

出现了一个年迈的、驼背的老婆婆，拄着一根大木棍，背着一个口袋，像其他过路人一样，她也坐在大石头上休息。坐好之后，她首先朝着德维纳河的方向望了望。

现在，大水都在一层网中。从高岩河岸的高处望去，为分类安置从河绶流放下来的原木而准备的拦木浮栅看起来就像一张蜘蛛网。

目光越过拦木浮栅，老婆婆在远方发现了一点移动的火光，于是把昏花的目光停留在上面。

"一只木筏在走动！"她寻思，"是纤夫们在煮粥或者鱼汤。"

她转向另一方向，在那边，上托依玛河的河水在流动中被长达数俄里、深度到底的黄色木材堵塞的河绶阻隔起来，像一堵水墙悬挂在德维纳河上方。

人们不断在小路上经过——有些人背着口袋，有些人提着篮子，有些人随便手持一根木棍。老婆婆自然觉得，这仿佛不是当地人路过，而是她的生活中经历的那些事物。

北方的白夜时分总是如此：孩子们、年轻人们自然都在梦乡，而年长的人则总在回忆和思量那些过路的人。

并非一切都能一览无余！曾有这样的情况：当你看到一根剥了皮的黄色大原木，不知为何目光就这样被它吸引，因为唯独这根原木毫无意义地直立着，而其他原木就像曾经在生活中的那样，而今已化为幻影。

就是此时，在白夜中，老婆婆觉得，仿佛一根黄色大原木在她眼中动了动，微微地跳动了一下，晃了晃，对她点了点头，又倒下了。

显然，老婆婆在自己的生活中还未曾见过这种情景，她暗自思量：这不是在河那边发生的，而是自己头脑混乱了。

老婆婆慢慢举起一只手,二指并在一起,以旧教派的方式用心地画十字为自己祝福。

而那边那根没有生命的原木不仅没有因为画十字而停止,反而向上一跳,吓唬一下老婆婆,就这样竖在那里,好像在威胁说:

"再画十字试试看!"

老婆婆刚试图举起手来,另一根没有生命的原木突然向上一跳,第二根、第三根也跳起来,就像死人从四面八方站立起来威胁着,站立起来威胁着……

这样,在堵塞河流的可视范围内,整个"塞子"都竖立起来。

当整个"塞子"像活人一样站立起来时,老婆婆清醒过来,她坚定地画了个十字,开始谛听旁边坐在石头上的人们是如何谈论这件事的。

人们说,这多半是维切格达河闹的,这条大河发大水了。另一些人则认为,这好像是本地一条来自上游的河流,从黑暗的云杉林中奔涌而出。

有人招呼道:

"瞧,往那边瞧!"

大家都转向德维纳河,老婆婆也把脸扭向那边,认出了先前发现的那点火光。现在能清楚地看到,这是一只燃着篝火的小木筏。它径直朝拦木浮栅漂来,在一条由两根捆在一起的原木搭成的通道旁边停了下来。两个孩子——一个男孩儿和一个女孩儿从木筏上下来,踏上浮栅,开始搬一些日常用品。

突然,片刻之间,天色变黑,白夜变成黑夜,乌云遮蔽了整个天空,孩子们消失不见了。

就在这时，集材场①上人们如此担心、害怕并多次议论的事发生了。

那深深栽在地里、盘着胳膊粗的绳索、由几个锚固定的铁锚桩不知为何突然从地里跳了出来，像个小人似的带着自己的锚和绳索，向河流奔去。

刹那间，河绠崩溃了，仿佛一声号令，所有的原木顷刻之间落入河水中，一大片黄色原木奔腾而去，涌入德维纳河。

用于引导和分隔的拦木浮栅又有什么用呀！所有准备好的东西，所有被人捆扎和连接在一起的东西，全都像蜘蛛网似的飞了！

乌云涌来，大雨如注，白夜变成黑夜。

看到深深的大插垛从人的手中冲了出去，大家都沉默不语，只想着自己要能顺利到家就好了。

绝不能说没有人想到浮栅中的孩子们，他们现在大概已经被大量的、威力强大的黄色原木卷走了。这两个孩子会怎么样呢？

不，无论如何绝不能说没有人想到孩子们，恰恰相反，每个人都在心里想过，对孩子们的惦记微微刺痛了每个人的心：能不能抓住点儿什么东西，助他们一臂之力呢？

就像溺水的人会抓住一根稻草，可是黑暗中连一根稻草都没有。再也没有人看到，黄色的原木洪流现在在什么地方奔腾，在摧毁和淹没什么东西。或许，孩子们像春汛时的小兽一样，抓住了什么东西，互相依偎着，颤抖着。

---

① 沿岸流送木材的集中场地。

不，无论如何绝不能说人们漠不关心。可是该怎么办呢？现在，每个人行走在湿滑的小路上，自己每时每刻都有可能跌落和飞往铁锚桩刚才飞去的地方，那铁锚桩就像孩子的玩具，带着自己的锚一起飞走了。

不仅如此！每个人的良心都在叩问：

"你自己为拯救这两个孩子做了些什么？"

似乎是为自己辩解，又好像要用这样的话责怪孩子们，对此每个人都回答说："你们是从哪里来呀？谁让你们在用来引导和隔离的拦木浮栅上走来走去？它们是为了工作准备的，而你们会因为淘气被冲入深渊的。"

就这样，每个人把所有的不幸归咎于孩子们，从而净化了自己的良心，一步步走回自己的家。在家里，他会因操劳而在温暖中酣然入睡，他的良心也将和他一起平静下来。

第九部
荒僻密林

第二十八章

尽管我们的森林幅员辽阔,但是如果其中哪怕有一个小村庄或者村镇,那么就算不上什么荒僻密林了。

当路过这密林的绿色林海边缘的村庄时,北方的人们这样说道:

"我们在经过最后一个村庄!"

这就是说,往后就只有荒僻密林了,那里除了公共小路以及猎人们的没有烟囱的小木屋和狩猎小路外,就再也没有村庄、道路和一丝人烟了。

当我们生平第一次经过最后一个村庄,踏入荒僻密林时,我们觉得似乎是向人类的起点走去。在那里,在密林深处,我们就明白,那儿正是我们心目中的边界:一边是森林、河流、树木、动物——整个大自然;而另一边则是自然界所没有的东西的开端——人类自身的起点。

当我们告别最后一个村庄时,在自己心中,就好像人与自己未曾经历过的事情真实地隔离开来;而当我们在荒无人烟的密林中遇到自然界所没有的东西的开端和人类本身时，我们则欣喜若狂。

严寒时分，在潮湿雪花迷糊眼睛的风暴中，经过在公共小路上的长途跋涉，一天夜里，我们来到一间没有烟囱的小木屋。我们在长凳上用手摸索了一下，在那儿找到了火柴和一捆细干柴，这是有人为另一个不相识的、在密林的严寒中冻僵了的人——像我们这样的徒步旅行者——准备的。

当木柴炽热地燃烧起来，连石头都变得发烫并开始将温暖传递给别人的时候，你自己会怎样呢？

你高兴的原因不是烧热的石头，而是另一个人在惦记着你，并在这温暖中将自己的善意传递给你。

烟犹如黑暗的天空，从上而下降得越来越低，上面的烟也越来越温暖；而你坐在长凳上，心里对先前惦记你的人的深切感激之情油然而生。

之后离开时，你自己也会为不相识的人准备好细干柴。此时荒僻密林的精神如同人本身的精神一样展现在你面前，无需多大力气，为像你一样的人准备些木柴，这看来就是这种精神的起源。

我们之所以觉得荒僻密林那么美好，想必是因为被森林所吸引。在人烟稠密的地方，我们对一切都习以为常，对善意也不再留心；而在荒僻密林中，你会为任何微不足道的小事而表示感谢，而仅仅出于对木柴、对火柴、对没有烟囱的黑暗木屋中炽热石头的红色"眼睛"的感激，你也准备做些什么……

卫国战争结束时，在荒僻密林前面的最后一个村庄里，一个老婆婆向上帝祈祷,她点燃了星期四的蜡烛[①],用粗糙的老手遮着烛光,绕着整个村庄转了一圈。

在最后一座老房子旁边,有一条通往荒僻密林的公共小路,这时,一个陌生的过路人在小路上等待着拿蜡烛的老婆婆。这个上了年纪的人有一双蓝眼睛,蓄着大胡子,他正准备去密林。他停下来,对老婆婆感到惊奇,问道:发生了什么事?为什么她忽然想要点起蜡烛,绕着整个村庄转一圈?

"告诉我,"老婆婆答道,"你的圣名叫什么?"

"老大娘,"过路人回答,"我的名字叫奥尼西姆。"

"是这样的,好心人,"老婆婆既亲切又严肃地说道,"一个可靠的消息传到我们这里。请摘下你的帽子细听。"

老婆婆的语气那么严肃又那么亲切,使得过路人立刻摘下帽子倾听起来。

"你是不是想说,"他问道,"我已经听说了,现在正急于将这个消息带回到荒僻密林去,对人们说:听说战争已经结束了。"

老婆婆什么都没有说,缓慢地向过路人鞠了一躬,他也按照老规矩深深地鞠了一躬,戴上帽子,沿着小路向密林方向走去。

[①] 在东正教的习俗中,"星期四的蜡烛"又称"福音之火",人们在复活节前的星期四晚上彻夜祈祷、诵读第十二节福音时点燃蜡烛,以表达对救世主的感恩之情。老婆婆听到战争胜利的消息,遂点燃"星期四的蜡烛",表示对救世主拯救人民于战火的感恩之意。

第二十九章

这荒僻密林是多么敏感!

它像辽阔而荒凉的草原那样敏感,在那儿,新消息从一个商队传向另一个商队,从骑马人向骑马人飞传。

这荒僻密林又像大海那样敏感。在海上,只要一个波浪一滚动,就对另一个波浪诉说些什么;而在密林里,一根小树枝对另一根小树枝悄悄说些什么,于是越传越远。

风儿在云杉上刚一掠过,战争结束的消息很快就在原始森林各地传播开去:从皮涅加到梅津,并在无边无际的托博斯克原始森林继续传播开去。

荒僻密林如此敏感,鹿蹄只要踩一次青苔,第二年春天,就会在蹄坑边缘长出别样的、好看的小草,而另一只鹿看到小草就会明白:去年春天这儿也曾经有一只鹿来过。

森林里的白色脚印大量减少了,在公共小路上咯吱咯吱响的冰凌——雪下面结的冰凌——几乎完全消失。现在,只有在许多胡乱堆放在一起的、折断的树木下面,在这些无法通行的"羊驼背"当中还有真正的雪,但即使"羊驼背"中的雪毕竟也有些融化,这雪正化为春天流送的河水。

荒僻密林如同我们的普通森林,春天都会发生变化,但总有这样那样的不同。

当你行走在我们的森林中,途中各种树木立刻在面前变换起来，有时你甚至觉得，似乎是自己站在那里，而云杉、白桦、松树、山杨、橡树、椴树、接骨木、刺柏不断从身边掠过。

而在荒僻密林中，云杉只要一开始出现，你就得在云杉林中走上两星期。你的脚陷入金发藓中，而你的头脑却幻想着生长着松树的干燥丘岗，在那儿脚不会陷入长长的苔藓之中，而是走在白色、干燥的驯鹿苔上，如同走在地毯上一样。那儿不像在云杉林中，树木的干树枝互相纠缠在一起，而是清一色的高大树木，密密匝匝地耸立着，互不妨碍；那里的树木甚至根本就不会倒下，如果有的树木即将结束自己的生命历程，它也不会倒下：它摇晃一下，就倚靠在另一棵树上，仿佛活树一般屹立着。

你这样在金发藓中走上一星期、两星期，一直琢磨着这片神奇的船木松林。在那里，你不会像在金发藓中那样陷下去，相反，高大、挺拔、整齐的树木会把你向上举起……

最令人惊奇的是：你确信这片神奇的、童话般的船木松林就在荒僻密林中，某个时候你肯定会去到那里。

在我们有人居住的森林里，春天时布谷鸟会飞来，这时姑娘就要数着自己到出嫁还有多少年。

可怜的姑娘！你只考虑自己，而且这样理解春天：布谷鸟飞来仅仅是为了告知少女的幸福。

在荒僻的密林之地，在广袤的荒无人烟之地，布谷鸟从早到晚不受干扰地鸣叫着。不论你在密林中走多远，春天时你总会听到布谷鸟的叫声。

这是因为布谷鸟在飞行过程中将声音传递给另一只，使声音传得越来越远，越来越深入密林中。

你迈着有节奏的步伐吃力地走着，一直谛听着布谷鸟的叫声，觉得自己仿佛不是在走路，而是在计算时间。

这样的夜莺！这样的歌声和这样的姑娘！此时正计算着地球——我们生活的星球的寿命。布谷鸟不是为姑娘，而是在为我们整个地球计算着：生命还剩多少年？

第三十章

皮涅加河有两个源头起源于荒僻密林：一条是白河，一条是黑河。

白河发源于荒凉的沼泽，那里生长着长势不好的矮小的松树。沼泽里这片长着小松树的地方被称为明亮的针叶林沼泽。

白河就发源于这明亮的针叶林沼泽。

黑河则来自幽暗的针叶林沼泽，那里的沼泽中生长着弯曲多节的云杉，活像某个手持扫帚的凶恶、讨厌的丈母娘，虽然有时候也像带着礼物的慈善的老婆婆。你踏着这幽暗的针叶林沼泽向那个慈善的老婆婆走去，脚下的土地剧烈地颤动着，你开始明白：不是慈善的老婆婆拿着礼物等着你，而是那个讨厌的丈母娘装成了慈善的老婆婆。

黑河就发源于这幽暗的针叶林沼泽。

之所以称之为明亮的针叶林沼泽，大概是因为里面生长着喜光的松树；而之所以称之为幽暗的针叶林沼泽，则因为里面生长着耐阴的云杉。

从明亮的或幽暗的针叶林沼泽涌出的小河是否就是原初的那条小溪呢？看起来可笑的是：这条活泼的小溪冲向树木，把它底下的土掏空，冲倒，直接让它倾倒在自己身上。

你觉着这看起来可笑，是因为回想起了青春时代的自己：当时也是毛毛躁躁，总想为好人做点儿善事，可实际上总是自讨苦吃。

小溪离开母亲——针叶林沼泽越远，树木则长得越壮、越粗、越高；而小溪的灭亡看来越来越近了，因为大树横七竖八地堆在小溪身上。

然而在山里，往往是被小溪从下面冲刷的整块巨大岩石倾倒在小溪上。看上去好像小溪完全消失了，但你很快就会看到它又从岩石下面奔涌而出，于是你明白了，最沉重的大山也压不垮活泼的小溪。荒僻密林中的树木也是如此。森林里，树木堵塞了小河，可它在树木底下只管不停地奔流着，而且把越来越多的树木冲倒在自己身上。这由倾倒的树木堆积而成的"羊驼背"渐渐变得有些平整了，上面覆盖了一层苔藓，长满赤杨灌木，而在它下面深处，看不见的小河在潺潺流淌，喁喁低语。

谁知道需要多少年才能形成"羊驼背"，才能让某个聪明的过路人决定走下公共小路，越过"羊驼背"，抄近路到河对岸去。

为了缩短长距离的绕行，这个不安分的人不久前刚从公共小路上拐下来，用斧头给自己开辟了一条穿过茂密的灌木丛到达对岸的道路，越过了"羊驼背"。

在那个陌生人之后，我们认识的那个留着大胡子、有一双蓝眼睛、名叫奥尼西姆的人也走过这条道路。他发现了这条新开辟出来的越过"羊驼背"的道路，于是就拐了上去，心想：

"真是个聪明的人,既为自己缩短了路程,又为人们做了善事:现在这条公共小路肯定要按照他的足迹拐弯了,越过'羊驼背'从小河上面过去。"

奥尼西姆就这样越过了"羊驼背"。突然,他在苔藓上发现了人的足迹。

这是荒僻密林,不是我们人所居住的森林!难道有人会将自己的注意力耗费到别人的足迹上:形形色色的人在我们这儿的林中道路上来来往往难道还少吗?

别人的足迹与自己何干?一个人沿着林中小路来到我们这儿,他吹着口哨,环顾四周的景色。他为什么要低着头,观察自己脚下别人的足迹呢?

在荒僻密林中,如果向四周观望,大概只能看到林冠中的亮处:在道路尽头之前,这森林难道还不分开来吗?这亮处难道不预示着将有长着白桦的林中空地和公共小路上供人休息的长凳吗?

在荒僻密林中,人最思念的是人,他害怕不祥的事情,但是希望忘却坏的事情,希望这样生活……

这就是为什么在荒僻密林中人们不惜去留心发现自己道路上别人的足迹,发现之后就寻思:这是谁能走在他前面,又去了哪里呢?……

奥尼西姆就这样饶有兴趣地仔细观察着足迹:在苔藓上留下了人的足迹,但是要辨别出究竟是什么人走过——一个人还是两个人,男人还是女人——却弄不清楚。

当过路人从"羊驼背"上走过时,隐藏在"羊驼背"下面的河流岸边有被冲刷得很干净的沙子,再远一些就是刚刚发出绿芽的茶藨子灌木丛。

恰好就在"羊驼背"旁边的沙滩上有两对人的脚印：一对大些——奥尼西姆猜想是男孩儿的，另一对小些是女孩儿的。

奥尼西姆还发现，如果小的那对脚印是女孩儿的，那么她自然会沿着沙滩转向茶藨子灌木丛，折下一根树枝，嫩芽的芬芳会令她十分欣喜，她会追赶上自己的同伴，将茶藨子树枝递给他。在小女孩儿的影响下，他或许刹那间就陶醉于茶藨子迷人的芬芳之中，但是，他突然发现了令男孩子更感兴趣的东西——一根像蜡烛一样笔直的稠李拐杖。他把茶藨子树枝扔在自己留下的脚印上，用斧头给自己砍下拐杖，一会儿工夫就用小刀把它收拾干净了。

奥尼西姆心想，这大概是某个猎人的孩子：母亲发生了什么事，于是他们出来寻找父亲。这在密林里是常有的事。这些小猎手有时甚至在树上刻上自己特殊的、比其他人低一些的记号。

从"羊驼背"上绕行能缩短三俄里的路程，而且通向回程的渡河地点，绕过另一个"羊驼背"就能到达公共小路。这时，在旁边的沙地上又出现了孩子们的脚印，在旁边的一棵树上刻有小路的旗号——由四道砍痕组成的"乌鸦爪"！奥尼西姆在这里停住，对着这著名的旗号沉思起来。

第十部
自己的小路

第三十一章

有些人说,好像世界上没有幸福,也不可能有幸福。

"如果每个人,"他们说,"不得不同自己的生命告别,那么人在生活中会有什么幸福呢?"

你去和这样的人理论吧!

我们说:

"这苹果挺好!"

他们却回答:

"好什么呀,放上一星期不就烂了?"

我们反驳说:

"你别让它烂了呀,从窗台上拿来吃掉。"

"我怎么去拿,"他说,"要是放在别人家窗台上呢?"

你试试吧,和这样的人这么一聊,说不定所有倒霉事都归结到别人家窗台上。

"谁在世界上生活得快乐?"对这一问题,我们简洁的回答是:

"谁从事自己的工作，而且这工作是他所喜欢的，对别人是有益的，谁就生活得快乐。"

然而，即使对如此简洁而清晰的解答，那些把苹果放在别人家窗台上的人却说：

"喜欢的工作！去试着做点儿自己想做的事吧。有益的工作！试一试得到人们的认可吧。"

随后又开始诸如别人家窗台上的苹果这类车轱辘话。

这一切都是因为不想朝自己的幸福前进一步，而这种将生活掌握在自己手中的努力似乎很困难。

为什么我们现在仍在谈论这个问题呢？

我们之所以谈论，是因为手头有个好的例子：我们的玛努依洛正是做了这样的努力，径直朝自己的幸福跨出了一步，而且确实很幸运，经过一番努力之后，他终于得到了自己的小路。

我们之所以说起这件事，是因为人们很少有自己喜欢的事情会得到一致认可。

这就是为什么我们现在回忆起玛努依洛走向自己幸福的一切步骤的原因。

我们离开他的时候，河绠被冲垮了，他组织起来的那些纤夫：有的跳到浮运船上；有的跳到小舢板上；有的正好处于水流中，手持钩竿站在一根原木上，被卷入漩涡里。

当纤夫们正在把上托依玛河对面德维纳河里的一批剥了皮的木材圈起来时，一部分木材顺着德维纳河向下托依玛河漂流，与逆流而上的"贝斯特罗夫号"轮船相遇了。"贝斯特罗夫号"的船长本人也是皮涅加的纤夫，他立刻就明白了：上游处的纤夫们正在把木材圈起来。这些木材是从他们手里冲出来的,所以必须马上把这些木材圈起来。于是全体船员跳上舢板。在圈木材时,船员们发现了木排上的孩子们以及他们带着的所有东西,就立刻把他们送到了下托依玛河。

在上托依玛河的玛努依洛完全不知道孩子们的情况。他并不担心他们,因为他相信,他们早已返回沃洛格达了。

这天夜里,他把木材集中起来,还需要三天进行分类。干完纤夫的工作之后,他怀着一颗真诚的心,乘坐公家的冰上雪橇,朝一百俄里之外自己的家乡——鹤乡驶去。

他应得的幸福立刻在鹤乡燃起熊熊火焰。

无须再说"贫农"集体农庄的同村人是如何接纳玛努依洛的。他说"贫农"这个名称已经过时,如今完全不合时宜。这番话是对的,在他走后很快得到了证实:到处传来关于富裕生活的消息,报纸上,甚至一些小报上都开始从方方面面反复论述新的经济思想——富裕生活。就在周围的所有集体农庄,甚至所有单干户都在嘲笑"贫农"时,玛努依洛带着加里宁关于农庄的名称、关于可以让猎人在自己的小路上为集体农庄工作的指示回来了。

"你们要说什么,"开会时玛努依洛问道,"如果我们的集体农庄叫……"

"喂,喂!"农庄主席催促他说,"时代在变,我们自己也要随着时代改变。现在我们已不像以前那么糊涂了。你敢说你去加里宁那儿了?"

"敢说?"玛努依洛问,"你们要敢想,我们要叫'富人'集体农庄。如果我们这里的贫农变成了富人,这没什么不好。"

有人反驳说：

"怎么能这样呢，我们刚把有钱人赶跑，如今又把这个名称揽在自己身上？"

主席对此回答说：

"我们并没有把这个名称揽在自己身上，而是让集体农庄采用：我们想的不是个人致富，而是让农庄受益，让农庄富起来。"

"为什么不是个人？"玛努依洛问道，"如果集体农庄富裕了，那么我们个人也就富裕了。如果为农庄做了好事，农庄作为回报奖励我，这有什么不好？"

这时可能有人心想，不仅应该接受玛努依洛连同他的小路加入集体农庄，而且还要给他奖励。

抛开各种各样的想法，皮涅加人全都清楚地意识到，富裕的农庄会让大家的日子变得更好过，"富人"这个名称非常好，非常聪明。

"'富人'就'富人'吧，"主席高兴地决定下来，"有觉悟什么都不妨碍！"

在这次会议上，人们一致接受玛努依洛连同他的小路加入集体农庄，而且还提出奖励玛努依洛两袋黑麦面粉，让他即刻就可以在自己的小路上安顿下来。

就这样，玛努依洛获得了自己的幸福：在自己心爱的小路上为自己的集体农庄工作。

他是幸运的。

第三十二章

在寻找幸福的途中,玛努依洛在自己的小路上差点儿命丧树下。既然人们已经认可了他,甚至还奖励了他面粉,那就把面粉扛回自己的小路吧!

在清澈的皮涅加河上驾着平底船运送面粉十分轻松,而沿着注入皮涅加河的科达河逆流而上,当河水还很清澈时,感觉也不错。但是,当上游开始堵塞时,航行就变得越来越困难了。上游那边林木茂盛,连水都无法自由流动,凶猛的春水怒气冲冲地把树木冲倒,从此岸到彼岸,一棵接着一棵倒成一片,像一座座桥。这种情况下,不仅要使劲划桨让小船前行,还要用斧头为小船开辟道路。

或许往往如此:寻找自己的幸福是困难的,要承受这种幸福也很不易,不易到我们中间还不曾发现真正幸福的人。

玛努依洛获得的幸福不易,而且他从不计算获得幸福要耗费多少力气。他这是从自己的父辈、祖辈、曾祖辈那里继承来的——为了好处从不吝惜和计较自己的力量。

"豁出去了!"

在河里砍树开道要比前进消耗更多的力气,这种情况下,玛努依洛选中了一条通往密林的林间小路,把面粉和其他食品扛在肩上,分批搬到自己挂着"狼牙"旗号的小路上的宿营木屋。

他搬呀搬呀,把所有东西搬进了自己小路上的宿营木屋,对耗费的力气从不计较和算计。

对这座宿营木屋我们也没有什么好看的：这样的小木屋一个人短时间内就能建成。玛努依洛挑选了森林里一处比较稠密的地方，以便把树木砍伐之后，容易把细树枝收集在一起。他建好这座宿营木屋后，又盖了一个小房子用来储存粮食和毛皮。为了欺骗老鼠，这个小房子建在一种特殊的支柱上。老鼠沿着这种支柱就像沿着墙壁一样一直向上爬，可是，在通往粮食储藏室的途中突然突出来一部分，对我们来说，这突出的部分就如同天花板，老鼠无法转头向下，于是只能返回，或者干脆就掉下去了。

所有这些椅子腿、桌子腿都是用这样的"蘑菇形"制作的，大概是看到这样的点子，讲故事的老人才为我们打造了自己的"鸡腿小屋"。

就这样，玛努依洛干脆扛着两个口袋爬上梯子，把自己的宝贵面粉放到这间高脚储藏室里。他还在储藏室上面用木板建了一个防雨屋顶，两侧是斜面，还有盖板。

玛努依洛满怀善着经营的快乐和猎人的愉悦心情安排好这些事情之后，就开始了自己喜爱的工作：带着猎枪、斧头、刀子和一缕套森林野禽的马尾，前往自己的小路。他打算在天黑之前赶到位于小路尽头的另一座辅助性小屋，就在那里过夜，第二天再返回自己的宿营木屋。

他想挽回过去这段时间小路上的各种疏漏，以便秋天时重新开始自己喜欢的营生。

盼望的生活就这样开始了：一个猎人来到自己的小路；就像在村子里一样，每个人都想从自己的邻居讲起，而如果来自荒僻密林，就要说一说离自己最近的树木。如果没有人，那离你最近的一棵树就好像你的亲人。你第一次懂得，树木同样生活着，只不过它们是向上、朝着通向太阳的道路生长，而你在它们中间可以走向四面八方。它们矗立不动，而你却在它们中间行走，一只小刺猬和你作伴，一只老鼠在陈年老叶中间发出沙沙声响；有的地方出现一只鹿，有的地方来了一只熊，还有各种动物……

瞧，两棵从小就相识的杉树在小路的两侧比肩而立，一个人勉强可以从它们中间穿过。

一棵树伸出一根大树枝直指小路，它想给其他树让路，就站着不动，让其他树过去，用树枝示意道：

"请！"

另一棵树也客气地想让路，同样用像手一样的树枝示意道：

"请！"

它们就这样久久地站在原地不动，趁它们互相客气时，人、熊、鹿就从它们中间穿了过去，一只兔子一瘸一拐地蹦了过去，一只狐狸也悄悄地溜了过去。

如果从宿营木屋开始走这段路，那么恰巧就在这棵树旁边——在右边——有一棵小杉树，那是它的女儿。这个女儿的身高加上树梢也不过两人高。现在，恰好在这棵小杉树上有熊咬过的新鲜痕迹。

玛努依洛一发现新的咬痕，立刻停下脚步，认真思考起来……

真是煞费心思呀！

根据猎人们所熟悉的熊的咬痕情况，这看上去是秋天熊卧在窝里时做的记号。

玛努依洛认为，熊在最近的杉树上留下咬痕，是为了来年春天量一量，看自己一冬天长高了多少。但是，对它来说，春天伊始往往是艰难时刻：它并不总能一下子就把堵塞在熊窝洞口的东西推开。就因为这种讨厌的事情，它常常忘记春天时要量一量身高。

最终，当熊把堵塞的东西推开时，春天让一切有生命的东西感到如此愉悦，就连熊也顾不上记住过去的事情和预想自己躺在窝里又长高了多少。

这样，春天时这只熊就忘记了操心和牵挂的事，于是一切重新开始！

但当玛努依洛看到小杉树上秋天时熊留下的咬痕后，就犹豫起来……

既然小路上的这只熊是最危险的邻居，怎能不犹豫不决呢？啄起被逮住猎物的老鸦当然有危害，不过老鸦容易被打死；而熊总是把小路上的猎物搜罗一空，自己却不受到任何惩罚。

现在，该如何摆脱这危险的邻居呢？

正因为这样，玛努依洛自从踏上自己小路的第一步起就犹豫不决起来。

当然可以把熊打死，但是根据曾祖辈通过血缘遗传给玛努依洛的信息，那就是在自己的小路上要尽可能不要过分地与熊斗争，不是用子弹，而是用明智的语言制服它。

"大力保佑！"玛努依洛小声说。

于是，猎人一面思量着这个不怀好意的邻居，用敏锐的眼睛注视着整个森林里的情况，一面沿着祖先踩出来的古老小路继续前行。

第三十三章

直到傍晚，玛努依洛才来到小路尽头自己那座辅助性小屋。

生好火炉，小屋里黑烟弥漫，疲惫不堪的猎人在黑烟的笼罩下刚刚入睡，突然一只睡鼠在墙壁后面轻轻咳嗽了一声。

在荒僻密林中，猎人们认为这是一种兆头，如果睡鼠——一种类似松鼠的有条纹的小动物——咳嗽，那么这往往预示着坏天气来临，就是说将有风暴，下雪或者下雨。

玛努依洛现在并不害怕恶劣天气，但是这种与这小动物咳嗽有关的、令人讨厌的事情立刻在他心里唤起不快的回忆：他从宿营木屋出发来小路时，忘记把搭在有支柱的储藏室上的梯子收起来。

本来把储藏室建在特别的高高支柱上，中间又带有突出部分，就是为了让狼獾无法弄到粮食，而他却好像故意似的为狼獾搭上了梯子。

让玛努依洛感到安慰的是，狼獾有点儿怕人，一闻到人的气味就不会爬梯子了。

玛努依洛就这么思量着刚刚睡熟，突然，睡鼠又咳嗽了一声，于是他又想起了熊的咬痕：如果这只熊能爬上梯子，那家伙可不怕人，那么集体农庄奖励的面粉可就倒霉了——熊爱吃面粉。

"它不敢!"玛努依洛心想。

他刚刚安下心来,睡鼠又咳嗽了一声。

但是第二天早晨,天气比任何时候都好。春天的小水洼周围结了一层清晨寒气形成的霜花,太阳在这严寒之中升起,不是那种柔和的、暗红的,而是令人心旷神怡的、金色灿烂的阳光。太阳升起,如同一个能干的、有着清晰头脑和意识的人起床了。

现在,人好像也精神饱满地起床了。但当玛努依洛刚刚起床,刚刚往自己脸上泼了把冷水,可恶的睡鼠又咳嗽了一声。

"大力保佑!"玛努依洛小声说道。

于是他沮丧地沿着自己的小路向宿营木屋走去。

我们认为,玛努依洛在自己的小路上大概觉得有些郁闷,正因为如此他心里才产生了迷信的念头。

坦率地说,玛努依洛当然不会像老太婆那样沉溺于迷信。但是他不也像以前走在自己的小路上那样,现在他觉得这条自父辈就有的老路如今似乎不是自己的,他好像走错了,不是去他想去的那个地方。

因此他走在自己的小路上感到有些郁闷,又因为一切都原封未动、没有任何变化而感到不快。

瞧,那两棵恒久不变树木,它们仍站在原地,互相让路,装作一直伫立不动的样子。

这是怎么回事?

玛努依洛在惊异不安中愣住了。

在两棵树之间有两块白色斑点,好像有人背着一袋面粉走过时蹭上的。

玛努依洛用唾沫把手指弄湿，把那种白色物质从树上收集起来，尝了尝——原来是面粉。

两棵树之间的越橘丛好像被穿长筒暖靴的大脚踩倒了一些，在雪下越冬的深绿色叶子上，从一片到另一片留下弯弯曲曲的一道白线。

玛努依洛立刻又收集了一些白色物质，尝了尝。

"大力保佑！"

越橘丛上也是面粉。

现在一切都清楚了：一只熊像人一样抱着一袋面粉，两条腿站立着走过，大概这只熊的指甲把袋子弄破了一个小洞，面粉从小洞里漏出来，在越橘丛上留下一道痕迹，颠簸时漏得多些，行走平稳时就漏得少些。

面粉不停地漏呀漏呀，那可是集体农庄奖励的面粉呀！

玛努依洛本想跟随面粉奔向熊去的地方，并且已经给猎枪装上了弹药，用通条压了压；但是，他突然改变了匆忙的计划，从自己的小路跳到了一旁。

决不能让自己的足迹把熊的足迹毁掉。

他只得绕到一边，仔细观察足迹：那个不怀好意的邻居是走过一次，还是拖走一袋面粉后回来拖另一袋面粉，又走了一次？

足迹表明，那只熊只走了一次，只弄走了一袋面粉，它不可能一下子抱走两袋。

现在一切都清楚了：熊把那袋面粉弄到了不太远的地方，它尽情吃够之后，就把剩余面粉埋在了苔藓里作为储备。夜里它会沿着自己的足迹返回去拖第二袋面粉，那时就能在储藏室里碰到它。在留下白色面粉记号的两棵树之间,要用软铁丝做个圈套,以防万一。

就这样,玛努依洛绕开邻居的足迹,回到了自己的宿营木屋。

或许这些事情并不是自己个人遇到的,而是发生在密林中,在整个广袤的密林中,并且从最久远的时代,从曾祖父和曾曾祖父那时起,人传人地留在了记忆中。

是啊,什么事没有发生过呀!

甚至还有过这样的事:一个坏人爬进存放毛皮的储藏室,随手卷走了所有的东西。然而敏感的密林让犯法的人露出了马脚,根据留下的踪迹他马上被处决了。在敏感的密林中,这种可怕的事情人人皆知。当人们经过公共小路时,就四下顾盼,指给你看被处死之人的尸体上面那棵倒下的大树干,就好像指着一座可怕的纪念碑。

这棵被风摧折的大树干曾经傲然屹立,而随着时光流逝如今已经长满了青苔,活像一只用后脚站立、熊掌高举的大熊。在公共小路上,这样连根带着一大团泥土倒下的树木有很多,然而这样像熊一样的庞然大物却未曾见过,所以大家都知道它。但是,这棵引人注目的树干突然倒了,而干枯的、被锯断的树干仍旧在地上躺着。

每个过路人自然会问:这棵树是谁锯断的?是谁推倒的?为什么把它推倒?

敏感的密林对每个人回答道,这是密林的法则:在树干之下躺着侵夺别人劳动果实的人,每个违背这密林法则的人,必定会遭遇和躺在树干底下的人一样的命运。

几个世纪以来，密林中什么事没有发生过呀！但是像一只熊攀上人用的梯子钻进储藏室，并且抱起一袋面粉拖回自己窝里——这种事在密林里似乎从来没有过。

难怪睡鼠整夜都在咳嗽：因为整个坡形屋顶都一根木头、一根木头地被拆掉了，盖板也被扔到一边。不过最让玛努依洛受刺激的是，自己竟忘记把梯子收起来，而熊却没有忘记。这个邻居比人还聪明，它不仅把梯子推倒，而且还拖到一边，把它拆掉了。

它也不需要更多的面粉了，第二袋面粉就扔在了光秃秃的灌木丛下。此时这个坏邻居有点儿疏忽了：它以为既然自己已经走出了熊窝，那么树木也应该"穿上了衣服"。可事实是这样，在光秃秃的灌木丛中，白色口袋从远处看得清清楚楚。

熊因为丰富的意外收获而做蠢事还情有可原，然而人——一个猎人——竟然忘记把梯子收起来，并且发现自己比野兽还愚蠢，这是不可容忍的。

玛努依洛的福气似乎从他的小路上跑掉了，他气得比任何野兽还厉害。

第三十四章

每当在我们的大多数由灌木丛构成的家庭园林中看到花楸树时，不知为何总会感到欣喜。春天时，它们像头戴白花的新娘；秋天时，它们结满红红的浆果，宛如和睦家庭里的善良的母亲。

为什么花楸果是苦的？要知道，就是我们的整个一生，如果活得太久，说实在的，也不是十分甜蜜的。

这就是为什么在森林中遇到花楸树时我们多半会感到高兴，因为我们在它身上认出了自己。

最初的严寒降临时，鸟儿从四面八方飞到花楸树上，有各种鸫鸟、煤山雀、山雀、交嘴雀。

人们把鸟儿轰走，也赶来采浆果，并总是愉快地互相说着同样的话：

"多么好的严寒呀！瞧，就连花楸果也变得多么甜啊！"

花楸果有什么甜的呀！可是人们就是停不下来，并且按照自己的想法让苦的花楸果变成了甜的。

当你在森林里与花楸树相遇时，大概就是因此而高兴：就像你所认为的，花楸树的花与果和我们人类生活的花与果，不知为何在某些方面特别契合。

然而在北方的野生密林中，如果在云杉林的厚实的金发藓中与白桦树意外相遇，我们人的内心所激起的情感要比看到花楸树时强烈得多。

我们说的不是那种在沼泽地的酸性土壤中自然生长的弯曲多节甚至也不白净的白桦树。

我们说的是那种白净的白桦树，那种肯定是在人类付出劳动的地方成长起来的美丽的白桦树。

每当遇到这种白桦树时，我们总觉得它是像人一样的生物，好像一个陷入自己痛苦中的人，对谁都不会说出自己的秘密，只是对着大地喃喃低语。因此，小白桦树长大了，白白净净，总在期盼着什么人，好将自己的秘密悄悄地告诉他。

曾经有个非常善良的人沿着洛达河河岸来到梅津广袤无边的森林，当时他已十分疲惫，想休息休息。

这个过路人坐下来，陷入沉思。突然，从一棵高大树木的树洞里飞出一只白里夹杂着黑的鸭子，并且带着一只小鸭子从树洞里的巢中飞到水中。

这只鹊鸭把自己的十二只小鸭子都带到了水中，把它们全都聚集在自己周围，突然——再见吧！——自己消失在水中。这时，它所有的儿女也都潜入水中去寻找母亲。坐在岸边的那个人非常惊讶：过了好长时间都没有一只鸭子从水中露面。当然，那个人觉得时间长是根据自身的情况判断的，并且按照自己的想法，将人的善心在某种程度上转移到在水中寻找母亲的可怜的小鸭子身上。结果，它们全都精神饱满而愉快：按照鸭子自己的时间，母亲露出了水面，所有的小鸭子也一个个地出现在了不同的地方。它们都看到了对方，认出了彼此。母亲按照鸭子的方式发出信号，孩子们叽叽叫起来，游到一起。然后，母亲又让大家在水中泡了一会儿，就把它们带回了树洞。

"真棒！"那人大声说。

接着他开始干活儿。

他砍倒几棵树，做了一个带靠背的长凳。这个好心人不辞辛劳为那些喜欢在这里休息的人安排了一个很好的场所。

在北方，这种在公共小路上为过路人休息安置的长凳叫作"亭子"。

行走在密林中的金发薛上并不容易，但是往前走就知道，那儿可以歇歇脚。走在公共小路上的并不是一个人，当然，前面后面都有人在行走。一个人坐下来休息，在他归置东西、准备烧开水时，又有一个人来了，或许不止一人，而是还有更多……

这就是为什么在北方密林中这些用整根树木做成的长凳叫亭子①，因为人们坐在上面休息时就开始互相交谈起来。

就是这个来自广袤森林的蓝眼睛、浅色胡子的人以前在洛达建成了这个亭子。

很多年以后，一个白胡子的人来到此地，认出了这个地方，感到非常高兴，而特别令他惊奇的是，在他砍倒云杉的地方竟然长出了几棵漂亮的白桦树。

这样的情况在北方总是发生，大家都很清楚：那个人走之后，就在云杉林中长出一棵白桦树取而代之。但是，这件事只是其一，还有另一件事：在金发藓中走过一段艰难的路程之后，竟会和家乡的白桦树相遇。

这是一个古老的民间故事：皇帝有一对驴耳朵，这件事谁也不敢对其他人说。但是有一个仆人忍不住了，就俯下身来，对大地小声说出了这个天大的秘密："我们的皇帝有一对驴耳朵。"于是就在这个地方长出了一棵树，它向皇帝俯身，对他小声说道："我们的皇帝有一对驴耳朵。"

这则在古希腊人人皆知的故事流传很广，从一个人传到另一个人，从一个民族传到另一个民族。当流传到我们这里的时候，在我们的故事中，因为人的悄悄话而长出来的那棵树就变成了白桦树。

---

① "亭子"俄文是"беседка"，其词源来自"беседовать"（交谈）。

如果大家都看到，在针叶林中砍倒一棵松树或一棵杉树，之后长出一棵白桦树取而代之，那么这棵树怎么会不发生变化呢？

如果在密林中，白桦树总是在人的旁边生长，并且在公共小路上的所有亭子旁边参与敏感密林的悄悄絮语，那么这棵树怎么会不变成白桦树呢？

有的人克制不住，对大地小声说出了秘密，那么瞧吧，它，白桦树，站立着，向亭子俯下身来，用自己的语言小声诉说着什么。

密林是多么敏感！既然发生过有关鸭子的事，现在每个过路人也都知道这只鸭子了，于是就坐在亭子里，不时地看一看树洞，希望鹊鸭飞出来，给自己的孩子们洗浴。

与自己的亭子相遇，过路人感到十分诧异。他惊奇地看了看白桦树，心想，三十年来，这些白桦树听了多少有关人的各种秘密呀！

他刚一想到这些，突然，从科米方向的小路上传来说话声：

"奥尼西姆！"

他看了一眼，高兴地答道：

"你好，西多尔，你到哪里去？"

于是两个人小声交谈起来。

我们无须知道这个西多尔是什么人：他曾经是梅津的一个老猎人，当任何一阵风穿过密林时，他就像风中的树枝，向四处摇摆，好与别的树枝窃窃私语。

经常有这种情况：当你透过木屋的玻璃窗向外观望时，你听不见任何风声，觉得这些树枝好像是活的，摇摇摆摆，低头弯腰，高高扬起，随之又低垂，像是在热烈交谈。

而当人们互相传递各种消息时，我们觉得这些树就好像我们自己。

不！在敏感的密林中，从一端到另一端，到处都有人的气息，行人们参与其中，如同风中的树木摇晃着自己的树枝。

以前，有个人砍了一棵杉树做长凳，于是就从那人的斧头下长出了几棵白桦树。

如今这几棵白桦树伫立在长凳后面，谛听着。对它们来说，谁在说话是不是都一样？

白桦树听到了说话声，密林里好像来过两个小孩儿。

"西多尔，你记得带钟楼的亭子旁边那口没有盖盖儿的水井吗？"

"那里挂着一个椋鸟笼子，一只椋鸟代替助祭工作。"

"正是那个亭子。"

"怎么会不记得呢，为什么椋鸟会飞到那儿去？"

"椋鸟在叫，但问题不在这里，有人把水井盖上了：不知是谁用树皮缝了一个盖子，把井盖上了，而在下边有些小脚印。"

"我也看到公共小路在'羊驼背'上拐了个弯，有两个人过了河，在对岸的沙地上留下脚印：一个男孩儿和一个女孩儿。"

"对，对，两个小孩儿在走。"

"嗯，"西多尔说，"就是这么回事！"

西多尔向奥尼西姆俯下身去，四下打量着，低声细语地和他说起了什么秘密。

两个猎人是不是又聊起了皇帝长着一对驴耳朵的事？

白桦树全都听到了。

早在春天时，一个吊着右胳膊的军人就踏着雪来了。

他像拥有权力的党内人士那样，拿出自己的公文，稳坐在位置上。

我们和他有过一次关于密林的激烈争论，他要求砍伐松林做飞机面板。

"可是，"我们说，"我们的祖辈曾向上帝祷告，我们子辈在上帝面前起誓，决不砍伐松林。"

他却回答我们：

"力量不在祖辈那里，而在真理之中。"

"那什么是真理呢？"

他回答：

"真理不在口头上，而在事业中。目前我们的事业就是战胜敌人，而这事业就要求我们做出牺牲。"

他把胳膊放下来，那只手摇晃了一下。

"不只是我一个人这样，"他说，"我们这样的人成千上万：有的人失去了胳膊，有的人失去了腿，有的人算幸运，把整个生命都献了出去。而你们却维护着祖辈的遗训。我们牺牲胳膊、腿和整个生命，而你们却维护着树木。"

他还说道：

"我们国家所有的老老少少紧密团结起来，要向全世界说出真理的语言，那是真正的语言，而不是我们的空话。"

人们问他：

"这是什么语言呢？"

他回答说：

"我们还没有活到那一天，但我们一定会活到那一天。这是什么语言，我们现在还无法说清：我们只应该以我们生活的真理帮助真理的语言问世。"

我们无法抵挡这些话语，不管愿不愿意，都在公文上签了字。人是各种各样，但公文是一样的，大家都签了字。

"你也签了？"

"我亲爱的！瞧，那条人行小路弯弯曲曲，你说，谁沿着它追踪过猎物？"

"很多人！"

"这很多人中也包括咱俩！"

"显然包括。"

"对呀，但的确看不到咱俩，看不见你在哪儿走，我在哪儿走：因为只要一个人走过，就把咱的痕迹都抹掉了。问题就在于：不是你，也不是我，而是有一个人走过。当然，我也签字了。"

"你也签字了！"

"这挡不住我拯救密松林的路。

人们悄悄告诉我，猎人玛努依洛去见了加里宁，为自己的小路辩护。于是加里宁准许他留在自己的小路上。我想，我也有自己的小路，我就像是我们密松林的守卫者。加里宁也会准许我留在自己的小路上。于是我就去见加里宁。"

"怎么样，结果如何？"

"我刚一走出密松林，刚刚赶到皮涅加，并说明了自己的事情，大家就嘲笑起我来：世界上的活人在大量死去，而我却去莫斯科为死去的祖辈求情。

一个聪明人给我讲了这样一个寓言故事：

'你们，'他说，'在科米那儿，那些养鹿人会明白我的寓言故事。当一群家养的鹿走过，在小路上遇到了一只野鹿……这时会怎么样，你知道吗？'

'知道，'我说，'家鹿会把那只野鹿领到主人那里去，野鹿就成了自家的了。'

'那你知道吗，要是一群野鹿遇到一只家鹿会怎么样呢？'

'知道，'我说，'野鹿会把那只家鹿领到自己群里，家鹿就和它们一起变野了。'

'就是呀，'聪明人说，'你自己就是一只野鹿，孑然一身，你想让一整群鹿，甚至更多——世界上的一大群鹿，放弃自己对人类的职责，然后跟着你去密林为树木效力。'

瞧，他们多么了解我们祖先的信仰：崇拜树木并服务于树木。他们这样说：'你们这是异教残余。'

听了这番话后，我一下子明白了。我甚至想到：既然大家把我们祖辈的遗训都忘记了，那么加里宁或许认为我就像一只昏头昏脑的野鹿。我自我嘲笑了一阵，就原路返回了科米。

我胆怯了，可怜巴巴地转身往回走。我觉得，如果我们忘记了父辈的真理，我们如何能胜利呢？我们的事业不在树木之中，而在真理之中。我就这样非常惶惑不安地走着，走到最后一个村庄。

当我从最后一个村庄经过时，看见一个老婆婆正兴致勃勃地走遍整个村子。我等了等，当她与我走齐时问道：

'老大娘，这是怎么回事？'

'孩子,'她回答,'高兴吧,战争结束了,我们胜利啦!'

我的心立刻剧烈地跳动起来。当然,我不知道这是不是真的,应不应该相信,但反正一样,我一切都清楚了。"

"你知道我们为什么打仗?"西多尔问道。

"知道,"奥尼西姆回答,"我们是一群鹿,为主人效力,而野鹿想把我们带到野鹿群里。我还知道很多很多,我甚至知道全部的真理,但是我说不出来,我没有那样的语言,我是哑巴。"

"那谁知道这样的语言呢?"

"等一等!"奥尼西姆小声说,回头转向白桦树,他听到白桦树后面传来人的脚步声。

来的是个猎人,他们立刻认出了他:这是来自山姆村的季莫菲。他一面休息,一面讲述了密松林的新闻:一只熊来到"狼牙"小路,从玛努依洛的储藏室里偷走了一整袋面粉。玛努依洛在树木之间悬挂上软铁丝做的圈套,熊落网了。

"你亲眼所见?"大家问季莫菲。

"当然,"猎人回答,"死熊挂在两棵树之间,熊的鼻子上沾满面粉。玛努依洛气得脸色发青,激动地对它说:

'你这只熊,你有自己的家——你暖和的毛皮。

我没有招惹你,也不想招惹你。

你的皮不值钱。

你很危险。

你为什么想从我这儿抢面粉呢?

你这个坏邻居!'

他对我说:

'你把它弄走吧,季莫菲,我送给你啦。我不需要它。'

'我在密松林中带着一只熊能往哪里去呀。'我说。

我没有拿。"

西多尔问道:

"你有没有听说战争已经结束了?"

"没有,"猎人回答,"没有听到的事情我不会说;我没有听说战争的事,而熊我是亲眼看到的,挂在两棵树之间的套子里,已经死了,鼻子沾满了面粉,全是白的。"

人们又坐了一会儿就分开了:西多尔去了科米;季莫菲是皮涅加人,就去了皮涅加;那个不认识的猎人对西多尔说:"在'乌鸦爪'我就追上你了。"随后就开始给自己煮茶。

关于真理的没有完结的谈话留给了白桦树,它们等待着,或许新的人们到来会说出关于真理的新的语言。

第三十五章

玛努依洛在自己的一生中并不是第一次在自己的小路上用活套逮熊的。但是从来没有过这样的熊——整个鼻子一直到眼睛都沾满了面粉。

这一次,玛努依洛对熊并不特别充满敌意,于是他就对熊讲起话来,看来是对熊进行教训,而为自己加以辩解。他对熊说,如果熊饥肠辘辘,在小路上逮些猎物充饥,那么没有一个猎人会说什么。他说,好邻居反正都是好邻居——不论是人还是熊,但是怎么能原谅熊如此粗鲁地偷窃集体农庄赠送的面粉呢？

玛努依洛没有忘记提醒熊，无论如何他也不想招惹它，而且和它争斗又有什么好处呢？它的皮不值钱，猎获不值钱的皮，还可能丢掉自己的性命。

"你为什么，"玛努依洛坚决地问道，"占据我的储藏室并把它毁掉？"

活套里的死熊什么都不能回答。玛努依洛专注且略带深思地看了看它，又注意到熊的鼻子是白色的，一直到眼睛都是面粉。

别的猎人也常常有这样的情况：他迎着风朝野兽爬去，用稠密的灌木丛遮挡着自己。野兽蹲在林中空地上，什么也没有听见，什么也没有看见，以至于开始感到寂寞无聊——生命的烈性仅存一点点儿，它像人一样，马上就无聊地打起哈欠来。

当人按照自己的心思去理解野兽时，多半会萌生对野兽的怜悯之心。

正是这种心情使玛努依洛有点儿不安：野兽到他那儿做客，没有碰到主人，忽然想享受一下主人的面粉的美味：这又何罪之有呢？

既然它的表情如此和善，又那样无缘无故地死了，那白鼻子仿佛在微笑，那为什么叫它野兽呢？

是玛努依洛在沉思中心生怜悯和软弱起来，还是另有什么事情使他不安呢？

我们认为，怜悯之心是有一点儿，但并不软弱。当季莫菲来了，并拒绝把熊带走时，玛努依洛把刀好好磨了磨，用熟练的手法剥了皮，把熊皮撑开风干，把冬眠时积存下来的脂肪全部炼成油,又熏制了火腿。

干完这些事情之后,就该在自己小路上的木屋里睡上一觉了。可是,无论玛努依洛怎样辗转反侧,怎样想在狭窄的长凳上安顿下来,就是毫无睡意;甚至相反,他似乎觉得迄今他好像睡了整整一生,直到现在才醒来,正在回忆梦境。他觉得,他在睡梦中好像走在自己的小路上,而且梦中在自己小路上所经历的一切,都合理而正确地安排在现在的人行大道上。

或许,玛努依洛的这种全新感受不是由于软弱,而恰恰相反,是由于强壮,就像一个婴儿,当母亲在自己幽暗的肚子里怀着他时,每一步都要保护着自己,但孩子在成长,他感到憋闷,于是就诞生了。

玛努依洛曾经这样生活着,他总觉得,好像世界上没有比在自己的小路上逮鸟、给所有人讲令人惊讶的真理更幸福的事了。这真理就是:生活就是快乐。

可不知为什么他突然睡不着了,梦中在自己的小路上发生的一切以新的意义转移到了一条大道上,而玛努依洛本人则像婴儿一样,从母亲幽暗的肚子里来到了世界上……

首先他回想起了孩子们先后在"羊驼背"和河边沙地上留下的脚印:一行脚印直走,另一行脚印拐向一棵幼芽饱胀的茶藨子。显然,当时小姑娘折了一枝茶藨子,给了走在前面的小男孩儿,而他却把树枝扔了。

现在他一下子弄清楚这小男孩儿和小女孩儿是什么人了,这正是米特拉沙和娜斯嘉。河水泛滥时,他把他们留在了红鬃岗。他们没有回来,和他走散了,这就是他们。他们要去哪里也弄清楚了：这是他的朋友维谢尔金的孩子，他们去船木松林寻找父亲了。

遮挡眼睛的黑暗雾霭仿佛突然散去，走过的路上一切都清晰起来，他甚至看到，正是那两个孩子、各种动物、自己的小路上砍在树上的记号转向了大道，在那里以新的方式将注意力吸引到自己身上，这就具有了新的意义、新的猜测和新的理解。

"国家机密"也是一样，以前他不许自己思考这种事，不过现在他突然明白，对任何事情，无论如何也不能禁止自己去思考，思考这个问题并不妨碍任何人。

当米哈伊尔·伊万诺维奇·加里宁的办公室里那个不同寻常的大门在他面前打开时，他心里的这种隐秘想法便油然而生。对一个普通人来说，克里姆林宫里的随便什么东西都会吸引他的注意，玛努依洛自然也注意到了这些东西，但他最关注的是这个大门。

这个大门的厚度比最厚的谷仓门还要厚十倍，甚至二十倍。但是，它在开启和在活页上转动时很灵活，没有一点儿声音。看到这种大门，猎人最初的愚蠢想法就是有关国家机密的问题：这样的大门就是为了谁也听不见从里面传出来的任何消息。正是这种想法让玛努依洛心里很不是滋味。这种情况他也遇到过：有时候如果禁止自己做什么事，玛努依洛就会坚决地对自己说不可以，于是头脑自然而然就不再想这件事了。在我们这儿，玛努依洛并不是唯一会遵守严格禁忌的人，这可真奇怪！你试一试禁止流水冲刷河岸，而人却自我禁止做什么事，并且不再一个劲儿地去想这件事……

当然，谁知道呢？也许他还是用自己独特的方式去思考，但是，如果他什么都弄不明白，那对此又能说什么呢？

这个大门就好像国家秘密的预告一样嵌入了玛努依洛心中，而这预告是如此真实，以至于后来玛努依洛的所有想法、所有梦想如同森林中的低吹雪似的围绕着遇到的树木纷飞。他就这样在自己的一切闲谈中预先感知了国家秘密，而且一直坚守着自己的诺言。

现在，当他从自己的小路踏上一条大道时，禁止思考在克里姆林宫与加里宁会见的想法突然消失了。真的，在这儿，在密林深处，为什么不默默地、按照自己的想法特别思考一下那扇沉重的大门在他身后轻轻关闭之后在加里宁的办公室里所谈论的事情呢？

这间办公室里一切都看上去那么朴素，玛努依洛对此并不感到惊奇：因为从童年时代起，他在北方从未见过任何显贵，也未经历过任何奢华。如果加里宁这里是朴素的，那么到处都是这样，并且也应该这样。大房间的远处，在后墙旁边的台阶上放着一张高桌，桌子后面坐着个子不高的米哈伊尔·伊万诺维奇，完全是报纸上经常登载的那个样子。看见玛努依洛进来，他站起身来，但并没有因此而显得高许多。加里宁立刻明白是谁来了，站着整理好自己的一些公文材料，有的卷起来，有的折起来塞进公文包里，用一根细绳十字形捆好，然后从台阶上走下来。米哈伊尔·伊万诺维患有疾病，大概这天禁止这位老人工作，下面另一张桌子上放着一盘苹果作为一整天的食物。这一整天的苹果多半已说明，为什么主席会有时间与猎人交谈。

当加里宁迎着客人沿着台阶走下来时，玛努依洛在中途站住了，于是加里宁用手招呼他到放着苹果的桌子跟前来，他说得那么随意，就好像在打谷场上似的：

"来呀，玛努依洛，别胆怯！"

他向他伸出手，让他坐下，正对着苹果，他自己则坐在对面，在苹果后面。

"我很奇怪，玛努依洛，"米哈伊尔·伊万诺维奇说道，"你们那儿在全国已成为富裕生活的一面旗帜，可你们的集体农庄却叫'贫农'。皮涅加人还以自己的贫穷而自豪。你对这件事有什么要说的？"

"我已经对叶戈尔·伊万诺维奇都说了，"玛努依洛回答，"可他只会记录。我说，贫穷会自己到来，不要拒绝讨饭袋和监狱。但是以贫穷自夸，并且标榜为旗帜，这毫无益处。他们说，你有自己的小路，你觉得挺好，那把自己的小路交给集体农庄，你就理解贫农了。我说，我可以把小路上的全部收入交给集体农庄，但我不会交出小路，谁也不能使用我的小路，祖父、曾祖父就是这样教导我的，这是我的本性。"

"好样的！"米哈伊尔·伊万诺维奇说道，"我自己也是这样，也是带着自己的小路加入集体农庄的。"

在讲故事方面富有经验的玛努依洛立刻明白了，米哈伊尔·伊万诺维奇说出了自己的寓言故事：他和其他人一样，也是带着什么东西，而不是空着手上任的。

玛努依洛这样暗自思量着，竟想得出了神，以至于从口袋里掏出一把东西，突然回过神来，想把它放进去。但是，米哈伊尔·伊万诺维奇发现了。

"这是什么?"他问道,"是你从皮涅加带来的瓜子?"

"不,"玛努依洛不好意思地回答,"是从莫斯科市场上买的。"

"嘿,"主席高兴地笑了笑,说道,"请客吧!"

自家人!但是,是自家人又不像自家人,他本人并没有拿自己的苹果请客。

玛努依洛本来有些见怪,但他的想法马上又转移到别的事情上。

"怎么会这样?"玛努依洛心想,"关于自己的小路这一寓言故事会有什么结果呢?"

他刚想直截了当地问问这件事,米哈伊尔·伊万诺维奇突然问他:

"请对我说一说,玛努依洛,你们在北方的生活怎么样?森林怎么样?森林里禽兽多不多?"

"森林里的野兽相当多,"玛努依洛答道,"鸟儿在歌唱,只是人和森林都因为战争遭了殃:森林被弄得乱七八糟,锯子也把人害苦啦。"

米哈伊尔·伊万诺维奇突然想在与玛努依洛的谈话中休息一下,于是幸运就落在了后者头上。玛努依洛开始讲述一个很长的故事:以前北方的伐木工人是怎样的能手。一个将一生都奉献给斧头技能上的伟大能手,每天可以砍伐并加工一百立方米的木材。但后来在皮涅加出现了锯子,两个没有文化的妇女,就是模样也没有任何特别之处,一天也能处理七十五立方米的木材。现在,因为战争出现了不少自由的妇女。而且还需要考虑,人们开始奖励男女中的优秀工作者：如果奖励一个男人——他有时会变坏，而奖励一个农妇——她会更好地工作。这样一来，锯子就完全取代了斧头技能。

"嗯，可锯子对森林有什么坏处呢？"米哈伊尔·伊万诺维奇问道。

"坏处就在于一切都一个样，爷儿们和娘儿们，斧头和锯子，大家都只忙着挑选高大树干，而把树梢扔掉。这些废弃物就会霉烂，蛀虫就要蛀蚀健康的树木。"

"那该怎么办呢？"米哈伊尔·伊万诺维奇问道。

"您知道得更清楚，米哈伊尔·伊万诺维奇，"玛努依洛回答，"如果可以，请告诉我，您知道。"

"是的，我知道，"加里宁说，"战争必须结束！"

听到这句话，玛努依洛哆嗦了一下，回头看了看门口。

米哈伊尔·伊万诺维奇理解了这个普通人和他全部的"国家秘密"，就用和普通人谈论这些机密的那种声音悄悄说道：

"你暂时嘴要严一点儿……"

接着他就小声说出了"秘密"。

正因如此，玛努依洛才禁止自己去思考在克里姆林宫的会见。他清楚地知道，如果给思想自由，那么思想必然会变为故事，随后一定会出现某个朋友，你可以向其倾诉一切，那么这个故事就难以控制了。

米哈伊尔·伊万诺维奇只说了一点：再过一个月，战争就会结束，我们终于战胜了德国人，那时候，大家会完全用另一种声音来谈论保护森林的问题。

"玛努依洛，"米哈伊尔·伊万诺维奇问道，"你告诉我，你们那里还有没有完全没遭受过砍伐的森林？我本人是在森林里成长起来的，我们特维尔的森林是多么好啊！而我半生在监狱里度过，半生在管理国务，有时候我会被一种未曾见过的森林吸引。那里有不受惊扰的野兽在行走，自由的鸟儿在歌唱。"

"在我们皮涅加，"玛努依洛回答，"森林全被采光了，弄得乱七八糟的。但是在无边无际的森林里更远一点儿的地方，有一片船木松林。"

"等一等。"米哈伊尔·伊万诺维奇打断了他。

他拿起耳机，吩咐拿茶和食物来。玛努依洛又斜眼望了望大门，看着它怎么开启，又怎么关闭。那样的大门！

"好吧，你说船木松林，那你说说怎么去那儿？它是什么样子？你吃啊，我的朋友，你随便讲吧。"

玛努依洛完全忘记了国家的大门，就像平时那样讲了起来，为了显得比较真实，他还根据自己的意思，一边有节奏地摇头晃脑。

玛努依洛从遥远的地方讲起：
"黑河和白河两条姊妹河，
黑河较快流入皮涅加河，
白河妹妹也奋力急行。
北方有只小鸟，有两只小爪。
小鸟在黑河岸边跑来跑去，
小河奔流，沙地上留下一行爪印，
这是黑河岸边一天中的一段场景。
白河水涨了，小鸟也在跑来跑去。

但白河边的每行爪印却消失在水下。

这都是因为黑河姐姐走得太快。

所以白河走得更快,想赶上姐姐。"

"可以继续吗,米哈伊尔·伊万诺维奇?"玛努依洛问道,"您在听吗?"

"很好,"加里宁回答,"我非常喜欢。玛努依洛,你是诗人!只是请告诉我,你要带领我到哪里去?"

"我要带领你,"玛努依洛回答,"先到皮涅加。

那儿,高岩河岸上有一座修道院。

乘行十五俄里到达不了——

但可以看得见!

超过十五俄里——

一切都清晰可见!

河水流向高高的河岸,

下方航行着五角形浮运船,

上面是绿油油的草地,

人们在草地上割草。

河岸那么高!

悬崖和峭壁!

红色和白色的山岗:

白色山岗——烧制石灰,

红色山岗——给孩子们做口笛。

水中有很多鱼,

有鲢鱼,鲢鱼有大个儿鱼子。"

"您在听吗，米哈伊尔·伊万诺维奇？"

"我亲爱的，"米哈伊尔·伊万诺维奇答道，"你是真正的讲故事的人！"

因为这句夸奖，玛努依洛有点儿不好意思，说道：

"不，米哈伊尔·伊万诺维奇，你错了，这就是我的做事方式，我本人由衷地想说出真正的真理，我这么说是为了让大家倾听并相信。"

"真正的真理！"米哈伊尔·伊万诺维奇重复道，"可你知道什么是真正的真理吗？"

"知道，"玛努依洛回答，"就是这样的话。"

他看到米哈伊尔·伊万诺维奇一副惊讶的样子，就详细地讲起他和维谢尔金一起住院时的情况，以及维谢尔金如何在撕下的日历上读到的早在上世纪就预言了的话：俄罗斯要向全世界说出新的语言，这语言就是真理。

"原来如此！"米哈伊尔·伊万诺维奇不知为何高兴起来，问道，"你自己知道这句话吗？"

"不知道，"玛努依洛回答，"我哪里知道呀？试试不受罪：突然什么时候有机会——我就告诉你。那您知道吗？"

"知道或许是知道，"米哈伊尔·伊万诺维奇回答，"我倒是从各处听到：一切都向这个方向发展，全世界都在议论和平问题。"

"这就是真理的语言？"

"这还不是全部的真理——全世界到处都在谈论和平，可全世界在打仗。当真正的生活建立起来时，我们说话的时候就到来了。"

"什么是真正的生活？"

"共产主义！"米哈伊尔·伊万诺维奇回答，"但我们还是回到原来的话题上来吧。你现在给我讲讲那片有野兽行走、鸟儿歌唱的船木松林。"

"谁知道啊！"玛努依洛犹豫起来，"船木松林现在也许没有了，这件事是我的错。"

"这是怎么回事？"

"是这样，维谢尔金虽失去了右手，但他的心里燃烧着火焰，即使没有手，也想为我们的事业服务，于是我就把无边无际的森林中的这片树林告诉了他，说那里的人们像景仰圣地一样景仰着它。他回答说，谁要想对上帝祈祷，那他到处都可以祈祷，而树木反正都会因为蛀虫或者火灾而毁掉。于是他就想到：他们说，我们急需这样的树木做飞机的面板……"

"唉，你呀，失算了，玛努依洛！在我们的时代，这种禁止采伐的密林应该受到保护，没有树木的地方就要植树，我们能找来做面板的东西还少吗？！请问，这片船木松林有什么特别好的地方？"

"什么好的地方？"玛努依洛说，"好就好在这里：民间常说，在杉树林里要工作，在白桦林里要娱乐，而在松林里要向上帝祈祷。"

"那有什么关系呢？"

"船木松林里就是这样，那里的树木非常茂密，甚至一根杆子都砍不到。一棵树紧挨着一棵树，全都是金银财宝。一直到最上方，你连一个枝杈都看不见，所有的树木都一直向上长，不知怎的你也被吸引着向上升起，只要你一准备好，立刻就能飞走了。下面则是白茫茫的驯鹿苔，那么干干净净。当你双手向上举起想要飞走时，双脚却发软。你就像跪倒在白色的地毯上，感觉非常干燥！苔藓甚至咯吱作响。你跪着，大地就会把你向上举起，你就好像被托在手掌之上。"

"唉，玛努依洛，"米哈伊尔·伊万诺维奇摇摇头说，"你为什么要把这些告诉这个维谢尔金呢？"

"我刚才说，人想要飞，可是不得不跪倒。您自己要是看一眼维谢尔金，那您就不会坚持了，他显得那么有道理。我自己比任何人都更想去那里，去这片密松林。当我一听到维谢尔金的话，那密松林就像神话般地出现在我面前。为了真理我把自己的密松林贡献出来了，米哈伊尔·伊万诺维奇，您也做出了贡献吧？"

"不用说我，"米哈伊尔·伊万诺维奇说道，"我对待自己生活的态度就如同你对密松林的态度：半生蹲监狱，半生忙于事业。只是，如果还不晚，你还是要找到维谢尔金，并代表我小声对他说……"

"说什么话？"玛努依洛问道。

"不是你所想的那样的话，而是近似的话。我们正谈论'全世界的和平问题'，战争就要结束，接着就会开始'和平'的话题。你还不能完全正确地理解我的意思，但你马上就会明白。在你们的小路上，每个猎人都刻着自己的旗号。你父亲在自己的小路上给你留下了什么样的旗号？"

"我们的旗号是'狼牙'。"

"那么，在全人类的道路上树立的旗帜可不是'狼牙'，而是'全世界和平'，这将是我们整个联盟的旗帜。"

谈话到此就结束了，玛努依洛发现，米哈伊尔·伊万诺维奇开始思考其他事情。但当他正要离开的时候，他一下子想起了告别时要询问的这个问题。于是玛努依洛问道：

"关于我们的谈话，米哈伊尔·伊万诺维奇，足够我思考一辈子了。只是我斗胆问您，您当时说的关于自己的小路的事：这是一个寓言故事，还是早先时候你们那里的猎人也在小路上捕猎？"

"是寓言故事。"米哈依尔·伊万诺维奇一边站起身来，一边回答，"我是一个农村孩子，和老爷家的孩子们交上了朋友，那些孩子们很好，是民粹派，也总在谈论真理的问题，寻找如何按照真理生活的道路，而他们自己住在庄园里，也在争论什么是真理。我非常喜欢他们，但是，他们的真理与我的真理有些不一致。我只是希望我们所有的农民能够像他们那样过上好日子，能够读书，能够在闲暇时讨论真理的问题。于是，为了人们，我就走上了这条最普通的道路，并且一生都在坚持自己的这条道路：半生在监狱中度过，半生管理国家事务。当人们向我报告你为了捍卫自己的小路来到莫斯科时，我回想起了自己的这条道路。"

当玛努依洛在浓重黑烟的笼罩下，坐在宿营木屋的长凳上的时候，他的情况就是如此。一切都浮现在脑海中，并立即转化为行动：必须毫不迟疑地去拯救船木松林，沿路找到孩子们，并把他们交给他们的父亲。

第十一部
船木松林

第三十六章

　　世界上还有什么地方能有像我们这里这样的春汛呢？在如此巨大的变化中，每个有生命的东西，甚至任何一只鼹鼠、一只老鼠，突然那么近地站在自己命运的面前。以前每个人都觉得，好像是唱着歌走在生命之路上，忽然，一切都结束了，歌也唱完了。现在清醒清醒吧，救自己的命吧！

　　那天夜里就是这样，当时河水骤然从森林里涌出，整个干燥低地变成了一片汪洋。此时，一艘拖轮正全速从索科尔驶向科特拉斯，根据以往的流送情况，船上的领导们对玛努依洛都十分了解。

　　当河水高涨时，木材被挤压成深深的大插垛，同一条上托依玛河上的全体职工，有时甚至连检察长本人，都手持钩竿急忙去支援纤夫，哪里还能谈论什么自己个人的琐事呢？

　　得知总体形势之后，玛努依洛迅速将同行的猎人们的舢板拖进自己尚未被淹的窝棚，领导们二话没说就把玛努依洛带到上托依玛河去抢救受到深深大插垛压迫的河缏。

而两个孩子漂流在宽阔的汛水中，像孤儿一样，期盼得到人们的关照。夜里，当他们乘着自己的木筏随着原木洪流来到德维纳河上的河缏溃决之处时，"贝斯特罗夫号"收留了他们，把他们交给了下托依玛河而不是上托依玛河的集材场办事处，玛努依洛就曾在那里。这时，情况才明了：一个月之前，他们的父亲瓦西里·维谢尔金——吊着一只胳膊的中士——带着砍伐部分树木做飞机面板的特别委托书去了梅津附近的广袤森林——禁止采伐的船木松林。

之后，事情就凑到了一起：当玛努依洛在密林里朝着皮涅加那边自己的小路走去的时候，米特拉沙和娜斯嘉正乘坐一辆冰橇去了皮涅加。他们得到了丰富的食品补给，以及附有准确标志的、如何找到禁伐森林的说明。在皮涅加上游，他们把自己的冰橇交给了有关部门，又沿着公共小路和猎人们的小路朝科米前进，敏感的密林里留下了他们的足迹。

起初，他们觉得只是沿着公共小路前进：森林就是森林——他们正是在森林里长大的。可是他们突然间发现，这密林完全不像我们所说的森林。

就拿每棵树、每只鸟来说吧，密林里的一切生物都按照自己的方式生长和歌唱，完全不像我们童年时代在其他地方听到并且以儿童的心思好像一下子就永远理解的那种样子。

在我们自然界，布谷鸟是一种忧郁的鸟儿，当它飞到光秃秃的树林的时候，人们尤其能感受到这一点。

它似乎觉得我们这儿缺少某种最宝贵的东西，或许正因为这个原因,世界上才有了布谷鸟。

在我们这儿,它"咕——咕"地叫着,却得不到回应,因此你能深刻理解这种鸟儿的忧郁,当布谷鸟的叫声停止时,你会以为:"这只布谷鸟飞到所有布谷鸟生活的地方去了。"

现在它就在这里,在所有布谷鸟生活的国度。

每只布谷鸟都引诱你到什么地方去,并且你马上就会上当:你走啊走啊,可是那儿什么都没有——依然是阴森森的、多刺的云杉,脚会陷入深深的苔藓之中。

你走啊走啊,瞧,一个小空隙亮起来,心想:马上就可以在林中空地休息休息了。可是,原来那只是从小丘上望见的天空露出的一线之光。甚至都没法从小丘上观望一下林海,一片黑压压的森林,什么都看不见。你终于下到低地,那儿另一只布谷鸟又在引诱你、许诺你,而且一直在欺骗你。

正因为如此,过路人多半会对金发苔上留下的孩子们的脚印感到惊诧,大概每个人心里都在寻思:要是自己的孩子也这样走进了荒僻密林,在里面徘徊、寻找出路呢?

战争时期,可能每个人都会这样想:如果父亲牺牲,母亲又因为悲痛去世,那么有些孩子就走投无路了。

但是,当看到河边沙地上的、踩踏过的苔藓上的脚印,当然谁都不会想到这是到密林里去寻找亲生父亲的孩子们留下的脚印。

有一次,一个行人想在公共小路旁边的"没盖盖儿的水井"里畅饮一番,就喊道:

"来,到这儿来!"

过路的人们都向水井走来,他们也感到奇怪:"没盖盖儿的水井"现在盖上了。

下面，被水冲刷过的土地上有小脚印。

"真是好孩子！"所有过路人彼此赞同地说道。

还有一次，小路一直向前延伸，而孩子们的脚印却拐弯了。对此谁都不觉得奇怪：很多人都会因为某种需要必须从公共小路上拐弯。但是后来，同样的脚印又一起走回到了小路。有人想弄清楚，为什么孩子们要从公共小路上拐弯呢？

经过对森林生活的分析，善于辨别各种踪迹的人就弄清楚是怎么回事了。

密林中的每一条公共小路都有自己独特的生命。如果周围树木茂密，当然就只能看到自己脚下的小路，那么你什么也发现不了。但要是很久以前，水流下来，森林若是被冲垮了，变成沼泽的洼地干涸了，那么上面留下的人行小路就通往视野所及的远方。

这是多么美丽、干燥、洁净的小路，上面有多少美丽的曲线，最令人惊奇的是：很多年来，无数人或许就行走在弯弯曲曲的小路上，我和你，我亲爱的朋友，或许不止一次走过，但是，你我都不是这条小路的开辟者。一人走过，另一个人就会把这脚印全磨蹭掉。而奇怪的是，所有过路人都没有直接开辟出像正常道路那样既是自己的又是公用的小路。这弯弯曲曲的、柔美多姿的公共小路保持着独有的特点，这不是我和你的特点，我亲爱的朋友，而是我们大家创造出来的某个新人的特点。

我们所有在云杉林中行走的人都知道，云杉的根并不是深深地扎入地里，而是直接平铺在地面上，一目了然。有枝杈的云杉只能用一棵保护另一棵的方式自卫，以避免被风连根拔起。然而，无论怎么保护,风都知道自己的路线,吹倒了无数树木。树木常常倒在小路上。由于树枝的妨碍,要从树木上翻过去很费劲,但又不想绕过去,因为树木很长。过路人通常是将树木上妨碍大家直行的那个地方砍断。但是也有这样的情况:一棵过于高大的树木倒下了,谁也不愿意去处理它,小路就拐了个弯,绕过了树木。就这样保持了很多年,人们已习惯走必须要走的弯路了。

现在情况大概是这样:一个孩子走在前面并绕过了这段弯路,而另一个孩子看到他在自己的正前方,在另一侧,就问自己:"人们为什么要走弯路?"他朝前面看了看,发现地上的脚印横穿小路,好像有一棵大树的阴影,虽然周围并没有这样的大树。当他走近这个阴影时,发现这不是树影,而是一棵腐烂树木的残骸。而人们按照习惯走路:多年来都在树的阴影下走路,而把腐烂树木当成障碍。现在孩子们穿过残骸,用自己的脚印将大家带回正确的道路。

"孩子们真不简单,"过路的人们说道,"这是聪明孩子在走路。"

孩子们正前往荒僻密林深处的什么地方。——这种猜测之所以正在发展,还因为走在前面或者后面的人都发现了孩子们的脚印,但是不论他们来自科米,还是皮涅加,都没有看到和遇见这两个孩子。

这一切都是因为米特拉沙和娜斯嘉听从了好心人的劝告:要避免和各种人相遇,一听到脚步声和说话声就离开小路,做一个隐形人,无声无息。

他们就一直这样走啊走啊,有机会就在林中木屋过夜,要么就在篝火旁边,如这儿的人们所说在"苔原上"过夜。

有一次他们来到一条小河边，非常高兴，就决定在这里生篝火过夜。

河的这一边，高高的河岸上有一片老林，树龄已很大，有的树枝已腐朽，有的半大小树也是裂痕累累。一座小房子几乎完全倒塌，窗户却很大，不是本地的样式，这说明这里曾采伐过木材，甚至还建了这个办事处。但木材有缺陷，于是就放弃采伐了。得益于严寒造成的裂痕，以及鸟儿寻找虫子时啄的窟窿，这片处女林就这样被完整地保留了下来。

河的另一边是无边无际的明亮的针叶林沼泽，傍晚时从那里传来黑琴鸡最初的啾啾声和喃喃语。

米特拉沙对娜斯嘉说：

"娜斯嘉，我们不生篝火了吧，今天挺累的，不想再折腾了。瞧，这儿到处是羽毛，早晨黑琴鸡就飞到这里，这儿多半是鸟儿发情时的聚集地。来，我们砍些云杉树枝搭个窝棚。或许早晨时我会打到一只雄黑琴鸡，我们给自己做顿午饭。"

"砍云杉树枝用来做垫子吧，"娜斯嘉答道，"我们不需要窝棚，就在小房子里过夜。"

于是就这样决定了。

况且小房子里有很多去年的干草，即使严寒时也可以在干草里睡觉。

晚霞正好照亮窗户，一轮红日正向长满沼泽松的低洼湿地降落；下方，河水一直按照自己的方式模仿着，以回应绚烂多彩的天空的种种变幻……

正如米特拉沙所想的那样，日落之前，发情的雄黑琴鸡从那边飞来落在小木屋对面的树枝上,以自己的方式向自然界致以日常的问候,把戴着红头巾的脑袋向树枝微微低垂,久久地喃喃低语。

发情的雄鸟把黑琴鸡整个家族从那边召唤到这里来,这是可以理解的,但是它们大概感觉到严寒可能来临,不愿惊扰正在孵蛋的雌鸟。

整个黑琴鸡家族分散在广阔的长满沼泽松的低洼湿地各处。每只黑琴鸡都从自己的位置上回应着雄黑琴鸡,由此,一首特别的、优美的摇篮曲就在密林中开始唱了起来。

很多年来,无数人听着这首大自然的摇篮曲,大家都明白这歌曲意味着什么,但是对此谁也无法用明确的语言说清。

但是眼看一场可怕的战争来临了,自这个世纪以来还未曾发生过这样的战争。很多人在战争中死去,那些庆幸自己仍活在世上的人们如今都理解了这首大自然的摇篮曲,以及其中所蕴含的永恒的和主要的法则。

我们大家都知道整个生活的伟大法则:每个人都希望活着,生活是美好的而且是必要的,一定要好好活着,生活值得为之而活,甚至为之受苦。

这歌曲不是新的,但是为了以新的方式理解并思考它,就需要听一听,北方森林里那些头上冠有红色火焰的美丽鸟儿在清晨是如何迎接太阳的。

对人来说,这首密林里低洼湿地的摇篮曲暗示着这样的时刻:在植物的寂静生活中,只有风在喧哗,没有任何活生生的声音。

在活的生物的静默中,时间过去了。风渐渐平息,将自己刺耳的喧哗传递给无数泉水和小溪的若有所思的潺潺声。有时候,泉水和小溪又不知不觉地、渐渐地将自己的声音传递给活的生物，而它们就从这声音中创作出摇篮曲。

谁在自己的一生中哪怕有一次露宿时听到这摇篮曲，那他就会沉静下来，仿佛睡去，却什么都听得到，而且自己也在唱。

米特拉沙就是如此。他用干草和云杉树枝给娜斯嘉布置了一个很好的过夜的地方，然后就在窗前什么东西上坐下来。一只发情的雄黑琴鸡飞来时，他没有开枪，因为要么今天要么明天这只雄鸟肯定会把很多鸟儿从低洼湿地召唤到这里来。

太阳，天空，晚霞，河水，蓝的，红的，绿的——一切都以自己的方式加入到这视野无垠的整个低洼湿地的摇篮曲合唱中。而布谷鸟却计算着时间，但它并不打扰，始终无声无息，仿佛房间里的钟摆。

这是明亮的北方之夜，此时太阳还没有落山，只不过暂时隐藏起来，要改换晨装。

太阳长时间眯缝着眼睛，仿佛不愿意离开这个世界，哪怕只是暂时离开。甚至在它完全隐藏起来时，天空也留下了生活的见证者——一大块深红色的斑点。河水也以同样的深红色斑点回应天空。

一只披着霞光的小鸟在一棵高树的树梢上对我们叫道：太阳正在它看到的那个地方换装呢，请大家安静。

"再见吧！"

所有布谷鸟、整片低洼湿地都寂然无声，一切声音都不存在了，河水中只留下将傍晚和早晨联系在一起的深红色斑点。

从河水只剩下深红色斑点起，在寂静中究竟过了多长时间，谁也说不清：大概大家都睡着了。

突然，米特拉沙听到从低洼湿地那边传来仙鹤的雄壮、昂扬的叫声：

"胜利！"

正在苏醒的太阳身上迸发出第一缕金光。

"大家好！"发情的雄鸟叫了一声。

雄黑琴鸡从低洼湿地各处啾啾叫着回应发情的雄鸟，扑啦啦拍动翅膀，每分钟都在不断飞来，越来越多的新来的鸟儿出现在发情的雄鸟跟前，它们一蹦一跳，以自己的方式说着同样的话：

"大家好！"

太阳升起时往往是一昼夜中最寒冷的时候，也许这单纯是因为寒冷，但我们觉得，黑琴鸡好像是因为在大自然陛下面前特别激动而将自己饰有红花的头一直低垂到地面。现在，它们不蹦跳，也不啾啾叫，而是反复唱着傍晚时唱的同样的摇篮曲，好像在向太阳表示恭敬的问候。

发情的雄鸟发出战斗邀请，以这样的信号结束了对太阳的欢迎：

"克莱克！"

此时，无数只黑琴鸡在强烈的、令人欣喜的勃勃生机中联合起来，它们头上点缀着红色火焰，尾部像竖琴似的黑白色羽毛在初升太阳的光芒中闪耀。

"把娜斯嘉叫醒吧，"米特拉沙心想，"我们那儿还没有过这种鸟儿发情的情况。"

他在她的耳边小声说了几句，帮她站起来，指给她看。

娜斯嘉从来没有见过鸟儿发情，问道：

"它们在干什么？"

米特拉沙对小姑娘微微一笑，回答说：

"它们在闹事。"

正像有时我们稍加思考，就自言自语地说："没什么特别的事。"

黑琴鸡几乎没有受到枪声的惊吓，再次开始像拜神那样膜拜太阳，或者去闹事。

虽然难以把目光从战斗的场面移开，但是时间到了，在温暖的阳光下，姐弟二人在自己的篝火旁边忙活起来：拔鸟毛，去内脏，烧烤，煮稷米粥。

第三十七章

当你长时间在密林中行走，思考着自己的什么事情，突然想发发脾气，看看世界上缺了自己会发生什么事情。这时，你首先感到惊奇的是，不是你在行走，而是树木在你旁边走过。而且好像走得很快！

"娜斯嘉，"开始吃晚饭时，米特拉沙说道，"你觉不觉得好像不是我们在走，而是树木在我们旁边走过？"

"可不是嘛，"娜斯嘉回答，"总感觉是这样。"

"而且好像觉得，"米特拉沙说，"这些离我近的树木走得快些，而离我远些的树木走得慢些，离我们越远就走得越慢。"

"瞧那颗星星，我看着它，它一直在原地，不管我们走多远，它总停留在原地。"

"我觉得它好像走在我们前面,在给我们指路。"

米特拉沙稍加思考又说道:

"现在怎么可能出现星星呢?这里是北方,天空整夜都是明亮的。这多半不是星星。它在哪里,指给我看看。"

娜斯嘉指不出任何东西:星星再也看不到了,星星消失了。

"这是你的想象。"米特拉沙说道。

就在这时,忽然一阵疾风在树间呼啸起来,森林里变得幽暗。

这时一切都清楚了:乌云完全遮蔽了天空。一切变得如此黑暗,以至于只有一颗星星从一个小"窗口"露出来。正在说这颗星星时,小"窗口"关闭了,风又呼啸起来。

它还要怎样呼啸呀!

在我们普通的林区,谁也不知道在荒僻密林中风是如何呼啸的。

但是,为什么眼看天黑时我们的小旅行者突然想前往密林深处呢?

这种倒霉事情之所以发生是因为:按照在下托依玛制定的计划,科达河的最后一道河汊应该在临近夏天时干涸。

情况果然如此。最后一道河汊到了,夏天到来之前他们穿过了河汊。因此,两个徒步旅行的人确信,离目的地已经不远了,于是急忙朝东北走去。

在公共小路五百步的地方竖立着一根白色柱子,上面清清楚楚地画着一个十字。这表明,从此处开始就是科米地区——一个有着广袤森林的地方,所有河流从这里注入梅津河,而不是德维纳河。

结果出现了这样的情况:有一根白色柱子,泉水从脚下涌出流向那个方向。公共小路从这里开始向左边延伸，必须走到树上刻着古老小路旗号——"乌鸦爪"记号的地方。

他们来到了有五处砍痕的"乌鸦爪"，并拐向了小路。

按照计划现在应该沿着小路一直走，直到听见注入梅津河的博贝什小河的流水声。

就在这时天开始变暗，他们为那颗星星争论起来：它是真的存在，还是只是这样的感觉呢？

按照计划中说的，只要一听到小河的喁喁低语，就不要再走小路了——还走小路干什么？应该离开小路，一直朝着小河的声音走去，沿着河岸走到板桥，跨过板桥，那儿离岸边不远的地方就是那个池塘，里面有人们喜欢的泥鳅和鲫鱼。这个干净的池塘边甚至还放着一把水舀子，以便人们打水喝或者给自己煮点儿什么东西。距离池塘十步远的山上有座小木屋，里面总有过路人留下的干柴、细木柴和火柴。这小木屋是通往船木松林路上的最后一座房子，从这里开始必须登上三座山（三级河流阶地），上面就是禁伐的船木松林了。

快天黑的时候，米特拉沙和娜斯嘉还在赶路，竭力在一片寂静中倾听着是否有小河的流水声。

既然只剩下一点点儿路，那么不在苔原过夜是正确的。正因为这样，在紧张地等待小河的潺潺声时，他们才觉得树木好像迎面走来，远方的一颗星星在指路。

刚刚听到敲击我们心灵的小河的潺潺声，还没有走多远，风就拦截了水声，将这平和的声音在森林的喧哗中散布开去。

就在此时，黑暗笼罩了森林，小路从脚下消失了，大雨倾盆而下。

如果你脚下没有人行小路，这还算什么北方森林呢？那些巨大的、盘根错节的、随着时间流逝长满青苔的树墩变成了熊，每只熊都在吼叫着。

你试着喊叫一声，用我们美妙而亲切的话语呼唤朋友："喂！"这声音立刻就折回到你耳边，那么微弱、无力、可笑。

这声音不仅折回来，而且还在你面前展现出：在你呼唤的那个方向有绵延二百俄里的苔原，在那里，你只能看到一丛丛灌木，上面长有云莓，此外什么都没有了。而另一方向就更荒凉了。

只要人行小路从脚下消失，那你就完蛋了！

而两个孩子就错过了小路……

第三十八章

巍巍河岸处处高耸，三级河流阶地耸立在河水和森林之上。但是在那里，在"乌鸦爪"小路尽头的地方，在猎人的小木屋上方，这儿的河岸比所有高岩河岸显得更为高峻，所以，周围这整个地区的猎户们总是称其为"三座山"。

第一级阶地，或者第一座山，叫"暖山"。可想而知，它之所以叫"暖山"，是因为在上面生长着大量白桦树，猎户们从这里砍柴取暖。但是，"暖山"的称呼多半不只是因为这一点，而是因为这座山上的树林本身是暖和的：那儿的北风一遇到屏障就停止了脚步，树木就在背风的地方生长起来。

河流阶地的第二座山叫"荒山",同样是因为风在那座屏障面前停止了。在那里背风的地方,小树林长得不错,但是与生长在广袤、开阔的第三座山上的令人惊奇的船木松林无法相比。在这种情况下,老猎人就以大自然生活中的例子教导儿孙们:在温暖的背风的地方生长着一些树木,而在第三座山,在风自由吹拂的地方,船木松林以闻所未闻的威力成长起来。

"就是这样,孩子们,"老人们说,"你们不要独自一人去追求温暖的幸福,这种对温暖生活的追求并不总是有好结果。"

年轻人因为自己那个年纪活泼好动,不大听老人们的话,但却假装同意。于是,只是为了表达自己的意见,就随便说道:"如果不追求温暖的生活,那我们还能得到什么呢?"

老人们对年轻人这样用心感到高兴,他们只要抓到些什么,就会把自己生活经验的准则在青年人面前和盘托出。

他们又指了指三座山,在那边温暖背风的地方生长出衰弱的小树林,而在风自由吹拂的地方却有高大的、世界上首屈一指的船木松林。

"瞧,"老人们说道,"密林那样耸立着,在里面都砍不到杆子,那儿连一棵树都无法倒下,它紧紧地依靠着其他树站立着。这样的密林经受得住任何风吹,自己保护着自己。"

"树木不是我们的榜样,"年轻人辩解说,"树木站立着,而我们要获取。"

"对呀,"老人们答道,"获取!森林也要获取,要生长。我们人不仅要追求,也要为了什么而屹立不倒。"

老人们略加沉思,又说道:

"我们并不反对美好的生活，我们就是为了好好生活和劳动而巍然挺立的，而不是独自追求幸福。你们瞧，即便是'暖山'背风的地方，单独一棵树也是透风的，而在船木松林，每棵树都为所有树木挺立着，所有树木也为每棵树挺立着。明白吗？"

"明白。"年轻人掩饰着微笑说道。

当然，年轻人也会逐渐老去，以后很多人会回忆起自己父辈、祖辈的话，但是回忆会越来越少。

就这样，密林中的一切都渐渐入睡。或许正因如此，当人们在广袤的密林中第一眼看到林海时都会感到惊异，觉得好像什么时候曾从这里走出，而把自己最宝贵的东西遗忘在了这里。

于是就想去那里寻找被遗忘的东西。

一位新人来到船木松林，他对周围的一切感到惊奇：他觉得自己以前什么时候曾经到过这里，忘记了什么东西，现在都找到了，他将按照新的方式生活。就连以前的老话也回忆起来了："不要独自一人去追求幸福，而要齐心协力去追求真理。"

他回忆着，兴奋着，在篝火的温暖中很快陷入沉思，睡意朦胧。

而船木松林却屹立着，屹立着。

每个新来到这里的人望一望它，肯定会回忆起自己的某些美好的事情，但过不了多长时间，马上就全都忘记了。

清晨，黑琴鸡歌唱着这件事情，小溪也歌唱着这件事情——自然界真是奇妙！

玛努依洛记得被鹿踩出来的那些小路，以及自己在树上砍的特别记号，所以他在密林中可以比其他人更快到达公共小路。只要背后的袋子里有面包，什么刮风啊、寒冷啊、野兽啊他都不怕。

现在他觉得自己好像完全走在一条新的道路上，正在去某个难以忘怀的地方，而当他看到自己在树上砍的记号和鹿走过的小路时，他自问道：

"怎么会这样？我那会儿还糊里糊涂，前面什么都没有看到，就能准确地察觉出将要走的道路？"

等头脑清醒后，他像对孩子似的对自己微笑着，又像对孩子似的对自己反复说着：

"原来是这样！"

他反复说着这些话，大概是这样的意思：像常有的情况一样，在自己的小路上，祖辈留下的记号与自己刚才发现的以及尚未忘记的什么东西重合在一起了。他认为自己是父辈传统中的一个新人，这令他如此高兴，以至于他总感到惊异，像对孩子似的对自己说：

"原来是这样！"

现在也是这样：他去了一个全新的、尚未忘怀的地方，可是自己留下的记号却都是旧的，是关于很久远的事情，仿佛以前的他完全是另外一个人。

不管怎样，就在两个孩子再也看不见那颗星星，随之也放弃了脚下那条人行小路的时候，玛努依洛冒着狂风暴雨，根据自己的这些记号和鹿踩出来的小路来到了河边。

他从熟悉的板桥上越过小河，登高而上，来到有泥鳅和鲫鱼的池塘，再往高处走，到达周围有白桦树的小木屋。

黑暗之中，他甚至没有打火，就在炉口处找到了细木柴和火柴，这是最后一个在这里过夜的人按照北方的规矩为后来的那个陌生人留下的。

这里还经常为陌生人准备了干木柴,如今,他自己,一个陌生人,来到这里,点燃木柴,于是那个人的善行化为他人享用的火焰,他把湿漉漉的衣服挂好,赤身裸体地开始烤火取暖。

心里真舒畅!仿佛从什么地方传来另一个好人的声音:

"这是我给后来的你留下的一小捆细木柴和火柴。我在那池塘边为你建了一个亭子。现在,长凳旁边的白桦树都长高了。"

滚滚黑烟从炉口向上升起,聚集在上方,小木屋从上到下渐渐被浓烟充满。

当浓烟如黑色天幕低悬在这个赤身裸体的人的头顶,甚至还要降得更低的时候,他在里面感到憋闷,热得浑身出汗,于是取下衣服盖在身上,正对着炉门,躺在长凳上。

之后,黑色天幕不再降低,火焰也不再旺了,但是烧得通红的石头用红红的大眼睛盯着那个人,散发着热气,那人将这石头的温暖作为善行接受下来。

此刻,人世间的一切都显得那么简单。

人世间没有比这更好的事情:一个人为不相识的朋友做了那样的善事,这个感恩的人接受下来,明天又以同样的善行酬谢另一个不相识的人。

上了年纪的人很难立刻入睡,而且他也不想睡。烟像黑色的温暖衣服悬挂在自己上方,眼睛无论如何也不想闭上——黑暗中暗红色的斑点和善行的强烈气息如此吸引着他。

或许,另一个来自大城市的人觉得,他在大城市里什么地方迷了路,在这炉火旁边得到另一个人的亲手相助,于是找到了自己的家，他希望人们复归这原始的善良……

这样的思绪一直萦绕在玛努依洛的心头，他望着炉火，大城市里的生活则以同样的人类善良之火眷顾着他：他想象这炉火就是一大堆篝火，这篝火就像一个大锻造厂，在这里，锻铁从人的手中转化为善行。

假如对他说明，为什么我们在大城市里感到痛苦，为什么我们有时向往原始之火，那他会感到很诧异。但当他很快回忆起，自己在没有烟囱的木屋里，因为有干细木柴和火柴是多么高兴的时候，他会说道：

"这原来从那个时候就开始了！"

在猎人的小木屋里睡觉几乎就是睡在露天——什么都听得见，当然是在睡梦中，可是听到的声音就在旁边。这显然是：时而在做梦，时而是现实。

森林里有喊叫声，有呻吟声，有时十分像小孩儿在呼唤妈妈，而回答他的是熊的嗥叫。很明显，如果一个人第一次在密林中过夜，他必然会认为自己应该赶快起来，在森林里寻找那个孩子，并且去和熊搏斗。

但是对玛努依洛来说，这些都习以为常，与其他东西一起一闪而过。当暴风雨逐渐停息时，玛努依洛在睡梦中连这都没有错过。半夜过后，临近黎明时，森林将自己的声音传递给了河流。

这种从森林之声到河流之声的转变，对一个正在睡觉的人来说，这感觉就如同他本来睡在黑暗森林里刺人的、晃动的树梢上，突然躺在了明亮、缓慢而舒适的夏日云端。从那里可以清楚地听到，在寂静的森林中，人们在用自己的声音彼此呼应，下方的河流则站在人这一边和什么人交谈着。

人的谈话声如此清晰,以至于玛努依洛跳了起来,穿上衣服,拿起猎枪,走了出去。

朝霞初现,河水映射着霞光,玛努依洛认识的、背着长枪的男孩儿和跟在他后面的、带折叠帐篷的女孩儿从黑乎乎的板桥上过了河。

第三十九章

船木松林下方的土地并不平坦,而是一溜向下滑的、灰白的、月光似的慢坡。当你行走时,双脚几乎感觉不出来这些长满驯鹿苔的慢坡,但在你的眼前,这些月光似的波浪一个接一个地在前面变幻着。你望着这些慢坡,也想去它们滑向的那个地方。因此,每个不熟悉该地区的陌生人一定会顺着这些慢坡来到面向远方展开的"第三座山"里的"回声响亮的林中空地"。

很早以前有人在这里生活过,他大概为了建造自己的小木屋砍了十来棵无足轻重的树木。

这在密林中是常有的事,在最初树木被砍伐的地方长出了几棵白桦树,而白桦树对人类事情的窃窃私语开始把一些新的客人——船木松林的自由守护者吸引到这里来。

在科米地区,有的人上了岁数,在密林中已丧失工作能力,就到"回声响亮的林中空地"那里生活。当然,"回声响亮的林中空地"里那座最初的木屋很久以前就腐朽了,但是每个新来的护林人都会为自己都把它修复一番，于是木屋就保留了下来，一直到现在还保持着没有烟囱的猎人木屋的通常样子。

这座木屋中，原先的木头大概一根也没有留下，新的护林人来了之后，就会增添几根新木头换掉腐朽的木头，而在林中空地上又会长出几棵新的白桦树。

木屋旁边有一条长凳，如果坐在上面，眼前正好是"第三座山"的一个山口，远方层层叠叠的森林呈现出蓝色，变幻成蔚蓝色的雾霭。

大松树之间的整个林中空地就好像向天空敞开的森林大桶的底部。

充足的、强烈的、有威力的、对生长在树荫中的植物来说难以忍受的阳光笼罩着整个林中空地，从而生长出喜阳的青草。

耐阴植物中只有唯一一棵云杉矗立在林中空地中央。

为了把自己所有准备与阴暗做斗争的细胞转变成能够吸收新的强烈阳光的细胞，这棵云杉自身要经受多少抗争呀！

在争取端正形状的斗争中，有多少人帮助过这棵云杉呢？或者它恰恰在古人身上激发起了对精神状态——我们称之为对真理的追求？

谁知道呢？

无论是否如我们所说的那样，不管怎样，每个坐在小木屋旁边的长凳上的人，面对那棵形状十分端正的云杉，都会理解这番话："孩子们，不要独自一人去追求幸福，而要齐心协力去追求真理。"

"回声响亮的林中空地"之所以得名，大概是因为，春天清晨，所有沼泽地中鸟儿的叫声通过山口传入这里，并且像摇篮曲似的以含糊的咕咕声传遍整个月光色的慢坡地。当你走在干燥的、咯吱作响的白色苔藓上，这歌声——最古老的和被忘却的歌声一直伴随着你。

如果坐在长凳上谛听，那么这时大家会发生同样的情况。起初，每个人往往会相信，在这些没有被人手触动的森林里保留着一种我们伟大的善，以及被我们忘却的、诱人的伟大幸福。

每个人都感受到自身的力量，好像只要着手做起来，周围的一切都会奋起追求新的、美好的、从未有过的生活。但是，没过多久，每个人就把自己与森林相遇时的第一感受忘记了，和所有人一样，依然故我，什么都回想不起来了，变得麻木了。这种状况就这样保持到一个新人物到来：新人物与"大自然"相遇，某种美好的、被忘却的事物突然迸发出来，随之重又停滞了。

奥尼西姆——那个在我们的新时代守护船木松林的人——作为最后一个守林人来到了"回声响亮的林中空地"。

早春时节，一个包扎着一只胳膊的战士来到奥尼西姆这里，他叫瓦西里·维谢尔金，来自佩列斯拉夫尔-扎列斯基市。

他没有隐瞒来这里的目的：为了使船木松林成为对人类有用的东西。

他详细讲述了现在多么需要飞机用的面板。

说来说去的结果就是：一定要砍伐船木松林。

奥尼西姆喜爱的不仅仅是木材林，他这一辈子送别了自己所有喜欢的人，大家都走了。

但是，他还保留着自己平静而亲切的念想。大概维谢尔金什么地方甚至让他有些喜欢。

"让船木松林成为对人类有用的东西，"他平静地说，"把每棵树变成木棒，用它敲打脑壳。"

"我们之所以想砍伐松林，"维谢尔金答道，"就是要把木棒拿在自己手里，不准许敌人来犯。"

"这是好事，"奥尼西姆回答，"不过，难道没有其他地方能搞到面板，只能从我们的森林里找吗？这样看来，也要把我和你弄去当木棒了。"

"这片森林生长得过久了，"维谢尔金答道，"它一定会因为虫害或者火灾最后变得对人类毫无用处。"

"我们保护它不受火灾，"奥尼西姆说，"这片森林里也没有蛆虫。"

"反正都一样，这种没有用处的成熟林还有什么好处呀？"

"它的存在不仅在此，"奥尼西姆说道，"对年轻人来说，它在我们这里就如同一所学校。如今年轻人却通过鲁莽的途径单枪匹马地去追求个人的幸福。我们就这样告诉他们：单独一棵树甚至一阵风就能吹倒，而在船木松林中，一棵树就算倒下，那也无处可倒。长期以来，我们一直指着船木松林告诫说：即便在第三山后面背风的地方，单独一棵树也是透风的，而在船木松林中，一棵树保护着所有的树木，而所有的树木则保护着每一棵树。不要独自一人去追求幸福，而要齐心协力去追求真理。"

对这些话维谢尔金什么都没有回答。

早晨，黎明时分，他听到了鸟的叫声，回忆起了自己在森林中的童年，就出去了。

他十分清楚，黎明时黑琴鸡的叫声多么美妙，但他从来不知道"回声响亮的林中空地"里的情况。每只漂亮鸟儿的脑袋就像一朵红花,面对冉冉升起的太阳,向地面低垂着。

维谢尔金听着这林中荒无人烟之地的摇篮曲,也这样低下头来,可能也像大家一样,片刻之间站在那里,一动不动。但是,他的目光落在了白桦树的林间空地上的一棵挂满红色小球果的云杉上,金黄色的花粉在那些小球果上飞扬。

当辉煌的、强烈的阳光落在它身上时,它按照自己的方式开花了,此时,维谢尔金回想起了自己那棵远方的云杉。

他突然从凳子上跳起来,他看见奥尼西姆手里拿着一根木棍,肩上背着装有食物的口袋,正从门口望着他,好像要彻底把他看透似的微笑着。

"老人家,"他说,"你觉得让你和森林分离我心里会轻松吗?"

老人又笑了笑,仿佛维谢尔金的话证实了他的猜测。

奥尼西姆走到维谢尔金跟前,抚摸着他的肩膀答道:

"朋友,你会感到轻松些,因为你还年轻。可是,谁知道呢,或许我们还不会与船木松林分离。"

于是,他们各自走上自己的路:维谢尔金到村里招募工人,奥努西姆则像在这种困难情况下的大多数人一样,这天夜里拿定主意要去见加里宁,请求他保护船木松林。

第四十章

在砍伐和锯断成熟的松林之前,伐木工人要在每棵树上按照自己的身高凿出一些被称为"胡子"的沟槽。芬芳的树液就顺着这些"胡子"流下来，又从"胡子"滴到特制的、系在树上的小桶里。

凿出"胡子"之后，树上被割破的部分很快开始变红，好像从树上流出来的不是树脂，而是血。

这种砍伐树木之前的准备工作被称为"树脂极度采集"。

当维谢尔金达到目的，把十几个男孩子带到"回声响亮的林中空地"准备砍伐时，船木松林里的情况也是这样。

在维谢尔金的监督下，男孩子们在"回声响亮的林中空地"上，与护林人的木屋毗邻，为自己搭建了轻便的简易住房，然后，由于年轻，就毫不犹豫地开始了"树脂极度采集"。

树脂不会立刻从刀下流出来。如果不是一个男孩子在树上引起玛努依洛的注意，他可能在下面什么都没有发现。那是一天清早，当玛努依洛安排好两个孩子后就去池塘打水，思考着暴风雨过后要在什么事情上与大自然保持和谐一致，又要对什么加以抱怨，同时还要确保池塘里那两条友好的鱼——泥鳅和鲫鱼还和以前一样活着。

暴风雨过后，在没有烟囱的木屋里的黑色烟幕之下取暖非常舒服，但睡足之后，从黑乎乎的暖和的地方来到明媚的阳光下也很惬意。

春日暴风雨过后迎来了宁静的早晨，令人心旷神怡！玛努依洛使劲伸了个懒腰，突然发现了一种不寻常的现象，令他担心起来，他仔细观察了一下第三座山上船木松林的树木。

这时他发现，阳光下一些孩子们手持明晃晃的刀子正在第三座山上忙活。

玛努依洛又仔细观察了一下，好好地想了想，脸色完全阴沉下来，他大声地自言自语道：

"这是树脂极度采集。"

只好寄希望于树脂采集刚刚开始，还可以加以制止。

这时，奥尼西姆突然带着他迟来的有关战争结束的消息及时赶到。老人用自己结实的拐杖挂着架在河上的板桥过了小河，仔细地端详着玛努依洛……

多少年过去了！忽然之间，不知怎的有些事情终于想起来了。

"你记得那个'撑子'吗？"奥尼西姆问道。

"奥尼西姆！"玛努依洛也认出来了，想起了有关小木棒的谈话，那小木棒是在有泥鳅和鲫鱼的池塘旁边找到的。

玛努依洛就是这样一个人，已经年过六旬，世间的一切都见识过，甚至包括莫斯科和加里宁。可是他一想起小木棒以及他在医院里老老实实地把船木松林告诉了病友，现在又看到老奥尼西姆的明亮的目光，他就好像面对太阳而无法直视，他低下头，很是尴尬。

"你看见了吧？"他指着手持明晃晃的刀子的孩子们说。

"这我知道，"奥尼西姆回答，"他们刚刚开始采集树脂，我就急忙赶来了：战争已结束，这事应该放弃了。"

"不，"玛努依洛答道，"你还不了解你们船木松林的全部灾难……"

"不了解，"奥尼西姆重复道，"怎么会不了解？你指的是什么？"

他在那条长凳上坐下，一百多年来人们常常坐在那里；未经许可，那儿自然而然地长出了四棵白桦树。

玛努依洛也立刻在老人旁边坐下。

奥努西姆讲述了一个包扎着一只胳膊的战士来到他那里，说服他为了同敌人作战而牺牲船木松林的全部经过。为此，他原本打算去见加里宁，但是在路上，在密林外的第一个村庄，他得知了一个对大家来说的特大喜讯，于是马上返回来：如果战争结束了，那么还砍伐船木松林干什么？

听了奥尼西姆的讲述，玛努依洛只对他说了一句话：

"老人家，你不了解我们的故事到底是怎么回事。"

奥尼西姆微微一笑，直视着玛努依洛的眼睛，亲切地对他说：

"我当然不了解，我的朋友，可是你不要得意，你要让自己的故事成为真理。"

"真理，"玛努依洛答道，"老人家，以前是真理，现在它仍然是真理。

我自己经常对年轻人说什么来着？真理！而且不是我一个人，我们所有的祖辈和曾祖辈都教导说：'孩子们，不要独自一人去追求幸福，而要齐心协力去追求真理。'

加里宁就是这样说的：为了战争，为了把树木做成木棒打击敌人，难道我们找到的森林还少吗？有些森林是大河的源头，这样的河流源头应该得到保护。全世界向来如此，起初所有的森林都将消耗殆尽，然后忽然醒悟了，可是为时已晚：森林用光了。而没有森林，我们的全部真理都在阳光下枯萎了。"

"加里宁是这样对你说的？"奥尼西姆问道。他整个人立刻变得年轻了。

"加里宁是这样说的,"玛努依洛答道,"并且吩咐我赶快来这里拯救船木松林,我有他签署的公文。他还说,为了保卫全世界的和平,我们将通过这样的禁伐森林学会培育新的、前所未有的森林。"

"你怎么认为,"奥尼西姆问道,"现在地球上将彻底不再有战争啦?"

"我也这样问过加里宁,他对我说,战争还会有很多,但是我们的思想将不集中在那上面——如果需要那就打仗吧,但是人们彼此交好不是为了战争,而是为了和平。"

"这是真正的真理,"奥努西姆说,"现在我们到山上去吧。"

奥尼西姆和玛努依洛把两个孩子留在木屋里,然后登上了第三座山。他们经过长满驯鹿苔的月光色的慢坡来到"回声响亮的林中空地"。

未必能说维谢尔金对自己朋友的到来感到高兴:因为他似乎心神不宁,而且很明显,这种树脂的极度采集做起来并不容易。

维谢尔金听着玛努依洛以及加里宁说的话,久久沉默不语,听完之后陷入深深的沉思。

这时,米特拉沙和娜斯嘉跑到这里,像小野兽似的站立在林中空地上那棵形状十分端正的云杉树下。

他们认出了父亲,他也认出了他们,问道:

"母亲呢?"

他们什么也没有说。

他立刻明白了一切,整个人都变了样。

当然,并不是每个人都能立即恢复过来。在经历了巨大的震荡之后，我们需要一些时间来连接生活的断点，重新回到人类的努力生活，并向着伟大的道路前行。

黑琴鸡依然唱着自己的清晨摇篮曲，维谢尔金现在大概不会听鸟儿的歌唱。他坐在长凳上沉思着。短暂时刻转瞬即逝，但如同经历了漫长世纪！

突然，他哆嗦了一下，回过神来，环顾四周，目光与林中空地上那棵形状十分端正的云杉相遇，树上挂着红色球果，球果上布满金黄色的花粉。维谢尔金看到云杉，明显在极力控制住自己。

此刻，太阳从云层中露出，辉煌、炽烈、强劲的阳光洒向林中空地。

"喂，小英雄们，你们好！"父亲说道，于是孩子们向他奔去。

这期间，在船木松林边上干活儿的男孩子们聚集在了"回声响亮的林中空地"上。

维谢尔金看到他们，立即吩咐停止树脂采集，并把药膏涂在树木的所有伤口上。

就这样，船木松林得以拯救，它是被善良而平凡的人们拯救的。

汉译文学名著

第一辑书目（30种）

伊索寓言	〔古希腊〕伊索著	王焕生译
一千零一夜		李唯中译
托尔梅斯河的拉撒路	〔西〕佚名著	盛力译
培根随笔全集	〔英〕弗朗西斯·培根著	李家真译注
伯爵家书	〔英〕切斯特菲尔德著	杨士虎译
弃儿汤姆·琼斯史	〔英〕亨利·菲尔丁著	张谷若译
少年维特的烦恼	〔德〕歌德著	杨武能译
傲慢与偏见	〔英〕简·奥斯丁著	张玲、张扬译
红与黑	〔法〕斯当达著	罗新璋译
欧也妮·葛朗台 高老头	〔法〕巴尔扎克著	傅雷译
普希金诗选	〔俄〕普希金著	刘文飞译
巴黎圣母院	〔法〕雨果著	潘丽珍译
大卫·考坡菲	〔英〕查尔斯·狄更斯著	张谷若译
双城记	〔英〕查尔斯·狄更斯著	张玲、张扬译
呼啸山庄	〔英〕爱米丽·勃朗特著	张玲、张扬译
猎人笔记	〔俄〕屠格涅夫著	力冈译
恶之花	〔法〕夏尔·波德莱尔著	郭宏安译
茶花女	〔法〕小仲马著	郑克鲁译
战争与和平	〔俄〕列夫·托尔斯泰著	张捷译
德伯家的苔丝	〔英〕托马斯·哈代著	张谷若译
伤心之家	〔爱尔兰〕萧伯纳著	张谷若译
尼尔斯骑鹅旅行记	〔瑞典〕塞尔玛·拉格洛夫著	石琴娥译
泰戈尔诗集：新月集·飞鸟集	〔印〕泰戈尔著	郑振铎译
生命与希望之歌	〔尼加拉瓜〕鲁文·达里奥著	赵振江译
孤寂深渊	〔英〕拉德克利夫·霍尔著	张玲、张扬译
泪与笑	〔黎巴嫩〕纪伯伦著	李唯中译
血的婚礼——加西亚·洛尔迦戏剧选	〔西〕费德里科·加西亚·洛尔迦著	赵振江译
小王子	〔法〕圣埃克苏佩里著	郑克鲁译
鼠疫	〔法〕阿尔贝·加缪著	李玉民译
局外人	〔法〕阿尔贝·加缪著	李玉民译

第二辑书目（30种）

枕草子	〔日〕清少纳言著	周作人译
尼伯龙人之歌	佚名著	安书祉译
萨迦选集		石琴娥等译
亚瑟王之死	〔英〕托马斯·马洛礼著	黄素封译
呆厮国志	〔英〕亚历山大·蒲柏著	李家真译注
波斯人信札	〔法〕孟德斯鸠著	梁守锵译
东方来信——蒙太古夫人书信集	〔英〕蒙太古夫人著	冯环译
忏悔录	〔法〕卢梭著	李平沤译
阴谋与爱情	〔德〕席勒著	杨武能译
雪莱抒情诗选	〔英〕雪莱著	杨熙龄译
幻灭	〔法〕巴尔扎克著	傅雷译
雨果诗选	〔法〕雨果著	程曾厚译
爱伦·坡短篇小说全集	〔美〕爱伦·坡著	曹明伦译
名利场	〔英〕萨克雷著	杨必译
游美札记	〔英〕查尔斯·狄更斯著	张谷若译
巴黎的忧郁	〔法〕夏尔·波德莱尔著	郭宏安译
卡拉马佐夫兄弟	〔俄〕陀思妥耶夫斯基著	徐振亚、冯增义译
安娜·卡列尼娜	〔俄〕列夫·托尔斯泰著	力冈译
还乡	〔英〕托马斯·哈代著	张谷若译
无名的裘德	〔英〕托马斯·哈代著	张谷若译
快乐王子——王尔德童话全集	〔英〕奥斯卡·王尔德著	李家真译
理想丈夫	〔英〕奥斯卡·王尔德著	许渊冲译
莎乐美 文德美夫人的扇子	〔英〕奥斯卡·王尔德著	许渊冲译
原来如此的故事	〔英〕吉卜林著	曹明伦译
缎子鞋	〔法〕保尔·克洛岱尔著	余中先译
昨日世界：一个欧洲人的回忆	〔奥〕斯蒂芬·茨威格著	史行果译
先知 沙与沫	〔黎巴嫩〕纪伯伦著	李唯中译
诉讼	〔奥〕弗兰茨·卡夫卡著	章国锋译
老人与海	〔美〕欧内斯特·海明威著	吴钧燮译
烦恼的冬天	〔美〕约翰·斯坦贝克著	吴钧燮译

第三辑书目（40种）

埃达	〔冰岛〕佚名著　石琴娥、斯文译
徒然草	〔日〕吉田兼好著　王以铸译
乌托邦	〔英〕托马斯·莫尔著　戴镏龄译
罗密欧与朱丽叶	〔英〕莎士比亚著　朱生豪译
李尔王	〔英〕莎士比亚著　朱生豪译
大洋国	〔英〕哈林顿著　何新译
论批评　云鬓劫	〔英〕亚历山大·蒲柏著　李家真译注
论人	〔英〕亚历山大·蒲柏著　李家真译注
亲和力	〔德〕歌德著　高中甫译
大尉的女儿	〔俄〕普希金著　刘文飞译
悲惨世界	〔法〕雨果著　潘丽珍译
安徒生童话与故事全集	〔丹麦〕安徒生著　石琴娥译
死魂灵	〔俄〕果戈理著　郑海凌译
瓦尔登湖	〔美〕亨利·大卫·梭罗著　李家真译注
罪与罚	〔俄〕陀思妥耶夫斯基著　力冈、袁亚楠译
生活之路	〔俄〕列夫·托尔斯泰著　王志耕译
小妇人	〔美〕路易莎·梅·奥尔科特著　贾辉丰译
生命之用	〔英〕约翰·卢伯克著　曹明伦译
哈代中短篇小说选	〔英〕托马斯·哈代著　张玲、张扬译
卡斯特桥市长	〔英〕托马斯·哈代著　张玲、张扬译
一生	〔法〕莫泊桑著　盛澄华译
莫泊桑短篇小说选	〔法〕莫泊桑著　柳鸣九译
多利安·格雷的画像	〔英〕奥斯卡·王尔德著　李家真译注
苹果车——政治狂想曲	〔英〕萧伯纳著　老舍译
伊坦·弗洛美	〔美〕伊迪斯·华尔顿著　吕叔湘译
施尼茨勒中短篇小说选	〔奥〕阿图尔·施尼茨勒著　高中甫译
约翰·克利斯朵夫	〔法〕罗曼·罗兰著　傅雷译
童年	〔苏联〕高尔基著　郭家申译
在人间	〔苏联〕高尔基著　郭家申译
我的大学	〔苏联〕高尔基著　郭家申译

地粮	〔法〕安德烈·纪德著	盛澄华译
在底层的人们	〔墨〕马里亚诺·阿苏埃拉著	吴广孝译
啊，拓荒者	〔美〕薇拉·凯瑟著	曹明伦译
云雀之歌	〔美〕薇拉·凯瑟著	曹明伦译
我的安东妮亚	〔美〕薇拉·凯瑟著	曹明伦译
绿山墙的安妮	〔加〕露西·莫德·蒙哥马利著	马爱农译
远方的花园——希梅内斯诗选	〔西〕胡安·拉蒙·希梅内斯著	赵振江译
城堡	〔奥〕弗兰茨·卡夫卡著	赵蓉恒译
飘	〔美〕玛格丽特·米切尔著	傅东华译
愤怒的葡萄	〔美〕约翰·斯坦贝克著	胡仲持译

第四辑书目（30种）

伊戈尔出征记		李锡胤译
莎士比亚诗歌全集——十四行诗及其他	〔英〕莎士比亚著	曹明伦译
伏尔泰小说选	〔法〕伏尔泰著	傅雷译
海上劳工	〔法〕雨果著	许钧译
海华沙之歌	〔美〕朗费罗著	王科一译
远大前程	〔英〕查尔斯·狄更斯著	王科一译
当代英雄	〔俄〕莱蒙托夫著	吕绍宗译
夏洛蒂·勃朗特书信	〔英〕夏洛蒂·勃朗特著	杨静远译
缅因森林	〔美〕梭罗著	李家真译注
鳕鱼海岬	〔美〕梭罗著	李家真译注
黑骏马	〔英〕安娜·休厄尔著	马爱农译
地下室手记	〔俄〕陀思妥耶夫斯基著	刘文飞译
复活	〔俄〕列夫·托尔斯泰著	力冈译
乌有乡消息	〔英〕威廉·莫里斯著	黄嘉德译
生命之乐	〔英〕约翰·卢伯克著	曹明伦译
都德短篇小说选	〔法〕都德著	柳鸣九译
无足轻重的女人	〔英〕奥斯卡·王尔德著	许渊冲译
巴杜亚公爵夫人	〔英〕奥斯卡·王尔德著	许渊冲译
美之陨落：王尔德书信集	〔英〕奥斯卡·王尔德著	孙宜学译
名人传	〔法〕罗曼·罗兰著	傅雷译
伪币制造者	〔法〕安德烈·纪德著	盛澄华译
弗罗斯特诗全集	〔美〕弗罗斯特著	曹明伦译

弗罗斯特文集	〔美〕弗罗斯特著	曹明伦译
卡斯蒂利亚的田野：马查多诗选	〔西〕安东尼奥·马查多著	赵振江译
人类群星闪耀时：十四幅历史人物画像	〔奥〕斯蒂芬·茨威格著	高中甫、潘子立译
被折断的翅膀：纪伯伦中短篇小说选	〔黎巴嫩〕纪伯伦著	李唯中译
蓝色的火焰：纪伯伦爱情书简	〔黎巴嫩〕纪伯伦著	薛庆国译
失踪者	〔奥〕弗兰茨·卡夫卡著	徐纪贵译
获而一无所获	〔美〕欧内斯特·海明威著	曹明伦译
第一人	〔法〕阿尔贝·加缪著	闫素伟译

第五辑书目（30种）

坎特伯雷故事	〔英〕乔叟著	李家真译注
暴风雨	〔英〕莎士比亚著	朱生豪译
仲夏夜之梦	〔英〕莎士比亚著	朱生豪译
山上的耶伯：霍尔堡喜剧五种	〔丹麦〕霍尔堡著	京不特译
华兹华斯叙事诗选	〔英〕威廉·华兹华斯著	秦立彦译
富兰克林自传	〔美〕富兰克林著	叶英译
别尔金小说集	〔俄〕普希金著	刘文飞译
三个火枪手	〔法〕大仲马著	江城子译
谁之罪？	〔俄〕赫尔岑著	郭家申译
两河一周	〔美〕梭罗著	李家真译注
伊万·伊里奇之死	〔俄〕列夫·托尔斯泰著	张猛译
蓝眼盗	〔墨〕阿尔塔米拉诺著	段若川、赵振江译
你往何处去	〔波兰〕亨利克·显克维奇著	林洪亮译
俊友	〔法〕莫泊桑著	李青崖译
认真最重要	〔英〕奥斯卡·王尔德著	许渊冲译
五重塔	〔日〕幸田露伴著	罗嘉译
窄门	〔法〕安德烈·纪德著	桂裕芳译
我们中的一员	〔美〕薇拉·凯瑟著	曹明伦译
薇拉·凯瑟短篇小说集	〔美〕薇拉·凯瑟著	曹明伦译
太阳宝库 船木松林	〔俄〕普里什文著	任子峰译
堂吉诃德之路	〔西〕阿索林著	王军译
给一个青年诗人的十封信	〔奥〕里尔克著	冯至译

与魔的搏斗：荷尔德林、克莱斯特、尼采
　　　　　　　　　　〔奥〕斯蒂芬·茨威格著　潘璐、任国强、郭颖杰译
幽禁的玫瑰：阿赫玛托娃诗选　〔俄〕安娜·阿赫玛托娃著　晴朗李寒译
日瓦戈医生　　　　　　　　〔俄〕帕斯捷尔纳克著　力冈、冀刚译
总统先生　　　　　　　〔危地马拉〕M.A.阿斯图里亚斯著　董燕生译
雪国　　　　　　　　　　　　　〔日〕川端康成著　尚永清译
永别了，武器　　　　　　　〔美〕欧内斯特·海明威著　曹明伦译
聂鲁达诗选　　　　　　　　〔智利〕巴勃罗·聂鲁达著　赵振江译
西西弗神话　　　　　　　　　　〔法〕阿尔贝·加缪著　杜小真译

图书在版编目（CIP）数据

太阳宝库；船木松林/（俄罗斯）普里什文著；任子峰译.—北京：商务印书馆，2024
（汉译世界文学名著丛书）
ISBN 978-7-100-23590-7

Ⅰ.①太… Ⅱ.①普…②任… Ⅲ.①儿童小说—中篇小说—小说集—俄罗斯—现代 Ⅳ.①I512.84

中国国家版本馆CIP数据核字（2024）第064915号

权利保留，侵权必究。

汉译世界文学名著丛书
太阳宝库 船木松林
〔俄〕普里什文 著
任子峰 译

商 务 印 书 馆 出 版
（北京王府井大街36号 邮政编码100710）
商 务 印 书 馆 发 行
北京中科印刷有限公司印刷
ISBN 978 - 7 - 100 - 23590 - 7

2024年9月第1版　　开本850×1168　1/32
2024年9月北京第1次印刷　印张10¼
定价：58.00元